LE FLUX
ET LE REFLUX

Liste alphabétique complète des

Romans d'Agatha Christie

(Masque et Club des Masques)

	Masque	Club des masques
A.B.C. contre Poirot	263	296
L'affaire Prothéro	114	36
A l'hôtel Bertram	951	104
Allô ! Hercule Poirot ?	1175	284
Associés contre le crime	1219	244
Le bal de la victoire	1655	516
Cartes sur table	274	364
Le chat et les pigeons	684	26
Le cheval à bascule	1509	514
Le cheval pâle	774	64
Christmas Pudding		42
(Dans le Masque : Le retour d'Hercule Poirot)		
Cinq heures vingt-cinq	190	168
Cinq petits cochons	346	66
Le club du mardi continue	938	48
Le couteau sur la nuque	197	135
Le crime de l'Orient-Express	169	337
Le crime du golf	118	265
Le crime est notre affaire	1221	228
La dernière énigme	1591	530
Destination inconnue	526	58
Dix brèves rencontres	1723	567
Dix petits nègres	299	402
Drame en trois actes	366	192
Les écuries d'Augias	913	72
Les enquêtes d'Hercule Poirot	1014	96
La fête du potiron	1151	174
Le flambeau	1882	
Le flux et le reflux	385	235
L'heure zéro	349	439
L'homme au complet marron	69	124
Les indiscrétions d'Hercule Poirot	475	142
Je ne suis pas coupable	328	22
Jeux de glaces	442	78
La maison biscornue	394	16
La maison du péril	157	152
Le major parlait trop	889	108
Marple, Poirot, Pyne et les autres	1832	583
Meurtre au champagne	342	449
Le meurtre de Roger Ackroyd	1	415
Meurtre en Mésopotamie	283	28
Le miroir du mort		94
(dans le Masque : Poirot résout trois énigmes)		

	Masque	Club des masques
Le miroir se brisa	815	3
Miss Marple au club du mardi	937	46
Mon petit doigt m'a dit	1115	201
La mort dans les nuages	218	128
La mort n'est pas une fin	511	90
Mort sur le Nil	329	82
Mr Brown	100	68
Mr Parker Pyne	977	117
Mr Quinn en voyage	1051	144
Mrs Mac Ginty est morte	458	24
Le mystère de Listerdale	807	60
La mystérieuse affaire de Styles	106	100
Le mystérieux Mr Quinn	1045	138
N ou M?	353	32
Némésis	1249	253
Le Noël d'Hercule Poirot	334	308
La nuit qui ne finit pas	1094	161
Passager pour Francfort	1321	483
Les pendules	853	50
Pension Vanilos	555	62
La plume empoisonnée	371	34
Poirot joue le jeu	579	184
Poirot quitte la scène	1561	504
Poirot résout trois énigmes	714	
(Dans le Club : Le miroir du mort)		
Pourquoi pas Evans?	241	9
Les quatre	134	30
Rendez-vous à Bagdad	430	11
Rendez-vous avec la mort	420	52
Le retour d'Hercule Poirot	745	
(Dans le Club : Christmas Pudding)		
Le secret de Chimneys	126	218
Les sept cadrans	44	56
Témoin à charge	1084	210
Témoin indésirable	651	2
Témoin muet	377	54
Le train bleu	122	4
Le train de 16 h 50	628	44
Les travaux d'Hercule	912	70
Trois souris...	1786	582
La troisième fille	1000	112
Un cadavre dans la bibliothèque	337	38
Un deux trois	359	1
Une mémoire d'éléphant	1420	469
Un meurtre est-il facile?	564	13
Un meurtre sera commis le...	400	86
Une poignée de seigle	500	40
Le vallon	361	374
Les vacances d'Hercule Poirot	351	275

AGATHA CHRISTIE

LE FLUX ET LE REFLUX

Traduit de l'anglais par Michel Le Houbie

LIBRAIRIE DES CHAMPS-ÉLYSÉES

Ce roman a paru sous le titre original :

TAKEN AT THE FLOOD

© 1948 BY AGATHA CHRISTIE MALLOWAN.
© LIBRAIRIE DES CHAMPS-ÉLYSÉES, 1950.

Tous droits de traduction, reproduction, adaptation, représentation réservés pour tous pays.

Il est dans les affaires de ce monde,
   [un flux
Qui, pris à l'instant propice, nous
       [conduit à la fortune.
Si on le laisse échapper, tout le
         [voyage de la vie
Ne saurait être que vanités et
              [misères.
Nous voguons à présent sur une
            [mer semblable :
Il nous faut saisir le flot quand il
          [nous est favorable
Ou perdre notre vaisseau...

PROLOGUE

I

Dans tous les clubs, il y a un raseur. Le Coronation ne faisait pas exception et le fait que des avions ennemis survolaient Londres ne changeait rien au cours ordinaire des choses.

Le major Porter, autrefois de l'armée des Indes, agita son journal et s'éclaircit la gorge. Les regards fuyaient le sien. Ça ne le gênait pas.

— Je vois, dit-il, que le *Times* annonce la mort de Gordon Cloade. Très discrètement, bien entendu « Le 5 octobre, à la suite d'une action ennemie. » Aucune indication de lieu, mais je puis ajouter que c'est arrivé tout près de chez moi, dans une de ces grandes maisons qui sont en haut de Campden Hill. L'explosion m'a même un peu secoué. Je suis de la Défense passive, vous le savez ? Cloade venait de rentrer des Etats-Unis, où il était allé pour le compte du gouvernement, avec une mission commerciale. Il a profité de son séjour là-bas pour se marier. Avec une veuve si jeune qu'elle aurait pu être sa fille, Mrs Underhay. De fait, j'ai connu son premier mari quand j'étais en Nigeria.

Le major Porter marqua une pause. Personne ne lui accordait la moindre attention et personne ne lui demandait de continuer. Les journaux dépliés cachaient systématiquement les visages, mais il eût fallu plus que cela pour décourager le major Porter. Il avait toujours de longues histoires à raconter, concernant généralement des gens que personne ne connaissait.

— Intéressant, tout cela! reprit-il d'une voix ferme, les yeux fixés sur une paire de chaussures à bout très pointu, d'un modèle qui lui avait toujours souverainement déplu. Comme je vous le disais, j'appartiens à la Défense passive. Le déplacement d'air causé par les bombes est quelque chose de très curieux. On ne sait jamais ce que ça va donner. Cette fois-là, il a « soufflé » le rez-de-chaussée et arraché le toit. Le premier étage n'a pas souffert. Il y avait six personnes dans la maison : trois domestiques — un couple et une petite femme de chambre — Gordon Cloade, sa femme et le frère de sa femme. Ils étaient tous descendus à la cave, sauf le beau-frère, un garçon qui a été dans les kommandos et qui avait préféré rester confortablement au premier étage, dans sa chambre à coucher. Et, ma foi, il s'en est tiré avec quelques égratignures ! Les trois domestiques ont été tués net. Gordon Cloade a été enterré sous les décombres. On l'a dégagé, mais il est mort pendant son transport à l'hôpital. Sa femme avait été déshabillée par le souffle de l'explosion, elle n'avait pratiquement plus rien sur elle, elle souffrait d'une forte commotion, mais elle était vivante et on pense qu'elle se remettra. Elle fera une veuve bien pourvue, car Gordon Cloade valait certainement plus d'un million de livres.

Le major Porter s'interrompit de nouveau. Son regard, partant des chaussures pointues, monta vers le haut, rencontrant successivement un pantalon à rayures, un veston noir, une moustache énorme et un crâne en forme d'œuf. Un étranger, évidemment. Cela expliquait les souliers. « Vraiment, songea le major, je me demande où ce club est en train d'aller ! Ces étrangers se glissent partout. Même ici ! » Ces pensées, cependant, ne le détournaient point de son récit et le fait que l'étranger en question parût être le seul à l'écouter avec intérêt ne faisait pas tomber les préventions du vieil officier. Il poursuivit :

— Elle doit avoir dans les vingt-cinq ans et la voici veuve pour la seconde fois. Du moins, c'est ce qu'elle croit...

Il se tut, espérant de quelqu'un une marque d'étonnement. Comme elle ne venait pas, il reprit, obstiné :

— Là-dessus, en effet, j'ai ma petite idée. C'est une drôle d'histoire. Comme je vous l'ai dit, j'ai connu son premier mari, Underhay. Un brave type. Il était commissaire de district en Nigeria et faisait son travail avec une conscience remarquable. Un homme vraiment très bien. Il l'a épousée à Capetown. Elle était là-bas avec une troupe d'acteurs, mais sa situation n'avait rien de brillant. Le pauvre Underhay lui a parlé avec enthousiasme de son district et des immensités désertiques, elle a su dire sur le ton qu'il fallait : « Ce doit être merveilleux ! » et « Comme je voudrais être loin de tout ! » et elle est devenue sa femme. Il l'aimait, mais il a vu tout de suite que son mariage n'était pas une réussite. Elle avait horreur de la brousse, les nègres lui faisaient peur et elle s'ennuyait à mourir. La vie, pour elle, c'était le théâtre, avec des comédiens pour parler boutique. La solitude à deux au fond de la jungle n'était pas du tout son affaire. Notez que je ne l'ai jamais rencontrée ! Je tiens tout ça d'Underhay. Ça lui a fait beaucoup de chagrin, mais il s'est comporté en galant homme : il l'a renvoyée en Angleterre et a consenti au divorce. C'est à ce moment-là que j'ai fait sa connaissance. Il avait le cafard et éprouvait le besoin de se confier à quelqu'un. C'était un bonhomme curieux, avec, sur certaines choses, des idées de l'ancien temps. Il était catholique pratiquant et ce divorce ne lui disait rien. Un jour, il me déclara qu'il y avait « d'autres moyens de rendre sa liberté à une femme ». Je lui conseillai de ne pas faire de bêtise, lui rappelant qu'il n'y a pas une femme au monde qui vaille qu'on se mette une balle dans la tête. Il me répondit que ce n'était pas son intention. « Seulement, ajouta-t-il, je suis seul au monde, je n'ai aucun parent. Si on annonce ma mort, Rosaleen sera veuve. Elle n'en demande pas plus ! » « Mais vous ? » lui dis-je. « Moi ? me répondit-il. Qui vous dit qu'un nouvel Enoch Arden ne surgira pas à quelques milliers de kilomètres d'ici pour recommencer sa vie ? » Je lui fis remarquer que ça pourrait éventuellement placer la femme dans une situation fâcheuse. Il protesta : « Non, car je jouerais le jeu. Robert Underhay serait bel et bien mort. » Je ne pensais plus à cette conversation quand, six mois plus tard, j'appris qu'Underhay était mort des fièvres, quelque part dans la brousse. Ses Noirs, qui l'aimaient beaucoup, étaient revenus avec une histoire très au point et un billet de la main d'Underhay, qui disait qu'ils avaient fait pour lui tout ce qu'ils avaient pu, mais qu'il croyait bien ne plus en avoir pour longtemps. Il terminait en faisant l'éloge de ses porteurs et de leur chef. Ces indigènes lui étaient tout dévoués et, s'il le leur a demandé, il est certain qu'ils lui ont juré tout ce qu'il a voulu. Voilà l'histoire. Il se peut qu'Underhay soit enterré quelque part, au fin fond de l'Afrique équatoriale, mais il est aussi très possible qu'il n'en soit rien. Dans ce cas, Mrs Gordon Cloade pourrait bien avoir une surprise, un jour ou l'autre. J'ose dire que ce serait bien fait ! Je ne l'ai jamais vue, mais c'est incontestablement une femme qui ne cherche que l'argent et le fait est qu'elle avait gentiment nettoyé le pauvre Underhay... Convenez que tout cela ne manque pas d'intérêt !

Le major promena un regard circulaire autour de

lui dans l'espérance que quelqu'un allait se dire de son avis. Il vit deux auditeurs résignés, qui paraissaient songer à autre chose. M. Hercule Poirot, courtoisement attentif, et le jeune Mr Mellon, dont les yeux manifestement fuyaient les siens. Il y eut un silence, puis un bruit de papier froissé. Un homme à cheveux gris, qui était assis près de la cheminée, posait son journal et quittait son fauteuil. Le visage impassible, il sortit de la pièce. Le major laissa tomber sa mâchoire inférieure et resta la bouche ouverte, cependant que le jeune Mr Mellon faisait entendre un menu sifflement.

— Comme ça, dit-il ensuite, c'est gagné ! Vous savez qui c'est ?

— Si je le sais ! s'écria le major, fort ému. Bien sûr ! Nous ne sommes pas des amis intimes, mais nous nous connaissons. C'est bien Jeremy Cloade, le frère de Gordon ? Ma parole, je n'ai vraiment pas de chance ! Si je m'étais douté...

— Il est avoué, reprit le jeune Mr Mellon. Je vous parie qu'il vous poursuit pour diffamation ou quelque chose comme ça !

Le major, consterné, répétait :

— Non, je n'ai pas de chance ! Pas de chance, vraiment !

M. Mellon insistait malicieusement :

— Cette histoire-là va faire le tour de Warmsley Heath. Tous les Cloade habitent par-là et je suis sûr qu'ils veilleront ce soir pour examiner ensemble les décisions qu'ils doivent prendre.

Les sirènes annonçaient la fin de l'alerte. Le jeune Mr Mellon se leva et sortit avec son ami Hercule Poirot.

— Ces clubs, lui dit-il, sont quelque chose deffrayant ! Ils réunissent une épouvantable collection de vieux raseurs. Porter, il faut lui rendre cette justice, est, de loin, le plus insupportable de tous. Quand il parle des fakirs, son récit du tour de la

« corde indienne » lui prend trois quarts d'heure...

On était à l'automne 1944. Vers la fin du printemps de 1945, Hercule Poirot recevait une visite.

II

Par une belle matinée de mai, Hercule Poirot était assis à sa table de travail, où tout était bien en ordre, comme toujours, quand George, son valet vint respectueusement lui annoncer qu'une dame désirait le voir.

— Quel genre de dame ? demanda Poirot d'un air méfiant.

George, dont le détective goûtait les descriptions méticuleuses, répondit :

— Je dirais, monsieur, qu'elle a entre quarante et cinquante ans. Sa mise est négligée. Le genre artiste, si l'on veut. Elle porte de solides souliers de marche et une jaquette en tweed avec une blouse garnie de dentelle. Elle a un collier de perles plus ou moins égyptien, d'un goût contestable et une écharpe en foulard bleu.

Poirot eut un petit haussement d'épaules.

— Il me semble que je n'ai pas envie de la voir.

— Dois-je lui dire, monsieur, que vous êtes souffrant ?

Poirot regarda son valet d'un air pensif.

— Je veux croire que vous lui avez déjà dit que j'étais occupé et que je ne voulais pas être dérangé ?

George toussota.

— Elle m'a répondu, monsieur, qu'elle venait de

loin pour vous voir et qu'elle attendrait le temps qu'il faudrait.

Poirot soupira.

— On ne peut pas aller contre l'inévitable. Si une dame d'âge mûr, arborant des bijoux en toc prétendument égyptiens, est venue de loin pour voir l'illustre Hercule Poirot, rien ne l'en empêchera et elle restera dans notre antichambre jusqu'à ce que nous lui ayons donné satisfaction. Faites-la entrer, George !

Le domestique se retira, reparaissant bientôt pour annoncer d'un ton cérémonieux :

— Madame Cloade !

Le visage épanoui, la main droite tendue, la dame venait vers Poirot. Ses vêtements étaient fatigués, mais elle avançait dans un cliquetis de perles fausses entrechoquées.

— Monsieur Poirot, ce sont les Esprits qui m'ont guidée jusqu'à vous !

Poirot cilla légèrement.

— Vraiment, madame ? Prenez un siège, je vous prie, et dites-moi...

Il n'eut pas le temps d'aller plus loin. Déjà la dame parlait.

— C'est par l'écriture psychique et par le « ouija », monsieur Poirot, que j'ai été conduite vers vous. Avant-hier soir, j'étais avec Mrs Elvary, qui est une femme remarquable. Nous nous servions de la planchette, qui ne cessait de nous donner les mêmes initiales : H. P., H. P., H. P. Naturellement, je n'ai pas compris tout de suite. Ça prend toujours un peu de temps, vous savez ! Les messages ne sont pas souvent très clairs. Bref, je ne devinais pas à qui, dans mes relations, pouvaient s'appliquer ces deux initiales. Je savais qu'elles devaient se rapporter à ce qui s'était passé au cours de notre précédente séance, qui avait été très émouvante, mais la vérité ne m'apparaissait pas. Et puis, j'ai acheté le

Picture Post — certainement sous une influence spirite, car d'ordinaire je prends le *New Stateman* — et j'y ai trouvé votre portrait, avec votre biographie et le récit de tout ce que vous avez fait. Vous ne trouvez pas merveilleux, monsieur Poirot, que rien n'arrive en ce bas monde qui ne soit voulu par des forces supérieures ? Car, de toute évidence, vous êtes la personne désignée par les Esprits pour tirer cette affaire au clair !

Poirot observait sa visiteuse et réfléchissait. Ce qui retenait son attention, c'était surtout le regard étonnamment rusé de ses yeux bleu pâle. Il expliquait, lui semblait-il, les procédés détournés dont elle usait pour l'approcher.

— En quoi puis-je, madame Cloade...

Il s'interrompit, fronçant le sourcil.

— Il me semble, reprit-il, que j'ai entendu prononcer votre nom il y a quelque temps...

Elle hocha la tête avec énergie.

— Il s'agissait sans doute de mon pauvre beau-frère, Gordon. Il était immensément riche et la presse a souvent parlé de lui. Il a été tué l'an dernier, pendant le « Blitz ». Un rude coup pour nous tous ! Je suis la femme de son jeune frère, le docteur Lionel Cloade.

Baissant la voix, elle ajouta :

— Bien entendu, mon mari ignore que je suis venue vous consulter. Il ne m'approuverait pas. Les médecins, à mon avis, sont d'épais matérialistes, à qui tout le spirituel échappe. Ils ne croient qu'à la Science. A quoi je réponds : « Que peut-elle, la Science ? Pouvez-vous me le dire ? »

Hercule Poirot eut le sentiment que la question aurait pu justifier un long discours dans lequel il aurait été parlé de Pasteur, de Lister, de la lampe de sûreté de Humphrey Davy, des avantages de l'électricité au foyer et de bien d'autres choses, mais il savait trop que la question de Mrs Lionel Cloade ressemblait à beaucoup d'autres en ceci que, simple figure de rhétorique, elle ne demandait pas de réponse. Il se contenta donc de prier très prosaïquement sa visiteuse de bien vouloir lui dire en quoi il pourrait lui être utile.

— Monsieur Poirot, dit-elle, croyez-vous aux manifestations de l'au-delà.

Poirot s'en tint à une déclaration prudente.

— Je suis un bon catholique.

Mrs Cloade sourit de pitié.

— L'Eglise est aveugle ! Ses stupides préjugés lui interdisent de voir la réalité du monde merveilleux qui se cache derrière celui dans lequel nous vivons !

Poirot jugea la plaisanterie suffisante.

— J'ai un rendez-vous très important à midi, déclara-t-il.

Mrs Cloade se pencha en avant.

— J'arrive donc au fait. Vous serait-il possible, monsieur Poirot, de retrouver une personne disparue ?

Poirot haussa un sourcil.

— Peut-être. Mais, pour cela, ma chère madame, la police, avec tous ses rouages, est beaucoup mieux outillée que je ne le suis.

Mrs Cloade n'avait pas plus de considération pour la police que pour l'église catholique.

— Non, monsieur Poirot, c'est vers vous, et non vers la police, que les Esprits m'ont guidée ! Voici ce dont il s'agit. Mon beau-frère Gordon avait, quelques semaines avant sa mort, épousé une jeune veuve, une certaine Mrs Underhay. La pauvre enfant était loin de son mari quand on lui avait annoncé sa mort, survenue en Afrique. Un pays mystérieux, l'Afrique !

Poirot corrigea la dernière phrase.

— Un continent mystérieux. Peut-être... En quelle partie de l'Afrique ?

— En Afrique centrale. Le pays du vaudou, des zombies...

— Les zombies, c'est aux Antilles !

Indifférente à la rectification, Mrs Cloade poursuivait :

— Le pays de la magie noire, des pratiques étranges et de la sorcellerie, un pays où un homme peut disparaître et rester perdu à jamais...

— C'est possible, dit Poirot. On peut d'ailleurs en dire autant de Piccadilly Circus.

Mrs Cloade passait outre.

— Par deux fois, en ces derniers temps, monsieur Poirot, je suis entrée en communication avec un Esprit qui m'a dit s'appeler Robert. Les deux fois, le message était identique : « *Pas mort !* » Nous étions très intriguées, car nous ne connaissons pas de Robert. Nous avons demandé à l'Esprit de préciser. Il nous a donné des initiales : R. U. Nous l'avons interrogé de nouveau. Ces initiales, étaient-ce les siennes ? Réponse : « Oui, mais le message est *de* Robert, pour R. U. » Je me suis alors souvenu que ma belle-sœur se prénomme Rosaleen... Rosaleen Underhay... Le sens devenait limpide. Les initiales, étant les mêmes, avaient embrouillé les choses, mais, en fin de compte, tout était clair : « *Dites à Rosaleen que Robert Underhay n'est pas mort.* »

— Vous avez fait la commission ?

Mrs Cloade, surprise par la brutalité de la question, répondit avec embarras :

— Mon Dieu... non ! Les gens, n'est-ce pas, sont si sceptiques ! Rosaleen, j'en ai peur, ne me croirait pas. Une telle communication la tourmenterait sans utilité... Vous me comprenez ? Elle se demanderait s'il est vraiment vivant, où il est, ce qu'il fait...

— Dans les instants où il ne pratique pas le spiritisme ? Je comprends fort bien. Il n'en a pas moins choisi une curieuse façon de donner de ses nouvelles !

— Ah ! monsieur Poirot, on voit bien que vous n'êtes pas un initié ! Nous ne savons rien de sa situation. Le pauvre capitaine Underhay — je devrais peut-être dire le major Underhay, je ne me souviens pas — est peut-être prisonnier des sauvages, au cœur de l'Afrique noire. Mais, si on pouvait le retrouver et le rendre à sa chère petite Rosaleen, songez, monsieur Poirot, à ce que serait leur joie, à tous les deux ! Ce sont les Esprits qui m'ont amenée à vous, monsieur Poirot. Je suis convaincue que vous ne vous déroberez pas !

Songeur, Poirot regardait la visiteuse.

— Mes services coûtent cher, dit-il d'une voix douce. Très, très cher même... et la mission dont vous parlez ne serait pas facile !

— Voilà qui est bien embarrassant !... Notre situation financière n'est actuellement pas très brillante et, personnellement, j'ai des ennuis d'argent plus considérables encore que mon cher mari ne se figure. J'ai acheté des valeurs, sur le conseil des Esprits, et jusqu'à présent mes spéculations n'ont pas été très heureuses. En fait, ces actions ont vu leur cours s'effondrer et, pratiquement, elles sont maintenant invendables. Naturellement, je n'ai pas osé parler de cela à mon mari et je ne vous le dis que pour que vous compreniez ma position. Mais, étant donné, mon cher monsieur Poirot, qu'il s'agit de réunir deux jeunes époux, que c'est là une mission noble entre toutes...

— La noblesse de la tâche, chère madame, ne paiera ni le paquebot, ni le chemin de fer, ni l'avion. Pour ne rien dire des télégrammes des câbles et du reste !

— Mais si vous le retrouvez... si vous retrouvez le capitaine Underhay vivant... je crois pouvoir vous certifier que, cela fait, le... le remboursement de vos frais ne présentera aucune difficulté.

— Il est donc riche, le capitaine Underhay ?

— Non... C'est-à-dire... Non, il n'est pas riche. Seulement, je puis vous assurer, je vous en donne même ma parole, que la question d'argent ne se posera pas.

Poirot secoua lentement la tête.

— Je suis navré, madame, mais la réponse est non.

Cette réponse, il eut quelque peine à la faire admettre. La dame partie, il resta un bon moment, le front soucieux, perdu dans ses pensées. Il se rappelait maintenant pourquoi ce nom de Cloade lui avait paru familier. La conversation à laquelle il avait assisté au Coronation Club, certain soir d'alerte, lui revenait en mémoire. Il lui semblait entendre encore la grosse voix du major Porter, racontant une histoire qui n'intéressait personne. Il se souvenait également fort bien de l'expression consternée du causeur quand, son récit terminé, un monsieur avait posé son journal sur son fauteuil et était sorti sans dire un mot.

Mais ce qui le tracassait, c'était l'impossibilité où il se trouvait de deviner le jeu de cette femme qui venait de quitter son bureau. Il y avait une sorte de contradiction latente entre les propos fumeux de la dame, ses discours ésotériques, les colliers et les amulettes qui tintinnabulaient sur sa poitrine, et le dur éclat que prenaient parfois ses yeux bleus.

« Que me voulait-elle au juste ? songeait Poirot. Et que s'est-il passé à...

Il jeta un coup d'œil sur la carte de visite restée sur son bureau et acheva :

« ... à Warmsley Vale. »

Cinq jours plus tard exactement, un journal du soir annonça en quelques lignes la mort d'un homme qui s'appelait Enoch Arden, décédé à Warmsley Vale, un antique petit village, situé à trois milles du célèbre terrain de golf de Warmsley Heath.

« Je me demande bien, se dit de nouveau Poirot, ce qui a pu se passer à Warmsley Vale. »

PREMIERE PARTIE

I

Warmsley Heath se compose d'un terrain de golf, de deux hôtels, de quelques villas ruineuses dont les fenêtres ouvrent sur le golf, d'une rangée de magasins qu'on pouvait dire « de luxe » avant la guerre, et d'une station de chemin de fer. Quand on sort de la gare, on a, à gauche, une grande route qui s'en va vers Londres et, à droite, un petit sentier qui s'engage dans les champs, un poteau indicateur vous avisant qu'il conduit à Warmsley Vale.

Caché dans un fond entre des collines boisées, Warmsley Vale est aussi différent de Warmsley Heath qu'il est possible. Autrefois, c'était un bourg qui s'animait aux jours de marché. Aujourd'hui, ce n'est plus qu'un village, avec, dans la rue principale, quelques maisons vieilles de plusieurs siècles, plusieurs cabarets et quelques boutiques sans élégance. On a l'impression d'être à deux cents kilomètres de Londres, alors qu'on n'en est pas à quarante. Les habitants sont unanimes à proclamer le peu de sympathie que leur inspire ce Warmsley Heath, qui a « poussé comme un champignon ».

Il y a, un peu en dehors du village, quelques charmantes villas, entourées de beaux jardins comme on les aimait autrefois. C'est dans l'une d'elles, *White House*, que Lynn Marchmont vint se réinstaller, en 1946, au début du printemps, lorsqu'elle fut rendue à la vie civile.

Au matin du troisième jour, à son réveil, elle se mit à la fenêtre de sa chambre pour contempler la pelouse mal entretenue qui descendait vers des prairies où des ormes s'apercevaient de loin en loin. Elle huma l'air avec délices. Il sentait bon la terre mouillée. Cette odeur-là, il y avait deux ans et demi qu'elle lui manquait...

Il était vraiment magnifique de se retrouver chez soi, magnifique d'être dans sa chambre à coucher à soi — cette petite pièce à laquelle elle avait si souvent songé, et avec tant de nostalgie, alors qu'elle était au-delà des mers — magnifique de ne plus être en uniforme et d'avoir le droit de circuler en jupe de tweed, dans de bons vieux vêtements qu'on aimait, encore que les mites se fussent un peu trop occupées d'eux durant les années de guerre !

Il lui était très agréable de ne plus être embrigadée dans les Wrens (1) et de se dire qu'elle était de nouveau une femme libre. Le service ne lui avait pas déplu. Le travail ne manquait pas d'intérêt et, parfois, on s'amusait bien, mais la monotone routine quotidienne l'avait souvent exaspérée et, souvent aussi, l'idée qu'elle était conduite avec les autres, comme un troupeau, lui avait été insupportable. Dans ces moments-là, elle aurait voulu s'en aller. Durant cet été torride et interminable qu'elle avait passé en Orient, avait-elle assez souhaité de revoir bien vite Warmsley Vale, la vieille maison si fraîche et si gentille malgré son âge, et aussi sa chère Mums !

Sa mère, Lynn l'adorait et la trouvait exaspérante. Loin d'elle, elle n'avait pas cessé de l'aimer, mais elle avait presque oublié qu'elle était « impossible ». S'il lui arrivait de s'en souvenir, c'était pour

---

(1) Les « Wrens » étaient des engagées volontaires appartenant au « Women's Royal Service », et servaient en mer. (*N. d. T.*)

elle une raison supplémentaire de regretter Warmsley Vale. Chère Mums ! Elle était crispante, mais, à certaines heures, Lynn aurait tout donné pour entendre sa maman énoncer, de sa voix douce et plaintive, quelque cliché éprouvé. Ah ! rentrer chez soi et n'en plus bouger !

Elle y était maintenant, chez elle. Elle y était depuis trois jours. Démobilisée, libre. Et déjà elle n'était plus pleinement satisfaite, déjà elle sentait qu'elle avait besoin d'autre chose. La maison, Mums, Rowley, la ferme, la famille, tout cela était tel qu'autrefois. Trop. Rien n'avait changé.

Rien n'avait changé. Mais Lynn, elle, n'était plus la même...

— Chérie...

C'était la voix haut perchée de Mrs Marchmont, qui appelait du bas de l'escalier.

— Ma petite fille veut-elle prendre son petit déjeuner au lit ?

Lynn s'empressa de crier sa réponse.

— Bien sûr que non ! Je descends.

« Pourquoi m'appelle-t-elle « sa petite fille » ? songeait-elle. C'est ridicule ! »

Dégringolant l'escalier, elle gagna la salle à manger. Le *breakfast* n'était pas fameux. Lynn s'était déjà rendu compte qu'on ne pouvait se nourrir qu'à condition de consacrer à la recherche des vivres plus de temps et d'attention qu'il n'était raisonnable. Exception faite de ce que pouvait faire une femme de ménage qui venait quatre fois par semaine et sur qui il ne fallait pas trop compter, Mrs Marchmont, seule à la maison, devait s'occuper de tout, aussi bien de la cuisine que du ménage. Elle avait déjà presque atteint la quarantaine quand Lynn était venue au monde et sa santé n'était pas des meilleures. Sa situation financière s'était modifiée de façon fâcheuse, Lynn avait eu déjà l'occasion de s'en apercevoir. Les revenus, modestes mais sûrs, qui, avant la guerre, permettaient à Mrs Marchmont de vivre confortablement, avaient diminué de moitié du seul fait des impôts. Les prix, les gages, les dépenses, tout avait monté.

« Charmante époque ! » songeait Lynn. Ses yeux parcouraient la rubrique des demandes d'emploi d'un quotidien :

Ex-W. A. A. F. (1) *cherche situation où esprit d'initiative et habitude du commandement seraient appréciés.*
W. R. E. N., démobilisée, cherche poste requérant autorité et sens de l'organisation.

De l'esprit d'initiative, de l'autorité, l'habitude du commandement et le sens de l'organisation, voilà ce qu'on offrait. Mais que demandait-on ? Des gens qui savaient faire la cuisine ou qui avaient une bonne connaissance de la sténographie, des employés ponctuels, qui accepteraient une besogne routinière et rendraient ainsi les meilleurs services.

Tout cela au surplus, ne la concernait pas. Sa voie, à elle, était tracée. Elle deviendrait la femme de Rowley Cloade, son cousin. Ils s'étaient fiancés sept ans plus tôt, juste avant la guerre. Si loin que remontassent ses souvenirs, elle avait toujours souhaité d'épouser Rowley. Quand il avait choisi de devenir fermier, cette décision l'avait enchantée. C'était une vie saine, un peu plate peut-être, où le travail était dur. Mais ils aimaient, l'un comme l'autre, le grand air et les animaux. Evidemment, les choses ne se présentaient plus comme autrefois. L'oncle Gordon avait toujours promis...

Justement, de l'autre côté de la table, Mrs Marchmont parlait de lui.

---

(1) Femme mobilisée dans les services auxiliaires des forces aéronautiques. (*N. d. T.*)

— Comme je te l'ai écrit, ma chérie, sa mort nous a donné à tous un rude coup. Il n'était rentré en Angleterre que depuis quarante-huit heures et nous ne l'avions pas revu. Si seulement il n'était pas resté à Londres ! Si seulement il était venu directement ici !

« Oui, si seulement... »

Lynn était à l'autre bout du monde quand elle avait appris la nouvelle. Elle lui avait causé beaucoup de chagrin. Mais ce que la mort de son oncle représentait pour elle, elle commençait seulement à s'en rendre compte.

Depuis sa plus lointaine enfance, sa vie — comme celle de tous les autres — avait été dominée par Gordon Cloade. Riche, sans enfant, l'homme avait pris toute la famille sous sa protection.

Rowley compris. Avec son ami Johnnie Wavasour, Rowley avait fondé une société pour exploiter la ferme. Ils n'avaient que de petits capitaux, mais ils étaient pleins de courage et d'énergie. Gordon Cloade leur avait donné son approbation.

Mais il comptait bien ne pas s'en tenir là.

— On ne peut pas réussir dans l'agriculture sans capitaux, avait-il dit à Lynn. Seulement, avant de rien faire, je veux d'abord savoir si ces deux garçons-là ont assez de volonté et de cœur pour faire marcher leur affaire. Si je les aidais maintenant, je ne serais pas fixé là-dessus avant peut-être des années. Si je constate qu'ils ont vraiment l'étoffe nécessaire, si tout va bien de ce côté-là, alors Lynn, tu n'as pas à te tracasser : je mettrai à leur disposition tous les fonds indispensables pour faire quelque chose de propre. Donc, ma petite, ne t'en fais pas pour ton avenir ! Tu es la femme qu'il faut à Rowley. Seulement, ce que je te dis, garde-le pour toi !

Elle avait su se taire. Rowley, cependant, avait

découvert tout seul le bienveillant intérêt que son oncle voulait bien lui porter. Il avait compris que c'était à lui de démontrer à Gordon que Rowley et Johnnie seraient, pour son argent, un excellent placement.

Oui, tous, ils avaient toujours dépendu de Gordon Cloade. Non qu'ils fussent des parasites ou des paresseux. Jeremy Cloade était le principal associé d'une firme de *solicitors* et Lionel Cloade était médecin. Mais tous travaillaient avec cette certitude réconfortante qu'un jour ils auraient de l'argent. Inutile de se restreindre ou de faire des économies. L'avenir était assuré. Gordon Cloade, veuf et sans descendance directe, y veillerait. Il le leur avait dit à tous, et plus d'une fois.

Adela Marchmont, sa sœur, était, après son veuvage, restée à *White House*, alors qu'elle aurait pu peut-être se transporter dans une maison plus petite et d'un entretien plus facile. Lynn avait suivi les cours des collèges les plus réputés et, s'il n'y avait pas eu la guerre, elle aurait pu poursuivre ses études, sans avoir à se demander si elles étaient coûteuses ou non. Les chèques de l'oncle Gordon arrivaient avec une sympathique régularité et l'on pouvait se permettre bien des petits luxes.

Tout était parfait, pour le présent et pour le futur. Sur quoi, contrairement à tout ce qu'on pouvait attendre, Gordon cloade s'était remarié.

— Naturellement, poursuivait Adela, nous en sommes tous restés par terre ! S'il y avait une chose qui paraissait sûre, c'était bien que Gordon ne se remarierait jamais. Il avait de la famille, n'est-ce pas ?

« Oui, pensa Lynn. Il avait de la famille. Peut-être même en avait-il trop ! »

Mrs Marchmont continuait :

— Il était tellement gentil ! Bien sûr, il lui arrivait de se montrer tyrannique. Il n'admettait pas qu'on mangeât sur une table nue, si bien cirée qu'elle fût. Il tenait aux habitudes d'autrefois. Il voulait une nappe. Je dois dire que, quand il était en Italie, il m'en a envoyé en dentelle de Venise qui sont magnifiques...

— Il est certain, fit remarquer Lynn d'un petit ton sec, qu'on ne perdait jamais à se conformer à ses désirs.

Curieuse, elle ajouta :

— Sa seconde femme, où l'a-t-il rencontrée ? Tu ne me l'as pas dit dans tes lettres.

— Ma foi, ma chérie, je n'en sais trop rien ! Sur le bateau ou en avion, j'imagine. Il rentrait à New York, venant d'Amérique du Sud. Et il s'est laissé prendre ! Après tant d'années ! Et après toutes ces secrétaires, dactylographes, gouvernantes, *et cœtera* !

Lynn sourit. Le soupçon avait toujours pesé sur le personnel féminin qui approchait Gordon Cloade.

— J'espère qu'elle est jolie ?

— Mon Dieu, moi, je lui trouve plutôt l'air bête.

— Tu n'es pas un homme, Mums !

— Je reconnais que la pauvre fille a été fortement ébranlée par le souffle de la bombe qui a tué Gordon, qu'elle a souffert d'une grave commotion et tout ce que tu voudras, mais à mon avis, elle ne s'en remettra jamais. C'est un paquet de nerfs. Tu vois ce que je veux dire ? Il y a des moments, sincèrement, où elle paraît tout à fait stupide. Je ne crois pas qu'elle ait jamais été pour Gordon une véritable compagne.

Lynn sourit de nouveau. Il lui était difficile de penser que Gordon Cloade avait épousé une femme beaucoup plus jeune que lui à seule fin de goûter le plaisir de sa conversation.

— Et puis, reprit Mrs Marchmont, baissant la

voix, ça me fait de la peine de le dire, mais ce n'est pas une dame !

— Bah ! Qu'est-ce que ça fait, aujourd'hui ?

— A la campagne, ma chérie, répliqua Mrs Marchmont avec une calme assurance, ça fait encore quelque chose. Cette femme, je ne crains pas de le dire, n'est pas de notre monde.

— Comme je la plains !

— Vraiment, Lynn, je ne te comprends pas. Note que nous avons, tous, été très polis et très gentils avec elle et que nous l'avons tous très bien reçue, en souvenir de Gordon.

— Elle est à « Furrowbank », alors ?

— Bien entendu ! Où voulais-tu qu'elle allât en sortant de la clinique ? Les médecins déclaraient qu'elle ne pouvait rester à Londres. Elle est à Furrowbank, avec son frère.

— A quoi ressemble-t-il ?

— C'est un jeune homme épouvantable.

Mrs Marchmont prit un « temps », puis ajouta d'une voix ferme :

— Il est grossier.

« A sa place, songea Lynn, il est probable que je le serais aussi. » Tout haut, elle demanda :

— Comment s'appelle-t-il ?

— Hunter, David Hunter. Un Irlandais, je crois. Naturellement, ce sont des gens dont personne n'a jamais entendu parler. Elle était veuve. D'un certain Mr Underhay. Sans avoir mauvais esprit, on est bien obligé de se demander ce que peut être une veuve, qui en pleine guerre, a été se promener en Amérique du Sud. On ne peut pas s'empêcher de se dire qu'elle était en quête d'un homme riche qui l'épouserait.

— Auquel cas, elle a trouvé !

Mrs Marchmont soupira.

— Cette histoire-là est tellement extraordinaire !

Gordon savait se défendre. Oh ! les femmes avaient bien souvent essayé de l'avoir ! Sa secrétaire, par exemple, la dernière. Elle était très forte, très adroite. Pourtant, il s'était bien débarrassé d'elle !

— Il faut croire que tout le monde a un jour son Waterloo.

Mrs Marchmont poursuivait :

— Soixante-deux ans, c'est un âge très dangereux. Et puis, une guerre, ça fait perdre leur équilibre à bien des gens ! Malgré ça nous sommes restés stupéfaits quand nous avons reçu sa lettre de New York.

— Que disait-il exactement ?

— Il écrivait à Frances, je ne sais d'ailleurs pas pourquoi. Peut-être parce qu'il s'imaginait, étant donné la façon dont elle a été élevée, qu'elle le comprendrait mieux... Bref, il lui disait que nous serions sans doute très surpris d'apprendre qu'il s'était remarié, que la chose s'était faite brusquement, mais qu'il était sûr que nous aimerions tous beaucoup Rosaleen. Conviens, ma chérie, que c'est bien là un nom de théâtre, un pseudonyme ! Tu ne crois pas ? Il ajoutait qu'elle avait eu une existence très malheureuse et que, bien qu'elle fût fort jeune, elle avait traversé de très pénibles épreuves. Il disait aussi qu'elle les avait supportées avec infiniment de courage.

— Ça s'est vu ! murmura Lynn.

— Je sais bien ! Ça s'est même vu très souvent et c'est bien pourquoi j'aurais cru que Gordon, qui avait de l'expérience... Enfin, c'est comme ça, c'est comme ça ! Elle a des yeux immenses, bleu sombre... et terriblement « faits », je te le garantis !

— Jolie ?

— Très jolie, si on aime ce genre-là. Moi, il ne me plaît guère.

Lynn eut un petit sourire.

— Le contraire me surprendrait.

— Pas du tout, ma chérie ! Seulement, il faut avouer que les hommes... Mais à quoi bon dire ça ? On ne peut pas compter sur eux ! Les plus sages commettent les pires sottises. Gordon, dans sa lettre, ajoutait que son mariage ne modifiait en rien ses intentions à l'égard de la famille et qu'il continuait à se considérer comme responsable de notre bonheur à tous.

— Après son mariage, a-t-il fait un testament ?

Mrs Marchmont secoua la tête.

— Son dernier testament est de 1940. Comment il y disposait de sa fortune, je ne le sais pas exactement, mais ce que je sais, c'est qu'à l'époque il nous a souvent donné à entendre que, quoi qu'il pût lui arriver, nous n'avions pas à être inquiets. Naturellement, du fait de son mariage, ce testament est devenu caduc. Je suppose qu'il avait l'intention d'en faire un autre dès son retour en Angleterre, mais il n'en a pas eu le temps. On peut dire qu'il a été tué le lendemain même de son arrivée.

— De sorte que c'est elle, Rosaleen, qui hérite de toute sa fortune ?

— Exactement. Antérieur au mariage, le testament ne vaut plus rien !

Lynn resta un long moment silencieuse. Elle n'était pas plus intéressée qu'une autre, mais elle n'aurait pas appartenu à l'espèce humaine si ce nouvel état de choses lui avait été indifférent. Elle avait le sentiment que la situation, telle qu'elle se présentait, n'était pas du tout celle qu'eût voulue Gordon. Certes, il aurait laissé à sa jeune femme le gros de ses biens, mais il aurait sans aucun doute fait des legs importants à tous ses parents auxquels il avait si souvent répété qu'ils pouvaient compter sur lui. Il n'avait cessé de leur dire qu'ils n'avaient pas besoin de mettre de l'argent de côté et qu'ils n'avaient pas à se tracasser pour l'avenir. Un jour, devant elle, il avait dit à Jeremy : « Quand je mourrai, tu seras un homme riche ! » Une autre fois, il avait rassuré Adela : « Ne te fais donc pas de souci. Je m'occuperai toujours de Lynn, tu le sais bien, et, cette maison, je serais désolé que tu la quittes ! Tu y es chez toi. Fais faire les réparations et envoie-moi les factures ! » Il avait poussé Rowley à devenir fermier. De même, il avait insisté pour que le jeune Antony, le fils de Jeremy, prît du service dans la Garde et il lui avait, à cet effet, servi une mensualité importante. De même encore, il avait encouragé Lionel Cloade à poursuivre des recherches scientifiques qui ne pouvaient lui assurer aucun profit immédiat et qui l'obligeaient à négliger sa clientèle.

Lynn, qui suivait sa pensée, fut arrachée à ses réflexions par sa mère qui, la lèvre tremblante et le geste dramatique, brandissait sous son nez une liasse de factures.

— Et regarde ça ! Que veux-tu que je devienne ? Je te le demande. Pas plus tard que ce matin, j'ai reçu une lettre du directeur de la banque qui m'annonce que j'ai un découvert. Ça me surprend, bien sûr, car j'ai toujours fait grande attention, mais il est probable que mes valeurs ne rapportent plus autant qu'autrefois. Il parle de charges fiscales terriblement augmentées. Quant à ces fiches jaunes, assurances contre les dommages de guerre et mémoires divers, il faut bien qu'on les paie, que ça vous fasse plaisir ou non !

Lynn prit les papiers et les feuilleta. Sa mère n'avait fait aucune dépense extravagante. Elle avait fait remettre des ardoises sur le toit, réparer des clôtures, remplacer la chaudière de la cuisine, installer une nouvelle canalisation d'eau, etc. Et le total représentait une somme plus que coquette.

— Evidemment, reprit Mrs Marchmont d'un air contrit, la sagesse serait pour moi de m'en aller d'ici. Mais où irais-je ? Une petite maison, aujourd'hui, c'est introuvable ! Je ne veux pas t'ennuyer avec tout ça, ma petite Lynn, alors que tu viens à peine d'arriver. Mais qu'est-ce que tu veux que je fasse ? Je n'en ai vraiment pas la moindre idée !

Lynn regarda sa mère. Elle avait dépassé la soixantaine. Elle n'avait jamais eu beaucoup de santé. Pourtant, pendant la guerre, elle avait recueilli chez elle des évacués de Londres, avait fait la cuisine pour eux et lavé leur linge, ce qui ne l'avait pas empêchée de travailler avec le W. V. S. (1) pour qui elle avait fait des confitures et distribué des goûters aux enfants des écoles. Alors qu'en temps de paix elle se reposait du matin au soir, elle avait, durant les hostilités, peiné pendant quatorze heures par jour. Et, maintenant, elle était sans ressources, découragée, lasse et inquiète pour l'avenir.

Lynn sentait monter en elle une sorte de froide colère.

— Cette Rosaleen, dit-elle, ne pourrait pas... faire quelque chose ?

Mrs Marchmont rougit.

— Nous n'avons droit à rien. A rien du tout !

Lynn n'en paraissait pas tellement persuadée.

— Moralement, si ! déclara-t-elle. Tu as droit à quelque chose. L'oncle Gordon nous a toujours aidées.

Mrs Marchmont ne se laissait pas convaincre.

— Il ne serait pas très bien de ma part, ma chérie, de demander une gentillesse... à quelqu'un que je n'aime pas beaucoup. D'ailleurs, son frère ne permettrait pas qu'elle me donnât un sou !

Après un court silence, cessant d'être « héroïque » pour redevenir malveillante, comme savent l'être les femmes, elle ajouta :

(1) L'Association féminine des Volontaires. (*N. d. T.*)

— Si tant est que ce soit son frère, bien entendu !

II

Pensive, Frances Cloade regardait son mari, assis en face d'elle, de l'autre côté de la table.

Frances avait quarante-huit ans. C'était une de ces femmes maigres qui ressemblent à des lévriers et qui sont très bien quand elles portent de gros vêtements de tweed. Ses traits hautains conservaient un reste de beauté, encore qu'elle ne se maquillât plus, exception faite d'un peu de rouge aux lèvres, appliqué d'ailleurs d'une main indifférente.

Jeremy Cloade était un homme de soixante-trois ans, aux cheveux gris clairsemés. Son visage, généralement dépourvu d'expression, en manquait ce soir-là plus que jamais. Sa femme enregistra le fait d'un coup d'œil.

Une petite bonne d'une quinzaine d'années circulait autour de la table et présentait les plats. Son regard craintif restait fixé sur Frances. Que sa maîtresse fronçât le sourcil et la pauvre fille avait toutes les peines du monde à ne pas lâcher ce qu'elle tenait. Que Frances lui fît un signe d'approbation et une félicité sans mélange se lisait sur sa figure épanouie.

Chacun, à Warmsley Vale, reconnaissait avec une pointe d'envie que, s'il ne restait qu'une personne à avoir des domestiques, ce serait Frances Cloade. Elle ne leur accordait pas de gages extravagants, elle se montrait exigeante quant aux références, mais elle était si compréhensive et si habile dans la direction de son personnel que, chez elle, le service prenait un aspect tout particulier. Elle avait toujours eu des domestiques, peut-être parce qu'elle les avait toujours traités sans arrogance et qu'elle accordait à une bonne cuisinière ou à une bonne femme de chambre autant d'estime et de considération qu'à un bon pianiste.

Frances avait été élevée par son père, lord Edward Trenton, dont elle était l'unique enfant. Lord Edward entraînait ses chevaux de course non loin de Warmsley Heath. Les gens qui connaissaient le dessous des choses estimèrent que son ultime déconfiture lui épargna d'autres ennuis plus sérieux encore. On avait parlé à mots couverts de chevaux « tirés » dans des épreuves qu'ils auraient normalement dû gagner et d'enquêtes menées par les commissaires du Jockey Club. Lord Edward sortit de l'aventure avec une réputation à peine ternie, après avoir passé avec ses créanciers des accords qui lui permirent d'aller vivre très confortablement dans le Midi de la France. Ces bénédictions inattendues, il les devait aux démarches et à l'habileté persuasive de Jeremy Cloade, son *solicitor*. Cloade avait fait pour lui infiniment plus qu'un homme d'affaires ne fait à l'ordinaire pour un de ses clients et il était allé jusqu'à se porter lui-même garant des sommes dues. Il n'avait pas caché que sa conduite lui était dictée par sa profonde admiration pour Frances et, quelque temps plus tard, la situation rétablie, Frances était devenue Mrs Jeremy Cloade.

Ce qu'elle pensa de l'événement, nul ne l'avait jamais su. Mais on était obligé de reconnaître que, pour sa part, elle avait loyalement exécuté le marché. Elle s'était montrée une bonne épouse, une mère excellente, elle avait, en toute circonstance, pris fait et cause pour son mari et jamais rien, ni dans ses propos, ni dans ses actes, n'avait pu donner à croire que son mariage lui avait été imposé contre son gré.

La famille Cloade lui avait été très reconnaissante

de cette attitude. Frances jouissait auprès d'elle de beaucoup de respect et d'admiration. On était fier d'elle et on se fiait à son jugement, tout en observant à son égard une certaine réserve.

Ce que Jeremy Cloade pensait, lui, de son mariage, on l'ignorait, nul n'ayant jamais rien su de ses pensées ou de ses sentiments. Les gens disaient de lui qu'il était « une porte de prison ». Il était juriste. Le cabinet « Cloade, Brunskill and Cloade » ne s'occupait jamais d'affaires douteuses. Ses directeurs ne passaient pas pour brillants, mais on les tenait pour très honnêtes. La firme était prospère et Jeremy habitait, non loin de Market Place, une coquette maison du siècle dernier, avec un grand jardin, entouré de murs solides à la mode d'autrefois.

Les deux époux, le dîner terminé, se levèrent de table pour gagner une pièce, située sur le derrière de la maison et dont les fenêtres ouvraient sur le jardin. Edna, la petite bonne, apporta le café, que Frances servit elle-même. Il était fort et bouillant. D'un mot, Frances marqua sa satisfaction. Edna rougit de plaisir et se retira, tout en s'étonnant encore une fois des goûts de ses maîtres. Pour elle, le café n'était buvable que très sucré, très pâle et avec beaucoup de lait.

Les Cloade, qui durant tout le repas avaient parlé de choses et d'autres — des gens qu'ils avaient rencontrés, du retour de Lynn, des promesses de la prochaine récolte, etc — restaient silencieux. Renversée dans son fauteuil, Frances ne quittait pas son mari des yeux. Il ne s'en apercevait même pas. Sa main droite tapotait à petits coups régulièrement espacés sa lèvre supérieure. Un geste dont il ne se rendait même pas compte, mais qui était en soi très significatif, car il révélait chez lui un trouble intérieur. Frances ne le lui avait vu faire que rarement. Une fois quand Antony, leur fils unique, alors tout petit encore, avait fait une grave maladie ; une autre fois, au Palais de Justice, durant que le jury délibérait ; une fois, juste avant la guerre, alors que, devant leur poste de radio, ils attendaient que fussent prononcées les paroles décisives qui annonceraient que l'irréparable était accompli ; une fois, enfin, au moment où Antony, après sa dernière permission, allait quitter la maison.

Frances réfléchit encore avant de parler. Leur vie avait été heureuse, mais ils avaient toujours observé vis-à-vis l'un de l'autre une certaine réserve. Au moins quant aux mots. Cette discrétion, ils ne s'en étaient même pas départis lorsque était arrivé le télégramme qui leur annonçait qu'Antony avait trouvé la mort en service commandé. Jeremy avait ouvert la dépêche, l'avait lue et avait regardé Frances. Elle avait dit : « Est-il ?... » Il avait fait « oui » de la tête, était venu vers elle et lui avait remis le télégramme. Puis, ils étaient restés un long moment sans rien dire. Jeremy, le premier, avait rompu le silence. Il avait dit : « Ma pauvre chérie, je voudrais pouvoir faire quelque chose pour toi ! » Elle avait répondu d'une voix très calme, les yeux secs, avec pourtant la conscience d'un vide infini et d'un immense chagrin, qui lui faisait mal physiquement : « Ce n'est pas moins terrible pour toi. » Il lui avait donné de petites tapes sur l'épaule, en disant « oui », par deux fois. Après quoi, il était parti vers la porte, traînant les pieds, mais se tenant bien droit, vieilli brusquement et répétant : « Il n'y a rien à dire... rien à dire ! »

Elle lui avait été infiniment reconnaissante de l'avoir si bien comprise et elle l'avait plaint de tout son cœur. D'un seul coup, il était devenu un vieil homme. Pour elle, la mort de son fils l'avait durcie. Elle avait renoncé à la gentillesse banale qu'on témoigne aux indifférents. Elle était plus active, plus énergique que jamais. Son bon sens, qui ne ménageait rien ni personne, effrayait parfois les gens...

Jeremy se taquinait toujours la lèvre supérieure. Elle se décida à l'interroger.

— Qu'est-ce qui ne va pas, Jeremy ?

Il tressaillit et faillit renverser la tasse qu'il tenait de la main gauche. Il se ressaisit, la posa sur le plateau et regarda sa femme.

— Qu'est-ce que tu veux dire par-là, Frances ?
— Rien de spécial. Je te demande s'il y a quelque chose qui ne va pas.
— Que veux-tu qui n'aille pas ?
— Comment le devinerais-je ? Il serait tellement plus simple que tu me le dises.

Elle parlait d'un ton très calme.

Sans conviction, il dit :

— Il n'y a rien qui n'aille pas.

Elle ne répliqua pas. Elle attendait. La phrase qu'il venait de prononcer ne comptait pas. Il la regardait, manifestement indécis. Au bout d'un instant, sûre de son fait, elle reprit, de la même voix posée :

— Tu ferais mieux de me dire...

Il poussa un soupir.

— Evidemment. Tôt ou tard, il faudra bien que tu saches...

Presque aussitôt, il ajouta :

— J'ai bien peur, Frances, que tu n'aies fait une mauvaise affaire !

Ces mots surprenants, dont le sens lui échappait, elle les laissa de côté pour aller droit à la question.

— De quoi s'agit-il ? D'argent ?

Pourquoi était-ce à l'argent qu'elle avait songé tout d'abord ? Elle l'ignorait. Rien, en ces derniers temps, n'avait semblé indiquer qu'ils eussent des difficultés financières. Ils avaient réduit leur personnel, mais tout le monde en était là, et d'ailleurs, ils avaient récemment récupéré quelques-uns de leurs domestiques, démobilisés depuis peu. Elle aurait tout aussi bien pu penser qu'il lui cachait quelque maladie. Il avait mauvaise mine et il était bien certain qu'il avait trop travaillé et qu'il était surmené. Pourtant, c'était l'argent qui lui était venu à l'esprit et il semblait bien qu'elle ne s'était pas trompée : son mari lui répondait d'un signe de tête affirmatif.

Elle resta silencieuse un long moment. Elle réfléchissait. L'argent, lui était, à elle, à peu près indifférent. Mais elle savait qu'il en allait tout autrement pour Jeremy. L'argent représentait pour lui un monde équilibré, sûr, où chacun avait sa place définie, avec des devoirs bien déterminés.

L'argent, pour elle, c'était un jouet avec quoi on s'amusait. Elle avait grandi dans une atmosphère d'instabilité financière. Il y avait eu des époques magnifiques, quand les chevaux faisaient ce qu'on attendait d'eux. Il y en avait eu d'autres difficiles, lorsque les fournisseurs refusaient de faire crédit et que lord Edward devait recourir à toutes sortes de ruses pour éloigner les huissiers. Une fois, on avait congédié tous les domestiques et, pendant huit jours, on n'avait mangé que du pain. Une autre fois, l'huissier était resté à la maison pendant trois semaines. Frances, qui était encore une enfant, avait trouvé en lui un compagnon de jeu très sympathique, qui lui racontait toutes sortes d'histoires sur sa petite fille à lui.

Quand on n'avait pas d'argent, on s'en procurait d'une façon ou d'une autre, on s'en allait à l'étranger ou on allait vivre chez des amis pendant un certain temps. Ou bien on se remettait à flot avec un emprunt...

Mais il suffisait à Frances de regarder son époux pour comprendre que ces choses-là ne se faisaient pas dans le monde des Cloade. Un Cloade ne mendiait pas, n'empruntait pas et ne vivait aux crochets de personne. Bien entendu, il ne prêtait pas d'argent non plus et ne tolérait pas qu'on vécût à ses dépens.

Frances plaignait Jeremy. Elle se sentait un peu coupable : elle aurait dû être bouleversée. Pour éviter de s'interroger là-dessus, elle alla droit aux faits.

— Est-ce que nous serons obligés de tout vendre et la firme va-t-elle faire la culbute ?

Jeremy eut un haut-le-corps. Elle se rendit compte que ses questions auraient dû être plus enveloppées. Gentiment, elle ajouta :

— Voyons, mon chéri, explique-toi ! Je ne peux pas continuer à deviner.

Cloade se décida à parler.

— Il y a deux ans, dit-il, nous avons traversé une assez vilaine crise. Le jeune Williams, tu t'en souviens, avait fait des bêtises et nous avons eu du mal à rétablir la situation. Ensuite, après Singapour, des complications ont surgi par suite de la situation en Extrême-Orient...

Elle l'interrompit.

— Laisse les pourquoi de côté, ils n'ont pas d'importance. Vous étiez dans le pétrin et vous n'avez pas réussi à vous en sortir...

— Je comptais sur Gordon. Avec lui, nous aurions tout remis d'aplomb.

Elle eut un petit soupir d'impatience.

— Evidemment, le pauvre, je ne veux pas lui jeter la pierre. Après tout, il est humain qu'on perde la tête pour une jolie femme et je ne vois pas pourquoi il ne se serait pas remarié si ça lui faisait plaisir. Seulement, il est tout de même malheureux qu'il se soit fait tuer avant d'avoir mis de l'ordre dans ses affaires et rédigé un testament valable. La vérité, c'est que, quel que soit le danger, on ne croit jamais qu'on comptera au nombre des victimes. On se figure toujours que la bombe est pour le voisin !

— Indépendamment du chagrin qu'elle m'a fait, car j'aimais beaucoup Gordon, reprit Jeremy, la mort de mon frère a été pour moi une véritable catastrophe. Elle est arrivée à un moment...

Il n'acheva pas.

— Est-ce que nous ferons banqueroute ?

Jeremy tourna vers sa femme un regard désolé. Elle ne s'en rendait pas compte, mais il aurait préféré qu'elle pleurât et s'affolât. Cette lucidité et ce sens pratique dont elle faisait preuve le déroutaient. D'une voix sourde, il dit :

— C'est pis que cela...

Elle ne cilla pas. Immobile, toujours très calme, elle se mit à réfléchir, à ce qu'elle venait d'entendre. Il la regardait. « Dans une minute, songeait-il, il faudra que je lui dise. Elle saura qui je suis. Il faut qu'elle le sache. Peut-être qu'au début elle ne voudra pas me croire... »

Frances se remonta un peu dans son fauteuil.

— Je vois, dit-elle. Détournement de fonds ou, si ce n'est pas le mot juste, quelque chose dans ce genre-là. Comme pour le jeune Williams...

— Oui. Seulement, tu n'as pas compris. Cette fois, le coupable, c'est moi ! J'ai investi des capitaux qui m'étaient confiés en dépôt. Jusqu'à présent, personne ne se doute de rien.

— Mais on découvrira tout un de ces jours.

— A moins que je ne trouve, et très vite, l'argent dont j'ai besoin.

De sa vie entière, jamais il n'avait éprouvé pareille honte. Cet aveu, comment allait-elle le prendre ?

Pour le moment, c'était évidemment avec le plus grand calme. « Mais, songeait-il, Frances n'est pas femme à faire une scène. Avec elle, jamais de reproches, jamais d'éclats de voix ! »

Une main sur la joue, le sourcil froncé, elle dit :
— Est-il bête que je n'aie pas un sou à moi !
— Il y a ta dot, mais...
Elle dit, d'un air distrait :
— Je suppose bien qu'elle est partie aussi...
Après un silence, il reprit, avec effort :
— Je suis navré, Frances. Plus que je ne saurais dire. Tu as fait une mauvaise affaire.
Elle leva la tête.
— Tu as déjà dit ça tout à l'heure. Qu'est-ce que tu veux dire par-là ?
— Que, lorsque tu as été assez bonne pour m'épouser, tu avais le droit d'espérer... un honnête homme, qui t'assurerait une existence heureuse, honorable et sûre.
Elle le regardait avec une véritable stupeur.
— Qu'est-ce que tu racontes là, Jeremy ? Pourquoi diable crois-tu que je t'ai épousé ?
Il eut un triste sourire.
— Tu as toujours été une épouse loyale et dévouée, ma chérie, mais je ne suis pas assez prétentieux pour m'imaginer que tu m'aurais accepté si les circonstances avaient été... différentes.
Elle le considéra quelques secondes encore, puis partit d'un grand éclat de rire.
— Pauvre vieil idiot ! Qui est-ce qui se douterait que ce grave juriste a une âme de fillette qui a trop lu de romans-feuilletons ? Est-ce que tu te figures vraiment que je suis devenue ta femme pour te remercier d'avoir arraché papa aux requins ou, si tu préfères, aux commissaires du Jockey Club ?
— Tu aimais beaucoup ton père, Frances.
— Bien sûr que je l'aimais, papa ! Il était charmant et il n'y avait rien de plus amusant que de vivre avec lui. Mais j'ai toujours su qu'il ne valait pas cher, et si tu t'imagines que je me serais vendue au *solicitor* de la famille pour sauver papa d'un sort

auquel il était promis depuis toujours, c'est que tu ne m'as jamais comprise. Jamais !

Elle continuait à le regarder avec le même étonnement. C'était vraiment extraordinaire ! Ils étaient mariés depuis plus de vingt ans et ils ne se connaissaient pas. Mais comment aurait-elle soupçonné ce qui pouvait se passer dans un cerveau si différent du sien ? Il était romanesque. Il le cachait bien, mais c'était ça ! Elle songea : « Avec tous ces vieux Stanley Weymann qui sont dans sa chambre à coucher, j'aurais dû m'en douter ! Pauvre imbécile chéri ! » Tout haut, elle dit :

— Je t'ai épousé parce que je t'aimais, si tu veux savoir !

— Tu m'aimais ? Mais pourquoi ?

— Ça, Jeremy, je n'en sais rien ! Peut-être parce que tu ne ressemblais pas aux autres, à tous ces gens dont papa faisait sa compagnie ordinaire. D'abord, tu ne parlais pas de chevaux ! J'en avais par-dessus la tête, moi, des chevaux ! On ne parlait que d'eux... et de ce que serait la cote pour la New-market Cup. Toi, tu es venu dîner un soir — tu te souviens ? — et j'étais assise à côté de toi. Je t'ai demandé ce que c'était que le bimétallisme et tu me l'as dit. Tu me l'as dit vraiment. Ça t'a pris tout le repas. Six services. Nous étions en fonds à l'époque et nous avions un chef français.

— J'ai dû être terriblement ennuyeux !

— Ennuyeux ? J'étais ravie. Jamais personne ne m'avait prise au sérieux comme ça. Tu étais très poli, tu n'avais jamais l'air de me regarder ou de penser que j'étais jolie, gracieuse ou quoi que ce fût. Ça m'a piquée et je me suis jurée que je t'obligerais bien à faire attention à moi !

Sans gaîté, il dit :

— Je t'avais bien remarquée, va ! Ce soir-là, je suis rentré chez moi et je n'ai pas fermé l'œil de la nuit. Tu avais une robe bleue, avec des bleuets...

Il y eut un silence. Jeremy s'éclaircit la gorge.
— Tout cela est loin...
Il hésitait à poursuivre. Elle vint à son secours.
— Et nous formons aujourd'hui un couple d'un certain âge qui se demande ce qu'il doit faire pour sortir d'une mauvaise passe.
— Mais, après ce que tu viens de m'apprendre, Frances, tout est pis encore que tout à l'heure. Cette... cette honte...
Elle lui coupa la parole.
— Mettons bien les choses au point, veux-tu ? Tu es là à me présenter toutes sortes d'excuses, sous prétexte que tu as pris quelques libertés avec la loi. Tu peux être poursuivi et jeté en prison. Je tiens à ce que cela n'arrive pas et je me battrai pour ça autant qu'il faudra. Seulement, n'espère pas que je vais m'indigner au nom de la morale, ce n'est pas le fort de ma famille. Papa était charmant, mais il était un petit peu escroc. Il y a aussi Charles, mon cousin. On a étouffé l'affaire et il s'en est tiré, mais on s'est empressé de l'envoyer aux colonies. Il y a eu aussi mon autre cousin, Gerald. Il avait imité une signature sur un chèque, étant à Oxford. Ça ne l'a pas empêché de bien se battre et d'être décoré de la Victoria Cross à titre posthume, avec une citation qui parle de sa bravoure héroïque, de l'amour qu'il avait pour ses hommes et de son endurance surhumaine. Tout ça pour que tu te rendes compte que les gens sont comme ça, ni tout à fait bons, ni tout à fait mauvais. Pour ma part, je ne suis pas particulièrement honnête. Je l'ai été que parce que l'occasion ne s'est pas présentée pour moi d'être autrement. Seulement, j'ai beaucoup de courage...
Elle lui sourit et ajouta :
— Et puis, je suis loyale !
— Chérie !
Il se pencha sur elle et posa ses lèvres dans ses cheveux.

— Là-dessus, reprit-elle, la tête levée vers lui, qu'est-ce qu'on va faire ? Il faut qu'on se procure de l'argent.

— Je ne vois pas comment.

— Une hypothèque sur la maison ?

Très vite, elle poursuivit :

— Je vois ! C'est déjà fait. Je suis stupide. Tout ce qui tombe sous le sens, tu l'as fait, évidemment. Il n'y a donc qu'à taper quelqu'un. Mais qui ? Je ne vois qu'une possibilité : la veuve de Gordon, la sombre Rosaleen.

Jeremy hocha la tête d'un air de doute.

— Il faudrait une somme importante... et elle ne peut pas toucher au capital. Elle n'a que l'usufruit de la fortune, sa vie durant.

— J'ignorais ça. Je croyais que tout lui appartenait définitivement. Si elle mourait, que se passerait-il ?

— Les biens seraient partagés entre ceux qui sont, par le sang, les plus proches parents de Gordon. Autrement dit, ils iraient à Lionel, à Adela, à Rowley, parce qu'il est le fils de Maurice, et à moi.

— Ils nous reviendraient...

Il y eut un silence.

— Tu ne m'avais pas dit ça, reprit Frances. Je pensais que la fortune était complètement à elle et qu'elle pouvait en disposer comme elle l'entendait.

— Non. Depuis la loi de 1925, celui qui meurt intestat...

Frances écouta d'une oreille distraite le petit cours de droit qui suivit. Quand il fut terminé, elle dit :

— Tout cela, en somme, n'a pas grand intérêt pour nous personnellement. Nous serons morts et enterrés bien avant qu'elle n'ait atteint la cinquantaine. Au fait, quel âge a-t-elle ? Vingt-cinq, vingt-six ans ? Elle vivra jusqu'à soixante-dix...

— Nous pourrions solliciter d'elle un prêt, en insistant sur nos liens de famille. C'est peut-être une fille qui a l'âme généreuse. Nous la connaissons si peu...

— En tout cas, nous avons été raisonnablement gentils avec elle. Nous ne lui avons pas fait grise mine, comme Adela. Elle peut s'en souvenir.

— Naturellement, il ne faut, sous aucun prétexte, lui laisser deviner... qu'il y a urgence.

Frances accueillit le conseil avec un soupçon d'impatience.

— Bien sûr que non ! L'ennui, c'est, qu'en fait, ce n'est pas à la petite elle-même que nous aurons affaire. Elle est entièrement sous la coupe de son frère.

— Un jeune homme bien peu sympathique !

Un sourire éclaira le visage de Frances.

— Ce n'est pas mon avis. Il est sympathique, très sympathique même. Et je croirais aussi qu'il manque de scrupules. Mais, sur ce chapitre-là, je n'ai rien à dire ! Je n'en ai pas non plus.

Souriant encore, mais le regard dur, elle leva la tête vers son époux et conclut :

— Nous ne nous laisserons pas battre, Jeremy ! Il n'est pas possible que nous ne trouvions pas un moyen d'en sortir... quand je devrais pour ça dévaliser une banque !

III

— L'argent ! s'écria Lynn.

Rowley Cloade, un solide gaillard aux épaules carrées et au teint rouge brique, approuva de la tête. Il avait les yeux bleus et les cheveux très blonds. Il y avait en lui une certaine lenteur qui avait quelque chose de voulu. Il prenait son temps pour parler comme d'autres tiennent à répliquer tout de suite.

— Eh oui ! dit-il. Aujourd'hui, il faut toujours en revenir là !

— Mais je croyais que les agriculteurs avaient fait de bonnes affaires pendant la guerre ?

— Sans doute, mais ça ne veut pas dire qu'ils soient parés pour le reste de leur existence ! D'ici un an, nous nous retrouverons au point d'où nous sommes partis. Les salaires grimpent, les ouvriers ne veulent plus travailler, personne n'est content et nul ne sait où il en est. Evidemment, les choses se présentent autrement si on fait de la culture sur une grande échelle. L'oncle Gordon le savait bien et c'est bien pour cela qu'il voulait nous donner un coup d'épaule.

— Alors que maintenant...

Rowley ricana.

— Alors que, maintenant, Mrs Gordon va à Londres et se ramène avec une cape en loutre de deux mille shillings.

— C'est honteux !

— Non.

Après un silence, il ajouta :

— Tu sais que ça me plairait plutôt, Lynn, de t'offrir un manteau de loutre ?

Elle pensait à Rosaleen. Soucieuse d'avoir sur elle l'opinion de quelqu'un de son âge, elle dit :

— A quoi ressemble-t-elle, Rowley ?

— Tu la verras ce soir, à la réception de l'oncle Lionel et de la tante Kathie.

— Je sais, mais c'est ton avis que je voudrais. Maman lui trouve l'air bête.

Rowley réfléchit avant de répondre :

— Mon Dieu, dit-il enfin, je ne crois pas qu'elle

soit très intelligente, mais, si elle a l'air bête, je pense que c'est surtout parce qu'elle se méfie.

— Parce qu'elle se méfie ? Mais de quoi ?

— De tout et de rien. Elle se méfie de son accent, qui est terrible, de la fourchette dont elle doit se servir, parce qu'elle ne sait pas si c'est la bonne, des citations qu'on fait dans la conversation, etc.

— Elle n'a donc reçu... aucune éducation ?

Rowley fit la grimace.

— Si tu veux dire par là que ce n'est pas une dame, c'est d'accord ! Elle a de beaux yeux et un teint magnifique. J'imagine que ce qui a séduit le vieux Gordon, c'est sa simplicité d'allures. Elle n'a rien de « sophistiqué » et ce n'est pas une attitude... encore que ce soit là une chose qu'on ne peut jamais affirmer. Elle est là, elle ne fait pas de bruit, et c'est David qui veille à tout.

— David ?

— C'est le frère. Un gars qui m'a l'air de connaître tous les trucs... et qui ne nous aime guère.

— Pourquoi nous aimerait-il ?

Comme Rowley la regardait, assez surpris, Lynn ajouta :

— Tu ne l'aimes pas, n'est-ce pas ?

— Certainement pas ! Et tu ne l'aimeras pas non plus. Ce n'est pas un type dans notre genre.

— Comment veux-tu savoir, Rowley, les gens qui me plaisent et ceux qui ne me plaisent pas ? J'ai passablement circulé au cours de ces trois dernières années et mes... horizons se sont élargis.

— De nous deux, en effet, c'est toi qui as vu le monde.

Il avait dit la phrase très simplement, mais, en dépit du ton, Lynn eut l'impression qu'elle recélait un sens caché. Elle regarda son cousin, dont les yeux ne cherchèrent pas à fuir les siens. Son visage n'exprimait aucune émotion particulière. Lynn se souvint qu'il avait toujours été très difficile de savoir exactement ce que pensait Rowley.

« Le monde entier est sens dessus dessous, songea-t-elle. Autrefois, c'étaient les hommes qui allaient à la guerre et les femmes qui restaient à la maison. Ici, c'est le contraire ! »

Rowley et Johnnie avaient tiré au sort pour savoir quel serait, des deux, celui qui partirait et celui qui devrait demeurer à la ferme. Johnnie était devenu soldat et avait été tué presque tout de suite, en Norvège, Rowley, durant les années de guerre, ne s'était pas éloigné de chez lui de plus d'un mille ou deux. Pendant ce temps-là, Lynn était allée en Egypte, en Afrique du Nord, en Sicile ailleurs encore. Plusieurs fois, elle avait vu le feu. Et, maintenant, « Lynn-qui-revenait-de-la-guerre » et « Rowley-qui-n'avait-pas-bougé-de-chez-lui » se retrouvaient en face l'un de l'autre. Elle se demanda si cette situation ne le gênait pas. Puis, avec un petit rire nerveux, elle dit :

— On a quelquefois l'impression que le monde est à l'envers. Tu ne trouves pas ?

— Je n'en sais rien.

Le regard perdu au loin, il ajouta :

— Ça dépend.

Après un moment, elle reprit d'une voix hésitante :

— Dis-moi Rowley, est-ce que... ça t'a ennuyé... que Johnnie...

Il tourna les yeux vers elle.

— Laisse Johnnie où il est !... La guerre est finie et... j'ai eu de la chance.

— De la chance ?... Tu veux dire parce que tu n'as pas eu à partir ?

— Et alors ! Ce n'est pas ton avis ?

Elle ne savait trop que répondre. Avec un sourire, il ajouta :

— Ce qui ne m'empêche pas de reconnaître que

vous, les filles en uniforme, vous aurez du mal à reprendre l'habitude de rester chez vous !

Agacée, elle répliqua :

— Ne dis donc pas de bêtises, Rowley !

Elle se demanda pourquoi elle se fâchait. N'était-ce pas parce qu'il y avait un peu de vrai dans ce qu'il venait de dire ?

— Quoi qu'il en soit, reprit-il, nous ferions aussi bien de songer à notre mariage. Si tu n'as pas changé d'avis, bien entendu...

— Pourquoi aurais-je changé d'avis ?

Il répondit, pensif :

— Est-ce qu'on sait ?

— Tu crois que je ne suis plus... la même ?

— Pas spécialement.

— Alors, c'est peut-être toi qui as changé d'avis ?

— Oh ! non. A la ferme, tu sais, rien n'a changé.

— Alors, très bien ! Marions-nous ! Quand veux-tu ?

— Vers le mois de juin ?

— Entendu.

Ils restèrent silencieux. L'affaire était réglée. Malgré cela, Lynn se sentait triste et déprimée. Rowley, pourtant, était toujours Rowley. Le même qu'autrefois : aimant, calme, travailleur, économe de paroles...

Ils s'aimaient. Ils s'étaient toujours aimés et n'avaient jamais beaucoup parlé de leur amour. Alors, pourquoi auraient-ils commencé maintenant ?

Ils se marieraient en juin et vivraient à Long Willows, dont elle ne bougerait plus, au sens que le mot « bouger » avait pris pour elle. La passerelle qui se relève, l'avion de transport qui, dans le vrombissement sourd des moteurs, s'élève au-dessus de l'océan, la côte inconnue qu'on découvre au loin et qui prend forme peu à peu, l'odeur du sable, mélangée à celle de l'essence et de l'ail, les voix qui parlent des langues qu'on ne comprend pas, les fleurs étranges qui poussent dans des pays où tout est nouveau, la cantine qu'on défait et qu'on refait sans cesse pour s'en aller vers une destination qu'on ignore, tout cela, c'était fini. La guerre était terminée. Lynn Marchmont était rentrée chez elle. « *Le marin, revenant de mer, a retrouvé son foyer...* »

« Oui, songea-t-elle. Mais cette Lynn est différente de la Lynn d'autrefois. »

Elle leva les yeux. Rowley la regardait...

IV

Les réceptions de Tante Kathie étaient toujours à peu près pareilles. L'hôtesse se multipliait, cependant que le docteur Cloade avait toujours l'air d'avoir quelque peine à surmonter sa mauvaise humeur. Il traitait ses invités avec courtoisie, mais ils ne pouvaient pas ne pas s'apercevoir qu'il devait pour cela faire un effort.

Physiquement, Lionel Cloade ressemblait assez à son frère Jeremy. Il était maigre et grisonnant, lui aussi, mais il n'avait pas le calme du *solicitor*. Ses manières étaient brusques et il y avait chez lui une certaine irritabilité, qui avait souvent rebuté ses malades, parce qu'elle cachait sa gentillesse, qui était réelle, ainsi d'ailleurs que son habileté professionnelle. Ce qui l'intéressait dans la vie, c'étaient ses recherches et, pour occuper ses loisirs, l'étude des plantes médicinales à travers les siècles. Il avait une intelligence précise et il lui fallait toute sa patience pour supporter les propos, souvent insipides, de sa femme.

Lynn et Rowley appelaient Mrs Jeremy Cloade par son seul prénom de Frances, mais pour eux, Mrs Lionel Cloade était restée « Tante Kathie ». Ils l'aimaient bien, tout en la trouvant assez ridicule.

Organisée en l'honneur du retour de Lynn, la petite fête était tout intime. Tante Kathie accueillit sa nièce de façon très affectueuse.

— Que tu es bronzée, ma chérie ! C'est l'Egypte, j'imagine ? Est-ce que tu lu ce livre sur les prophéties des Pyramides, que je t'ai envoyé ? Il est passionnant. Ça explique vraiment tout. Tu ne crois pas ?

L'opportune arrivée de Mrs Gordon, escortée de son frère, dispensa Lynn de répondre.

— Rosaleen, je vous présente ma nièce, Lynn Marchmont.

Lynn détailla du regard la veuve de Gordon Cloade avec une curiosité qu'elle dissimula de son mieux.

Elle avait épousé le vieux Gordon pour son argent, mais elle était jolie. Incontestablement. Et Rowley avait dit vrai : elle avait l'air toute simple, avec ses belles boucles noires et ses grands yeux bleus d'Irlandaise. Mais elle devait aimer dépenser de l'argent. Sa robe le prouvait comme aussi ses bijoux et sa cape de loutre. Elle avait de l'allure, mais on ne pouvait pas dire qu'elle savait vraiment s'habiller. Toutes ces belles choses, Lynn les aurait portées avec autrement de chic. (Seulement, voilà, songea Lynn, ces belles choses, tu n'as pas l'ombre d'une chance de les avoir jamais !)

Rosaleen Cloade serra la main de la jeune fille, puis, se tournant à demi, lui présenta son frère.

David Hunter était un jeune homme brun, qui avait l'air tout ensemble triste, méfiant et assez insolent. Lynn comprit tout de suite pourquoi les Cloade ne l'aimaient pas. Des hommes de ce genre-là, elle en avait rencontré au cours de ses voyages. C'étaient des individus qui n'avaient peur de rien, mais sur qui on ne pouvait pas compter, des types qui n'obéissaient qu'à leurs propres lois et trompaient tout le monde, qui pouvaient être précieux dans un « coup de chien », mais devenaient dangereux dès qu'on n'était plus sur la ligne de feu.

— Et vous plaisez-vous à « Furrowbank » ? demanda Lynn, pour dire quelque chose.

— La maison est superbe, répondit Rosaleen.

David Hunter ricana doucement :

— Le vieux Gordon ne se négligeait pas. Il n'a pas regardé à la dépense !

C'était la stricte vérité. Quand Gordon avait décidé de s'installer à Warmsley Vale — ou, plus exactement, d'y passer une faible partie d'une vie très occupée — il avait choisi de construire, l'idée ne lui plaisant pas de vivre dans une maison originairement destinée à d'autres. Il avait ensuite donné carte blanche à un jeune architecte qui avait édifié une construction que la moitié de Warmsley Vale trouvait horrible, avec ses masses carrées, ses portes à glissières, son ameublement ultra-moderne et ses tables en verre. On n'admirait sans réserve que les salles de bains.

Le rire de son frère fit rougir Rosaleen.

— C'est bien vous, reprit le jeune homme, s'adressant à Lynn, qui étiez une Wren jusqu'à ces derniers temps ?

— C'est bien moi...

Il la dévisagea longuement et, sans savoir pourquoi, elle sentit une rougeur monter à ses joues.

Cependant, la tante Katharine invitait tout le monde à passer dans la salle à manger.

— Le souper nous attend !

Presque aussitôt, elle rectifia :

— Je devrais plutôt dire « le dîner ». Comme ça, on n'espère pas des choses extraordinaires. Tout est devenu si difficile ! Mary Lewis me disait que, tous les quinze jours, elle donne une gratification de dix shillings au garçon du poissonnier. Vous ne trouvez pas cela immoral ?

Le docteur Lionel Cloade, qui bavardait avec Frances, disait, avec son petit rire nerveux :

— Allons, Frances ! Vous ne vous figurez pas que je vais croire que c'est vraiment là le fond de votre pensée !... Venez à table !

La salle à manger était sombre et plutôt vilaine. On s'assit. Il y avait là Jeremy et Frances, Lionel et Katharine, Adela, Lynn et Rowley. Rien que des Cloade. Et, avec eux, deux personnes qui n'étaient pas de la famille. Rosaleen portait bien le nom, mais elle n'était pas pour autant devenue une Cloade, comme Frances et Katharine.

Mal à l'aise, nerveuse, elle était l'étrangère. Quant à David, il était le hors-la-loi. Par nécessité, mais aussi par choix. C'était ce que se disait Lynn en prenant place à table.

Il lui semblait qu'il y avait de la haine dans l'air. Ou, sinon de la haine, des forces mauvaises, des forces qui ne demandaient qu'à détruire...

« Mais non, songea-t-elle, c'est comme ça partout ! Je m'en suis aperçue depuis mon retour en Angleterre. Séquelles de la guerre. Tout le monde est de mauvaise humeur, tout le monde est grincheux. Je l'ai remarqué en wagon, dans les autobus et dans les magasins, aussi bien chez les ouvriers que chez les patrons, et même à la campagne. Ce doit être la même chose dans les mines et dans les usines. Les gens sont « à cran ». Mais, ici, c'est autre chose ! C'est spécial. Ces étrangers, qui nous ont pris ce que nous nous imaginions être à nous, les haïrions-nous tant que cela ? »

Cette pensée la choquait.

« Mais non Ce n'est pas possible. Pas encore !...

Ça peut venir, mais pas maintenant ! Non, c'est eux qui nous détestent ! »

Cette découverte fit sur elle une telle impression qu'elle en demeura longtemps silencieuse, oubliant de parler à son voisin, qui se trouvait être David Hunter.

— Vous rêvez ? demanda-t-il.

Il avait parlé d'une voix très douce, mais la phrase la frappa comme un reproche. Il allait peut-être se dire qu'elle était mal élevée.

— Pardonnez-moi, répondit-elle. Je pensais à la situation dans laquelle la guerre a laissé le monde.

Il dit, très froid :

— Pas très original !

— Si. Les gens sont tellement durs aujourd'hui ! Et je n'ai pas l'impression que ça améliore quoi que ce soit !

— Si l'on veut obtenir des résultats pratiques, il vaut mieux se consacrer au mal qu'au bien. Dans cet ordre d'idées, nous avons imaginé, au cours de ces dernières années, quelques petits systèmes qui ne sont pas mal, y compris le plus beau de tous, la bombe atomique.

— C'était un peu à ça que je pensais ! Ce que je voulais dire, c'est que les gens ne se veulent que du mal.

— Aucun doute là-dessus. Mais ce n'est pas une nouveauté et, au Moyen Age, on aurait pu, sur ce chapitre-là, nous donner des leçons.

— Comment ça ?

— La magie noire, les sorts, les petites poupées de cire, transpercées avec une aiguille quand la lune est favorable, les maléfices, qui faisaient périr le troupeau de votre voisin... ou votre voisin lui-même.

Lynn dit, sceptique :

— Vous ne croyez pas que la **magie noire** a vraiment existé ?

— Peut-être que non ! En tout cas, il y a des gens qui l'ont pratiquée. Aujourd'hui...

Il haussa les épaules et reprit :

— Aujourd'hui, magie noire ou pas magie noire, vous et votre famille, vous ne pouvez pas grand-chose en ce qui nous concerne, Rosaleen et moi. Pas vrai ?

Lynn avait eu un sursaut. Elle se ressaisit. Brusquement la conversation l'amusait.

— Nous nous y prendrions un peu tard, dit-elle poliment.

David Hunter rit doucement. Il avait l'air, lui aussi, de s'amuser.

— En ce sens que nous avons mis l'embargo sur le fric ? C'est exact. Maintenant, la vie est belle !

— Et ça vous fait plaisir ?

— D'avoir de l'argent en masse ? Plutôt.

— Je pensais moins à l'argent qu'à nous.

— Ah ! de vous l'avoir soufflé ? Ma foi, c'est bien possible ! Vous étiez tous tellement contents de vous, tellement sûrs de vous requinquer avec l'oseille du vieux ! Vous vous figuriez déjà que son fric était dans vos poches !

— Vous ne devriez pas oublier qu'on avait tout fait pour nous mettre cette idée-là dans la tête, qu'on nous avait dit et répété qu'il était inutile de faire des économies, inutile de penser à l'avenir, qu'on nous encourageait à aller de l'avant et à faire de vastes projets...

Elle songeait à Rowley, à Rowley et à la ferme.

— Oui, dit David en riant. Seulement, il y a une chose qu'on avait négligé de vous apprendre...

— Et quoi donc ?

— Qu'il n'y a jamais rien de sûr !

Par-dessus la table, la tante Katharine interpellait Lynn.

— Est-ce que tu sais, Lynn, que Mrs Lester entre régulièrement en relation avec un prêtre de la IVe Dynastie ? Il nous a dit des choses extraordinaires. Il faudra que nous bavardions longuement, toi et moi. Je suis sûre que l'Egypte a eu sur toi une grosse influence, au point de vue psychique.

Le docteur Cloade intervint d'un ton sec :

— Lynn a mieux à faire qu'à s'occuper de ces superstitions ridicules.

La tante Katharine répliqua sans s'indigner :

— Tu es plein de préjugés, Lionel !

Lynn sourit à sa tante, puis resta silencieuse, réfléchissant. La phrase de David lui trottait dans la cervelle. « *Il n'y a jamais rien de sûr.* » Oui, des gens vivaient dans un monde où il n'y avait jamais rien de sûr, des gens pour qui tout était danger. David était de ceux-là. Ce monde, ce n'était pas celui de Lynn. Mais il avait tout de même des côtés attirants...

David, souriant, se penchait vers elle.

— Est-ce que nous nous parlons toujours ? demanda-t-il très bas, d'une voix rieuse.

— Mais bien sûr !

— Parfait. Et vous continuez à nous en vouloir, à Rosaleen et à moi, d'avoir confisqué cet argent auquel nous n'avions aucun droit ?

— Certainement !

— Splendide ! Et qu'allez-vous y faire ?

— Acheter de la cire à modeler et me mettre à la magie noire.

Il se mit à rire.

— Ce n'est sûrement pas ce que vous ferez ! Vous n'aurez pas recours à des procédés périmés. Vous utiliserez des méthodes modernes, efficaces peut-être, mais qui ne vous empêcheront pas de perdre.

— Mais qu'est-ce qui vous permet de penser qu'il y aura bataille ? Est-ce que nous n'avons pas tous accepté l'inévitable ?

— Je dois dire que vous vous comportez tous de façon fort correcte. C'est prodigieusement amusant !

Lynn baissa la voix.

— Pourquoi nous haïssez-vous ?

Un éclair brilla dans les profonds yeux noirs de David Hunter.

— Je ne pourrais sans doute pas vous le faire comprendre.

— Je suis convaincue du contraire.

David ne dit rien pendant quelques instants. Puis, sur le ton léger de la conversation banale, il demanda :

— Pourquoi allez-vous épouser Rowley Cloade ? C'est un crétin.

— Vous n'en savez rien ! Vous ne le connaissez pas !

Sans protester, David reprit, toujours sur le même ton :

— Qu'est-ce que vous pensez de Rosaleen ?

— Elle est très belle.

— Et puis ?

— Elle n'a pas l'air de s'amuser beaucoup.

— Très juste, dit David. Rosaleen est plutôt bête. Elle a peur. Elle a toujours été comme ça. Elle fonce et, après, elle ne sait plus que faire. Voulez-vous que je vous raconte son histoire ?

— Si cela vous fait plaisir.

— Soyez-en sûre ! Elle a commencé par avoir la passion du théâtre et elle est devenue comédienne. Naturellement, elle n'avait pas de talent. Elle est entrée dans une troupe de troisième ordre qui s'en allait jouer en Afrique du Sud. Les mots « Afrique du Sud » l'avaient emballée. La compagnie s'est trouvée en rade à Capetown. Là-dessus, toujours sans réfléchir, elle a épousé un fonctionnaire du Nigeria. Le pays ne lui a pas plu et, si je suis bien informé, son mari non plus. Avec un type énergique, qui aurait bu et qui lui aurait administré des raclées, l'affaire aurait pu coller. Mais c'était une sorte d'intellectuel qui vivait au fond de la brousse dans sa bibliothèque et qui ne parlait que de métaphysique. Elle l'a lâché pour rentrer à Capetown. Le gars s'est fort bien conduit et lui a servi une mensualité très honnête. Aurait-il divorcé ? Ce n'est pas sûr, étant donné qu'il était catholique. Mais le problème ne s'est pas posé : il a eu le bon esprit de mourir des fièvres, laissant à Rosaleen une petite pension. Dès la déclaration de guerre, elle a pris le bateau pour l'Amérique du Sud et c'est là-bas qu'elle a rencontré Gordon Cloade, à qui elle n'a rien eu de plus pressé que de raconter ses malheurs. Conclusion : ils se sont mariés à New York et ils ont vécu quinze jours dans la félicité la plus complète. Après quoi, il a été tué par une bombe et Rosaleen a hérité d'une grande maison, de toutes sortes de bijoux qui valent très cher et d'un revenu considérable.

— En somme, dit Lynn, c'est une histoire qui finit très bien.

— Oui. Rosaleen est complètement dépourvue d'intelligence, mais elle a de la chance... et tout est très bien comme ça. Gordon Cloade était un bonhomme solide. Il avait soixante-deux ans. Il aurait pu vivre encore une vingtaine d'années et peut-être même plus. Ça n'aurait pas été drôle pour Rosaleen, avouez-le ! N'oubliez pas qu'elle n'en a pas plus de vingt-six maintenant.

— Elle ne les paraît même pas.

David jeta un coup d'œil vers sa sœur. Elle émiettait son pain et paraissait nerveuse.

— Non, dit-il, songeur. C'est probablement parce qu'elle n'a rien dans le crâne.

— Dommage !

David fronça le sourcil.

— Pourquoi « dommage » ? Je veille sur elle.

— Je m'en doute.

— Et quiconque s'attaquera à elle me trouvera sur son chemin ! J'ajoute que je connais bien des façons de me battre, dont quelques-unes ne sont pas très orthodoxes.

Elle demanda, très froidement :

— Est-ce que, maintenant, c'est l'histoire de votre vie à vous que vous allez me raconter ?

Il sourit.

— Oui, mais dans une édition très abrégée. Quand la guerre a éclaté, je me suis vainement demandé pourquoi je combattrais pour l'Angleterre. Je suis Irlandais. Seulement, comme tous mes compatriotes, j'aime la bagarre. Les Kommandos ont exercé sur moi une attraction irrésistible. Je me suis bien amusé, mais j'ai été éliminé par une grave blessure à la jambe. Je suis donc parti pour le Canada, où je me suis occupé d'entraîner les futurs combattants. J'étais financièrement assez mal en point quand j'ai reçu, de New York, un télégramme de Rosaleen qui m'annonçait son mariage. Elle ne me disait pas que l'affaire était intéressante, mais je suis assez fin quand il s'agit de lire entre les lignes. J'ai bouclé ma valise et je me suis apporté à New York, où je suis tombé sur les heureux époux, avec lesquels je suis rentré en Angleterre. Aujourd'hui...

Il s'interrompit pour adresser à Lynn un sourire plein d'insolence.

— Aujourd'hui, « *le marin, revenant de mer, a retrouvé son foyer* »... Ça c'est vous ! « *Et le chasseur, descendu des monts, rentre chez lui !* » Qu'est-ce que vous avez ?

— Rien, dit Lynn.

Elle se levait de table, en même temps que les autres. Rowley la rejoignit à la porte du salon.

— Tu avais l'air de très bien t'entendre avec David Hunter, lui dit-il. Qu'est-ce qu'il te racontait ?

— Rien de particulier, répondit Lynn.

V

— David, quand retournons-nous à Londres et quand rentrons-nous aux Etats-Unis ?

Le frère et la sœur prenaient leur petit déjeuner. La question de Rosaleen fit froncer le sourcil à David Hunter.

— Rien ne presse ! répondit-il. On est bien ici !

Par la fenêtre, on apercevait un paysage délicieusement anglais, avec, au premier plan, une grande pelouse qui descendait en pente douce vers la campagne.

— Tu m'avais dit, reprit Rosaleen, que nous ne tarderions pas à regagner les Etats-Unis. En fait, que nous partirions dès que tu aurais pu t'arranger...

— C'est que c'est justement plus difficile à arranger que tu ne crois ! Il y a des passagers prioritaires et nous ne pouvons, ni toi, ni moi, prétendre que nous allons là-bas pour affaires. Après une guerre, rien n'est simple !

Il n'était pas très content de ce qu'il disait. Les raisons qu'il invoquait étaient parfaitement authentiques, mais elles ressemblaient fort à des prétextes. Et puis, pourquoi Rosaleen se montrait-elle soudain si désireuse de retourner aux Etats-Unis ?

— Tu m'avais dit, David, que nous ne resterions ici qu'un petit bout de temps. Il n'était pas question de s'y installer à demeure.

— Qu'est-ce que tu reproches à Warmsley Vale... ou à « Furrowbank » ?

— Rien... *C'est eux ?*

— Les Cloade ?

— Oui.

— C'est justement l'amusant de l'histoire ! répliqua David. Ils nous envient, ils nous détestent... et ça se voit sur leurs sales figures ! Tu ne voudrais pas me priver de ce plaisir-là !

Très bas, elle dit :

— Je regrette que tu considères les choses comme cela.

— Voyons, petite fille, un peu de cran ! Nous avons, toi et moi, assez mangé de vache enragée. Les Cloade ont eu la vie belle, trop belle. On vivait sur le grand frère Gordon, comme des petites puces sur une grosse puce. Les gens de cette espèce-là, je les hais. Et pas aujourd'hui !

Elle protesta, choquée :

— Je n'aime pas qu'on haïsse les gens. C'est mal !

— Tu crois qu'ils ne te haïssent pas, eux ? Ont-ils été gentils avec toi ? Cordiaux ?

Elle répondit, avec un peu d'hésitation dans la voix :

— Ils n'ont pas été désagréables. Ils ne m'ont fait aucun mal.

Il ricana :

— Seulement, ils seraient ravis de t'en faire ! Ravis. S'ils n'avaient pas tellement peur pour leur propre peau, on te trouverait, un beau matin, un poignard coquettement enfoncé entre les épaules !

— Ne dis pas des horreurs pareilles !

— Soit ! Pas de poignard. Disons qu'on mettrait de la strychnine dans ton potage !

— Tu plaisantes...

Il remarqua que les lèvres de sa sœur tremblaient. Redevenant sérieux, il dit :

— Rassure-toi, Rosaleen ! Je veille sur toi et c'est à moi qu'ils auront affaire !

— Mais, si ce que tu dis est vrai, si réellement ils nous haïssent, pourquoi ne pas rentrer à Londres ?

Nous n'aurions rien à craindre, puisque nous serions loin d'eux.

— Il te faut la campagne. Londres, tu le sais comme moi, ne te vaut rien.

— C'était à cause des bombes...

Elle frissonna et, les yeux clos, ajouta :

— Je n'oublierai jamais... Jamais !

Il lui posa la main sur l'épaule et la secoua doucement.

— Je te garantis bien que si ! Tu as été fortement ébranlée, mais maintenant c'est fini ! Il n'y a plus de bombes. Il ne faut plus penser à ça. C'est un souvenir à oublier. Le médecin t'a recommandé de rester à la campagne pendant un certain temps et c'est pourquoi je ne tiens pas à te voir rentrer à Londres.

— C'est vraiment pour ça, David ? Je croyais que... peut-être...

— Peut-être ?

— Je croyais que c'était peut-être à cause d'elle que tu ne voulais pas partir d'ici.

— Elle ?

— Tu sais bien, qui je veux dire. La petite de l'autre soir, celle qui était dans les Wrens...

Le visage de David devint sombre.

— Lynn Marchmont ?

— Ne va pas me dire qu'elle ne t'intéresse pas !

— Lynn Marchmont ? Elle appartient à Rowley, cet honorable cul-de-plomb qui ne bouge de chez lui sous aucun prétexte.

— Je te regardais, l'autre soir, quand tu lui parlais.

— Voyons, Rosaleen !

— Et, depuis, tu l'as revue. C'est exact, hein ?

— Je l'ai rencontrée près de la ferme, l'autre matin. J'étais à cheval.

— Et tu la reverras...

— Forcément. Le pays est tout petit et tu ne

peux pas faire un pas sans tomber sur un Cloade. Seulement, si tu crois que je suis amoureux de Lynn Marchmont, tu te trompes ! C'est une petite fille qui a une excellente opinion d'elle-même et qui est tout juste polie. Je souhaite à Rowley bien du plaisir. Crois-moi, cette petite Lynn, ce n'est pas mon genre !

Elle ne paraissait pas convaincue.

— Tu en es bien sûr, David ?

— Absolument.

Elle reprit, les yeux baissés :

— Je sais que tu n'aimes pas que je me fasse les cartes, mais elles disent quelquefois la vérité. J'ai trouvé dans mon jeu une fille qui nous apportait des ennuis et du chagrin, une fille qui venait d'au-delà des mers. Il y avait aussi un étranger brun, qui entrait dans notre vie et constituait pour nous un danger. La carte qui représente la mort était là, bien entendu, et...

David se levait.

— Tu m'amuses, avec ton étranger brun ! A part ça, tu n'es pas superstitieuse. Tu veux un conseil ? Méfie-toi des étrangers bruns !

Il riait encore en quittant la maison. Ses traits durcirent quand il s'aperçut qu'il n'était sorti que pour faire une promenade au cours de laquelle il espérait bien rencontrer cette Lynn, qu'il détestait parce qu'elle contrarierait ses plans.

Rosaleen le suivit des yeux un instant. Elle le vit franchir la grille et s'éloigner par un sentier qui s'en allait dans les champs. Elle monta ensuite à sa chambre pour passer ses vêtements en revue. Elle ne se lassait pas de toucher son nouveau manteau de loutre. Jamais elle n'aurait cru posséder un jour une fourrure de ce genre-là. La chose l'émerveillait encore. Son inspection était loin d'être terminée quand la femme de chambre vint la trouver pour lui annoncer la visite de Mrs Marchmont, qui était au salon.

Adela attendait, les lèvres serrées, bien droite dans son fauteuil et le cœur battant deux fois plus vite qu'à l'accoutumée. Il lui avait fallu rassembler tout son courage pour se décider à faire appel à la générosité de Rosaleen. Encore avait-elle plusieurs fois remis au lendemain une démarche qui lui était d'autant plus pénible que les vues de Lynn sur cet emprunt n'étaient plus du tout les mêmes qu'au début, la jeune fille tenant maintenant que sa mère ne devait à aucun prix solliciter un prêt de la veuve de Gordon. Une nouvelle lettre du directeur de la banque avait fait comprendre à Mrs Marchmont qu'il fallait en finir. Lynn était sortie de bonne heure et Adela avait aperçu David Hunter qui se promenait dans la campagne. La voie était libre. Mrs Marchmont, estimant que Rosaleen serait beaucoup plus compréhensive que son frère, tenait avant tout à voir la jeune femme seule.

Sa nervosité s'apaisa quelque peu quand Rosaleen parut. Elle avait vraiment l'air peu intelligent et Mrs Marchmont se demanda si elle était « comme ça » avant ce bombardement qui l'avait si terriblement affectée.

Adela déclara d'abord, d'un ton enjoué, que la matinée était superbe.

— Mes tulipes fleurissent déjà, ajouta-t-elle. Où en sont les vôtres ?

Rosaleen posait sur la visiteuse un regard stupide.

— Je n'en sais rien.

Adela se demandait de quoi parler avec cette femme qui ne connaissait rien au jardinage non plus qu'aux chiens, les deux principaux sujets de conversation des gens qui vivent à la campagne.

— Evidemment, reprit-elle, d'une voix dont l'acidité, pourtant assez prononcée, lui échappait. Vous avez tant de jardiniers ! Ce sont eux qui s'occupent de ça.

— Je crois que nous manquons de personnel. Le vieux Mullard prétend qu'il lui faudrait deux hommes de plus. Malheureusement, la main-d'œuvre continue à demeurer extrêmement rare.

Mrs Marchmont eut l'impression que Rosaleen parlait comme un enfant qui répète ce qu'il a entendu dire à une grande personne. Cette seconde comparaison lui plut. C'était bien ça ! Rosaleen était comme un enfant. C'était peut-être ce qui faisait son charme, ce qui avait séduit cet homme d'affaires à la tête froide qu'était Gordon Cloade et l'avait empêché de voir que cette fille était bête et manquait d'éducation. Sa beauté à elle seule n'avait pu suffire. Bien des jolies femmes avaient essayé de prendre Gordon dans leurs rêts. Elles avaient échoué. Toutes. Mais une femme-enfant pouvait avoir un attrait particulier pour un homme de soixante-deux ans...

Rosaleen ayant déploré l'absence de David, Mrs Marchmont se rappela l'objet de sa visite. David pouvait rentrer. Il ne fallait plus attendre. Les mots semblaient vouloir rester dans sa gorge, mais elle parvint pourtant à les prononcer.

— Je me demande... si vous consentiriez à m'aider.

— A vous aider ?

Rosaleen semblait n'avoir pas compris.

— Oui. La vie est devenue très difficile. La mort de Gordon a changé pour nous bien des choses...

Mrs Marchmont, à ce moment-là, détestait Rosaleen. Cette fille, qui la regardait avec des yeux ronds, savait pourtant bien ce qu'elle voulait dire. Elle avait été pauvre, elle aussi. Alors ? Adela fut sur le point de renoncer. Mais que faire ? Vendre la maison. Pour aller où ? On ne trouvait pas de petites villas à louer, surtout à des prix abordables.

Prendre des pensionnaires ? Mais il était impossible de se procurer des domestiques et, seule, elle ne pouvait pas faire la cuisine pour plusieurs personnes et s'occuper des chambres. Avec l'aide de Lynn, elle aurait peut-être pu s'en tirer. Mais Lynn allait épouser Rowley. Aller vivre avec Lynn et Rowley ? Non ! ça, jamais ! Alors, travailler ? A quoi ? Qui serait assez fou pour donner un emploi à une vieille femme qui ne savait rien faire et se fatiguait vite.

Elle s'entendit dire d'une voix sèche:

— J'ai besoin d'argent.

— D'argent ?

Rosaleen paraissait fort surprise. Comme si elle se fût attendue à tout, sauf à ça.

Adela reprit :

— J'ai un découvert à la banque et des factures à payer. Des réparations que j'ai fait faire à la maison. Il y a aussi les impôts... Vous comprenez, mes revenus ont diminué de moitié. Gordon m'aidait beaucoup. Pour la maison, il faisait faire les réparations, il s'occupait du couvreur, des peintres, de tout. Et puis, il me faisait une pension. Elle était versée à mon compte en banque tous les trois mois. Il me disait toujours de ne pas me faire de souci et, effectivement, tant qu'il a été là, tout a bien été. Mais aujourd'hui...

Elle avait dit tout cela avec beaucoup de peine. Elle se tut, à la fois honteuse et soulagée. Le plus dur était fait. Si la jeune femme refusait, voilà tout !

Rosaleen semblait extrêmement gênée.

— Je ne soupçonnais pas ça. Je n'aurais jamais pensé que... Quoi qu'il en soit, je demanderai à David et...

Adela, les mains crispées sur les bras de son fauteuil, risqua le tout pour le tout.

— Il ne vous serait pas possible de me donner un chèque... tout de suite ?

— Mais si !

Visiblement stupéfaite, Rosaleen alla à un secrétaire, explora les tiroirs à la recherche d'un carnet de chèques qu'elle finit par trouver, s'assit et se mit à écrire.

— Combien voulez-vous ?

— Est-ce que... cinq cents livres...

— Disons donc cinq cents...

Adela se sentait délivrée d'un poids. Les choses, en fin de compte, s'étaient très bien passées. Elle s'aperçut avec chagrin que ce qui dominait en elle, en ce moment, ce n'était point un sentiment de reconnaissance, mais l'orgueil un peu méprisant que lui inspirait un trop facile triomphe. Rosaleen, c'était indéniable, était un peu « simplette ».

La jeune femme revenait vers Mrs Marchmont et lui tendait gauchement le chèque qu'elle avait rempli. Elle paraissait maintenant bien moins à l'aise que la visiteuse.

— J'espère n'avoir rien oublié, dit-elle. Je suis vraiment désolée...

Adela prit le chèque. L'écriture était enfantine. Elle lut : « ... à l'ordre de Mrs Marchmont... cinq cents livres... Rosaleen Cloade. »

— Vous êtes vraiment très bonne, Rosaleen. Je vous remercie.

— Je vous en prie ! J'aurais dû me douter...

— Si, ma chère, c'est vraiment très bien de votre part...

Le chèque dans son sac à main, Adela Marchmont avait l'impression d'être devenue une autre femme. Rosaleen s'était réellement montrée très gentille. Il convenait maintenant de ne pas prolonger l'entretien. Mrs Marchmont prit congé et se retira. Dans l'allée, elle rencontra David qui rentrait. Elle le gratifia, d'un bonjour aimable et s'éloigna d'un pas pressé.

VI

— Qu'est-ce que la Marchmont est venue faire ici ?

A peine rentré, David posait la question.

— Elle a de terribles ennuis d'argent, répondit Rosaleen. Je n'aurais jamais supposé...

— Et naturellement, tu lui en as donné ?

Il ajouta avec un sourire de pitié :

— Je ne peux pas te laisser seule cinq minutes !

— Mais, David, je ne pouvais pas refuser ! Après tout...

— « Après tout », quoi ? Combien lui as-tu lâché ?

— Cinq cents livres.

Rosaleen avait énoncé le chiffre à voix basse. Le rire de David la rassura.

— Une broutille !

— Mais c'est une grosse somme, David !

— Plus pour nous, Rosaleen ! On dirait que tu ne te rends pas compte que tu es maintenant extrêmement riche. Ce qui n'empêche que, du moment qu'elle te demandait cinq cents livres, tu aurais dû lui en offrir deux cent cinquante. Elle aurait été très contente avec ça. Il faut apprendre à manier les tapeurs.

Elle murmura :

— Je regrette.

— Pauvre fille, va ! Enfin, tu fais ce que tu veux, c'est ton argent !

— Non, David. Pas réellement !

— Ah ! je t'en prie, ne remettons pas ça ! Gordon Cloade est mort avant d'avoir eu le temps de faire un testament. C'est ce qu'on appelle un coup de chance. Nous avons gagné, toi et moi. Les autres ont perdu.

— Ça ne me paraît pas... régulier.

— Rosaleen, ma chère petite sœur, aimes-tu tout ce que tu as ? Cette grande maison, ces domestiques, tes bijoux ? Oui. Alors, n'insiste pas... et souhaite seulement qu'il ne s'agisse pas d'un rêve qui prendrait fin brusquement un jour ou l'autre !

Elle se décida à rire avec lui. Il s'en félicita. Il savait comment prendre Rosaleen. Il était fâcheux qu'elle eût des scrupules, mais on arrivait tout de même à lui faire entendre raison. Elle reprit :

— C'est vrai, David, c'est comme un rêve... ou comme un film. Mais ce que j'ai, j'en jouis. Pleinement.

— Bravo ! Et rappelle-toi que, ce que nous avons, nous le gardons ! Plus de cadeaux aux Cloade, Rosaleen. Ils sont tous beaucoup plus riches que nous ne l'avions, nous, jamais été !

— Je crois que c'est exact.

— Au fait, sais-tu où Lynn est allée ce matin ?

— Probablement à Long Willows.

A Long Willows, chez Rowley ! La bonne humeur de David tomba du coup. Cette Lynn finirait par épouser ce crétin de Rowley. Il sortit sans ajouter un mot et, la mine sombre, s'en fut sur une colline voisine, d'où l'on apercevait la ferme de Rowley. Rosaleen ne s'était pas trompée : Lynn, revenant de Long Willows, gravissait le sentier. David hésita une seconde, puis, l'air résolu, s'en fut à sa rencontre. Elle était à peu près à mi-côte quand il l'aborda.

— Bonjour, Lynn. Alors, ce mariage, c'est quand ?

— Vous me l'avez déjà demandé et vous le savez fort bien. En juin.
— Ça tient toujours ?
— Je ne vois pas ce que vous voulez dire, David.
— Allons donc !

Avec un ricanement, il ajouta, d'un ton de mépris :
— Rowley ! Qu'est-ce que c'est, Rowley ?

Elle prit le parti de rire.
— Un homme qui vaut beaucoup mieux que vous. Frottez-vous à lui, si vous l'osez !
— Qu'il vaille mieux que moi, je n'en doute pas. Pour le reste, j'oserai certainement. Pour vous, Lynn, j'oserais n'importe quoi !

Elle réfléchit un instant.
— Ce que vous ne comprenez pas, dit-elle enfin, c'est que j'aime Rowley.
— C'est ce dont je ne suis pas sûr !

Elle s'indigna.
— Je l'aime, je vous dis. Je l'aime ! Vous m'entendez ?

David examinait la jeune fille avec attention.
— Chacun de nous se fait de lui-même des images où il se voit tel qu'il voudrait être. Vous vous voyez amoureuse de Rowley, vous installant avec Rowley, vivant ici avec Rowley, heureuse et n'ayant jamais envie de vous enfuir. Croyez-vous que cette Lynn-là soit la vraie Lynn ?
— Si vous le savez mieux que moi, que voulez-vous que je réponde ? Mais, si nous allons par-là, quel est au juste le vrai David et que veut-il ?
— Je pourrais vous dire que je veux le calme et la tranquillité, la paix après la tempête, mais je n'en suis pas tellement sûr et je me demande parfois si ce que nous souhaitons, vous et moi, ce n'est pas justement... des histoires !

Songeur, il ajouta :

— Je regrette que vous soyez revenue ici. Avant votre retour, j'étais remarquablement heureux.
— Vous n'êtes pas heureux ?
Il la regarda. Elle baissa les yeux. Sa respiration s'accélérait. Jamais elle n'avait été si fortement troublée par la présence de David. Il lui posa la main sur l'épaule et, presque aussitôt, la retira. Il regardait derrière elle, vers le haut de la colline. Elle tourna la tête pour voir ce qui retenait son attention. Une femme franchissait la petite grille de Furrowbank.
— Qui est-ce ? demanda David.
— On dirait que c'est Frances, répondit Lynn.
— Frances ? Qu'est-ce qu'elle veut ?
— Elle vient peut-être tout simplement dire bonjour à Rosaleen.
— Ma chère Lynn, on ne vient voir Rosaleen que quand on a besoin de quelque chose. Votre mère est venue ce matin.
Lynn fronça le sourcil.
— Maman ? Qu'est-ce qu'elle voulait ?
— Vous ne le savez pas ? De l'argent.
— De l'argent ?
— Et elle l'a eu !
David souriait, d'un sourire froid et cruel qui lui allait fort bien. Lynn se raidissait, très pâle. Elle s'écria :
— Non ! Non ! Non !
Il l'imita.
— Si ! Si ! Si !
— Je ne crois pas ça ! Combien ?
— Cinq cents livres.
Elle resta muette. Il reprit d'un air détaché :
— Je me demande de combien Frances va essayer de l'avoir. La pauvre fille n'a jamais pu dire non !
— Est-ce que d'autres lui ont déjà... demandé de l'argent ?
Il répondit, la voix moqueuse :

— La tante Kathie avait quelques dettes. Pas grand-chose : il suffisait de deux cent cinquante malheureuses livres pour les acquitter. Seulement, elle craignait que ça ne vînt aux oreilles de son médecin de mari. Comme cet argent devait aller à des médiums, il aurait pu ne pas être tout à fait d'accord. Elle ignorait, la pauvre, que le toubib avait sollicité un emprunt avant elle...

Lynn dit très bas :

— Que devez-vous penser de nous ?

Puis, brusquement, tournant les talons, elle partit vers la ferme en courant. Il la regarda s'éloigner. C'était auprès de Rowley qu'elle allait se réfugier. Comme un pigeon retourne à son colombier ! La chose lui était plus pénible qu'il ne voulait se l'avouer. Furieux, il était reparti vers « Furrowbank » d'un pas décidé. Frances allait s'apercevoir qu'elle avait mal choisi son jour.

Quand il entra dans le salon, elle parlait.

— Je voudrais que vous me compreniez bien, Rosaleen. Mais c'est terriblement difficile à expliquer...

Une voix dit dans son dos :

— Croyez-vous ?

Frances se retourna vivement. A la différence d'Adela Marchmont, elle n'avait pas cherché à s'entretenir seule à seule avec Rosaleen. La somme dont elle avait besoin était trop importante pour qu'elle pût espérer l'obtenir de la jeune femme sans que celle-ci n'eût préalablement consulté son frère. En fait, Frances aurait de beaucoup préféré discuter l'affaire avec David et Rosaleen plutôt que de laisser croire à David qu'elle avait essayé de soutirer de l'argent à Rosaleen en son absence. Absorbée dans son discours, elle n'avait pas entendu le jeune homme entrer dans la pièce. L'interruption la surprit. Elle eut l'impression que, pour une raison qu'elle ignorait, David Hunter était de mauvaise humeur. La chose la contraria, mais elle n'en laissa rien voir.

— Ah ! David ! s'écria-t-elle. Je suis bien contente que vous soyez là ! J'étais en train de dire à Rosaleen que la mort de Gordon a placé Jeremy dans une situation extrêmement délicate et de lui demander si elle ne pourrait pas venir à notre secours. Notre position, la voici...

Un flot de paroles suivit. Il était question de gros capitaux engagés avec l'approbation de Gordon, d'une promesse verbale, de restrictions imposées par le Gouvernement, de taxes et d'impôts, etc... etc...

David, malgré lui, admirait. Cette femme mentait admirablement. Son histoire était plausible. Mais elle mentait. Il l'aurait parié. Elle ne disait pas la vérité et celle-ci était assez difficile à deviner. Une chose, pourtant, paraissait sûre : il fallait que Jeremy fût dans une situation quasi désespérée pour qu'il eût autorisé sa femme, qui avait de la fierté et de la dignité, à venir exécuter devant Rosaleen le « numéro » qu'elle était en train de faire...

— Dix mille livres ? dit-il, comme s'il avait mal entendu.

Rosaleen, impressionnée, murmura :
— C'est beaucoup d'argent !

Frances se hâta d'en convenir.
— C'est une grosse somme, je le sais, et je ne serais pas venue vous trouver s'il était facile de l'emprunter ailleurs. Le point à retenir, c'est que Jeremy n'aurait jamais fait cette affaire s'il n'avait eu l'appui de Gordon. Le malheur, c'est que Gordon ait disparu subitement...

— En vous laissant dans la panade !

David avait lancé la phrase d'une voix gouailleuse. Frances s'imposa de sourire.

— Vous exprimez les choses avec beaucoup de pittoresque !

— Pittoresque ou non, Rosaleen ne peut pas toucher au capital. Elle ne dispose que du revenu et l'impôt lui prend plus de dix-neuf shillings par livre.

Frances Cloade soupira.

— Je le sais bien ! Le fisc aujourd'hui est d'une exigence épouvantable. Mais on pourrait s'arranger. Nous vous rembourserions...

Il l'interrompit.

— On pourrait s'arranger. Mais on ne s'arrangera pas.

Frances se tourna vers Rosaleen.

— Rosaleen, vous êtes généreuse...

De nouveau, David lui coupa la parole.

— Est-ce que vous vous imaginez que Rosaleen doit être pour les Cloade une vache à lait ? Vous êtes tous là à l'accabler de vos supplications, à quémander et à mendigoter ! Alors que, derrière son dos, vous la méprisez. Car, avec vos grands airs, vous la haïssez et vous voudriez la voir morte...

Frances protesta.

— C'est faux !

— Vraiment ? Eh bien ! tant pis. Vous me rendez malade et Rosaleen vous a assez vus. De l'argent, nous n'en avons pas pour vous et il est donc inutile que vous continuiez à venir pleurnicher ici. Compris ?

Il était rouge de colère. Frances s'était levée. Le visage fermé, elle boutonnait ses gants avec application. Elle dit :

— Je crois, David, qu'il serait difficile de ne pas comprendre.

Rosaleen murmura :

— Je suis navrée...

Frances fit quelques pas vers la porte-fenêtre qui ouvrait sur le jardin, puis, s'arrêtant, elle se retourna vers David.

— Vous avez dit, David, que je méprisais Rosaleen. Ce n'est pas vrai. Je ne méprise pas Rosaleen. Mais, vous, je vous méprise !

— Parce que ?

— Une femme est obligée de faire sa vie d'une façon ou d'une autre. Rosaleen a épousé un homme très riche, qui avait des années de plus qu'elle. Il n'y a rien à dire. Vous, c'est autre chose ! Vous vivez aux crochets de votre sœur ! Vous vivez d'elle... et très confortablement.

— Je la protège contre les harpies.

Ils étaient dressés l'un en face de l'autre. Leurs regards se défiaient. David eut brusquement le sentiment qu'il avait devant lui une ennemie entre toutes redoutable, une femme qui ne reculerait devant rien, qu'aucune considération n'arrêterait. Frances, cependant, demeurait calme.

— Je me souviendrai, David, de ce que vous avez dit.

Le ton était neutre, banal. Il eut pourtant l'impression qu'il s'agissait là d'une menace à ne pas oublier.

Frances partie, David revint vers Rosaleen. Elle pleurait.

— Oh ! David ! David !... Tu n'aurais pas dû lui dire des choses pareilles ! C'est celle qui se montrait la plus gentille avec moi !

Il répliqua, furieux :

— Tais-toi, petite sotte ! Tu veux donc qu'ils s'engraissent tous à tes dépens ? Tu tiens à finir sans un sou ?

— Mais, cet argent, David, si, en bonne justice, il ne m'appartient pas...

Il lui jeta un tel coup d'œil qu'elle n'osa poursuivre. Elle balbutia :

— Non, David, ce n'est pas ce que je voulais dire !

— Je l'espère bien.

Les scrupules de Rosaleen l'exaspéraient. Il

n'avait pas compté avec eux et ils risquaient de compliquer terriblement les choses dans l'avenir.

L'avenir ? Que serait-il, l'avenir ? Pour lui, il avait toujours su ce qu'il voulait et il le savait encore. Pour Rosaleen, la question se posait : quel avenir avait-elle ?

Il la regardait. Secouée d'un frisson, elle s'écria :

— Mon Dieu ! Quelqu'un qui marche sur ma tombe !

Il eut un demi-sourire.

— Tu te rends tout de même compte que c'est là que nous en sommes ?

— Que veux-tu dire, David ?

— Simplement qu'il y a cinq ou six personnes, sept peut-être, qui seraient très désireuses de te pousser dans la tombe avant que ton heure ne soit venue !

— Tu veux dire qu'elles voudraient me tuer ?

D'une voix blanche, elle poursuivit :

— Tu crois qu'ils voudraient m'assassiner ?... Les Cloade, qui sont des gens si bien !

Il haussa les épaules.

— Les gens bien, comme tu dis, je ne sais pas trop si ce ne sont pas ceux-là qui tuent le plus facilement. Seulement, sois tranquille ! Les Cloade ne réussiront pas à t'assassiner aussi longtemps que je serai là pour m'occuper de toi. Il faudra qu'ils se débarrassent de moi d'abord. Evidemment, s'ils y parviennent jamais, il faudra que tu fasses attention à toi !

— David, ne dis pas des choses comme ça !

Il l'empoigna par le bras.

— Ecoute-moi bien ! Si jamais je ne suis pas près de toi, Rosaleen, tiens-toi sur tes gardes ! N'oublie pas que le jeu de la vie est dangereux, terriblement dangereux, et tout spécialement pour toi, si je ne me trompe pas !

VII

— Rowley, peux-tu me prêter cinq cents livres ?

Rowley considéra avec surprise Lynn, qui se tenait devant lui, très pâle, les lèvres sèches, tout essoufflée encore d'avoir couru. Il répondit, un peu sur le ton qu'il prenait quand il voulait calmer un cheval :

— Voyons, Lynn, voyons ! Ne nous énervons pas Qu'est-ce qui se passe ?

— J'ai besoin de cinq cents livres.

— Ma foi, c'est une somme qui m'arrangerait bien, moi aussi !

— Je parle sérieusement, Rowley. Peux-tu me prêter cinq cents livres ?

— A vrai dire, Lynn, j'ai déjà un découvert. Avec ce nouveau tracteur...

Elle l'interrompit. Les détails ne l'intéressaient pas.

— Oui... -Mais, s'il le fallait, tu pourais te procurer de l'argent ?

— Pourquoi en as-tu besoin ? Tu es dans le pétrin ?

D'un mouvement de la tête, elle montra le haut de la colline.

— C'est pour lui !

— Pour Hunter ? Comment diable...

— C'est maman. Elle lui a emprunté de l'argent. En ce moment, elle est... financièrement... assez embêtée.

— Je m'en doute. Elle n'a pas la vie facile, je le sais.

Il ajouta :

— Je voudrais bien pouvoir faire quelque chose. Malheureusement, je ne peux vraiment pas !

— Je ne peux pas supporter l'idée qu'elle doit de l'argent à David !

— Il ne faut pas te frapper, Lynn. En réalité, cet argent, c'est Rosaleen qui l'avance. Dans le fond, c'est normal !

— Et pourquoi donc ?

— Parce que je ne vois pas pourquoi Rosaleen ne nous donnerait pas un petit coup d'épaule de temps en temps. En mourant sans avoir fait de testament, le vieux Gordon nous a joué un sale tour. Je suis sûr que Rosaleen, si on lui explique clairement ce qui en est, comprend parfaitement que nous sommes un peu en droit de compter sur son aide.

— Tu lui as emprunté de l'argent ?

— Non... Le cas n'est pas tout à fait le même : je ne me vois pas très bien allant taper une femme...

— Est-ce que tu te rends compte qu'il me déplaît, à moi, de devoir quelque chose à David Hunter ?

— Mais tu ne lui dois rien ! Ce n'est pas son argent !

— Allons donc ! Rosaleen est complètement sous sa coupe.

— Possible. Mais, légalement, ce n'est pas son argent !

— Et tu ne peux pas m'en prêter ?

— Comprends-moi, Lynn ! Si tu étais vraiment dans une situation impossible, si tu avais des dettes, si quelqu'un te faisait chanter, je pourrais vendre un bout de terrain ou du matériel, mais ce serait une opération désastreuse. Pour le moment, j'arrive à me maintenir à peu près, mais on ne sait jamais ce que le gouvernement va encore décider et on est sûr d'être victime à tous les coups... Si je te disais que j'ai tellement d'imprimés à remplir qu'il m'arrive quelquefois de rester dessus jusqu'à minuit ? Un homme seul ne peut pas en sortir !

Elle dit, amère :

— Je sais ! Si seulement Johnnie n'avait pas été tué...

D'une voix rageuse, il lui coupa la parole.

— Laisse donc Johnnie tranquille ! Qui est-ce qui te parle de Johnnie ?

Elle le regarda avec stupeur. Il était tout congestionné et paraissait avoir peine à dominer sa colère. Elle lui tourna le dos et, lentement, reprit le chemin de *White House*.

— Cet argent, Mums, peux-tu le rendre ?

— Qu'est-ce que tu me demandes là, ma chérie ? Dès que je l'ai eu, je suis allée directement à la banque. Ensuite, j'ai payé Arthurs, puis Bodgham et aussi Knebworth, qui commençait à me harceler. Tu n'imagines pas le soulagement que cela a été pour moi. Il y avait des nuits que je n'en dormais plus. Sois gentille, Lynn, et comprends-moi !

Lynn eut un sourire amer.

— Et, naturellement, tu auras encore recours à elle à l'occasion ?

— C'est-à-dire, ma chérie, que j'espère que ce ne sera pas nécessaire. Je fais très attention, tu le sais, mais tout augmente tellement...

— Que nous serons obligées de continuer à mendier !

Adela devint écarlate.

— Tu as une singulière façon de présenter les choses, Lynn. Comme je l'ai expliqué à Rosaleen, nous avons toujours dépendu de Gordon...

— C'est bien là notre tort ! Nous n'aurions pas dû et il a cent fois raison de nous mépriser.

— Qui donc nous méprise ?

— David Hunter.

Mrs Marchmont se redressa avec dignité.

— Je ne vois pas en quoi ce que pense ce monsieur peut avoir la moindre importance. Fort heureusement, il n'était pas là quand je suis allée à « Furrowbank » ! Il aurait très bien pu influencer

cette fille, qui, naturellement, ne voit que par lui.
Lynn resta silencieuse un instant.
— Que voulais-tu dire, demanda-t-elle ensuite, quand, l'autre jour, parlant de lui, tu disais « si tant est que ce soit son frère » ?

Mrs Marchmont, assez embarrassée, hésita un peu avant de répondre.
— Que veux-tu que je te dise ? On a beaucoup jasé...

Lynn semblait attendre des explications plus complètes. Mrs Marchmont toussa et poursuivit :
— Ces aventurières — tu admets avec moi, j'imagine, que le pauvre Gordon a été roulé ? — ces aventurières ont généralement avec elles un jeune... associé, qui reste dans la coulisse. Supposons qu'elle ait dit à Gordon qu'elle avait un frère. Plus tard, apparaît ce David. Comment Gordon saurait-il s'il est ou non ce frère dont elle lui a parlé ? Il est persuadé que cette femme l'adore, il lui fait confiance et ne voit par conséquent aucun inconvénient à ce que le prétendu « frère » les accompagne en Angleterre...
— Je ne peux pas croire ça !

Lynn avait parlé avec une telle énergie que Mrs Marchmont, surprise, haussa les sourcils.
— Vraiment, ma chère Lynn...
— Non, poursuivait Lynn, il n'est pas comme ça ! Et elle non plus ! Elle est sotte, peut-être, mais elle est gentille... Oui, vraiment gentille ! Vous ne voulez pas en convenir, parce que vous avez des idées préconçues, mais c'est une brave fille et je ne crois pas un mot de tout ce que tu viens de me raconter !

Mrs Marchmont répliqua d'un ton pincé :
— En tout cas, Lynn, ce n'est pas une raison pour crier comme tu le fais !

VIII

Une huitaine de jours plus tard, le train de 5 h 25 déposait à la gare de Warmsley Heath un homme, grand et bronzé, qui portait un havresac. Sur le quai d'en face, quelques joueurs de golf attendaient le train qui les ramènerait à Londres.

L'homme au havresac sortit de la gare, hésita un instant sur le chemin qu'il devait prendre, puis, apercevant le poteau indicateur s'engagea d'un pas déterminé sur le sentier qui conduisait à Warmsley Vale.

A Long Willows, Rowley Cloade achevait de se faire une tasse de thé, quand une ombre qui s'allongeait sur la table de la cuisine lui fit lever les yeux. Il s'attendait à apercevoir Lynn et ce fut avec autant de désappointement que de surprise qu'il découvrit que la jeune femme qui se tenait debout sur le seuil n'était autre que Rosaleen Cloade.

Elle portait une robe fort simple, avec de larges rayures orange et vertes, une robe « paysanne » d'une simplicité étudiée, qui avait certainement coûté beaucoup plus cher que Rowley ne l'imaginait. Il la voyait pour la première fois vêtue autrement que comme un mannequin qui promène des modèles appartenant à la maison qui l'emploie et elle lui apparaissait comme une Rosaleen nouvelle.

Ainsi habillée, elle ne pouvait, avec ses boucles sombres et ses adorables yeux bleus, renier ses origines irlandaises.

— Il fait si beau, dit-elle, que je suis venue jusqu'ici en me promenant.

Elle semblait avoir renoncé à l'articulation maniérée qui était ordinairement la sienne et sa voix aussi était bien d'Irlande. Elle ajouta :

— David est à Londres.

Elle avait dit cela en rougissant légèrement. Elle puisa une cigarette dans un étui tiré de son sac, en offrit une à Rowley qui la refusa d'un signe de tête, puis essaya d'allumer la sienne avec un ravissant petit briquet en or. Comme elle n'arrivait pas à le faire fonctionner, il le lui prit des mains, fit tourner la mollette d'un coup de pouce très sec et présenta du feu à la jeune femme. Tandis qu'elle se penchait vers lui, il remarqua la longueur de ses cils qui posaient une ombre sur ses joues. Il était en train de penser que le vieux Gordon avait bon goût quand, reculant d'un pas, elle dit, sur un ton de sincère admiration :

— Elle est superbe, cette génisse que vous avez dans le pré du haut !

Surpris et ravi, Rowley se mit à parler de la ferme. Elle l'écoutait avec un intérêt qui n'était point feint, plaçant de temps à autre dans la conversation des remarques qui prouvaient que les choses de la campagne ne lui étaient pas étrangères.

— Mais, s'écria-t-il, vous auriez été pour un fermier l'épouse idéale !

Elle rougit.

— Nous avions une ferme en Irlande. Avant de venir en Angleterre et de...

Elle hésitait. Il dit :

— Et de faire du théâtre ?

Elle sourit.

— Ce n'est pas tellement loin ! Vous savez, Rowley, que je serais encore très capable de traire vos vaches !

C'était vraiment une nouvelle Rosaleen. David Hunter eût-il aimé ces allusions à des travaux de fermière ? Rowley en doutait. David s'efforçait de donner l'impression que la famille était de vieille noblesse irlandaise. Rosaleen devait serrer la vérité de plus près. Son histoire était facile à reconstituer :

la ferme, la passion du théâtre, la tournée en Afrique du Sud, un premier mariage, une période d'isolement au cœur de l'Afrique centrale, une évasion, une parenthèse, puis, finalement, un second mariage, à New York, avec un millionnaire...

Rosaleen, c'était incontestable, avait fait du chemin depuis le temps où elle trayait les vaches ! Ce qui ne l'empêchait pas d'avoir conservé l'air innocent et candide des gens dont la vie a été sans histoire. Etait-il possible, d'ailleurs, qu'elle eût déjà vingt-six ans ? Elle paraissait si jeune...

— A quoi pensez-vous, Rowley ? demanda-t-elle brusquement.

— J'étais en train de me dire, répondit-il, que vous aimeriez peut-être visiter la ferme et la laiterie.

— Ça me ferait grand plaisir !

Il lui fit faire le tour du propriétaire, puis parla de lui offrir le thé. Elle consulta sa montre.

— Impossible, Rowley ! Il est déjà terriblement tard et il vaut mieux que je rentre. David doit revenir par le train de 5 h 20 et il va se demander ce que je suis devenue !

Avec une sorte de gêne, elle ajouta :

— J'ai passé ici une heure charmante, Rowley.

Elle était sincère, certainement. Pour une fois, pendant quelques instants, la riche Mrs Gordon Cloade avait été elle-même et non point la créature « sophistiquée » qu'il lui fallait être pour complaire à son frère David, le « cerveau » de la famille. Comme une petite bonne, elle avait pris un après-midi de congé...

Rowley sourit. La jeune femme approchait maintenant de « Furrowbank ». Elle était presque en haut de la colline quand elle s'écarta pour laisser passer un homme qui suivait le sentier en sens inverse. Rowley les vit qui se regardaient. Puis

Rosaleen reprit son chemin. Maintenant, elle courait presque...

C'était bien cela ! Une petite bonne qui a pris un après-midi de congé et qui a peur d'être réprimandée si elle rentre en retard. Seulement, c'était tout de même la riche Mrs Gordon Cloade et on ne pouvait se reprocher d'avoir perdu une heure avec elle. Elle pouvait être utile.

Rowley, perdu dans ses pensées, sursauta : quelqu'un lui parlait. C'était un homme de haute taille, coiffé d'un chapeau souple au large bord, un havresac accroché aux épaules. Le personnage, se rendant compte que sa question n'avait pas été entendue, la répétait :

— Suis-je bien sur le chemin de Warmsley Vale ?

Rowley rappela ses esprits.

— Oui, dit-il. Suivez le sentier jusqu'à la route. Là, prenez à gauche. Trois minutes plus tard, vous êtes au village.

Ces renseignements, il les avait donnés plus de cent fois à peu près dans les mêmes termes, les taillis de Blackwell dissimulant à la vue Warmsley Vale, blotti au creux d'un vallon. La question qui vint ensuite était plus inhabituelle, mais il y répondit sans presque y penser.

— Vous avez deux auberges, le Cerf et les Cloches. A choisir, j'aime mieux le Cerf, mais les deux maisons sont aussi bonnes — ou aussi mauvaises — l'une que l'autre. Vous devriez y trouver une chambre.

Il regarda plus attentivement son interlocuteur. Les gens, aujourd'hui, prenaient la précaution de retenir leurs chambres...

L'homme était grand. Il avait le visage bronzé et portait la barbe. Il pouvait avoir une quarantaine d'années et donnait l'impression d'un solide gaillard qui ne devait pas avoir peur de grand-chose. Un étranger, sans doute, ou, plus vraisemblablement, un colonial. Son visage n'avait rien de particulièrement sympathique. Rowley avait un vague sentiment de l'avoir déjà rencontré quelque part. Mais où ? Il s'interrogeait quand l'homme parla de nouveau.

— Pouvez-vous me dire s'il y a par ici une maison qui s'appelle « Furrowbank » ?

Rowley, cette fois prit son temps pour répondre.

— Mon Dieu, oui ! C'est là en haut et vous n'avez pas pu faire autrement que de passer devant si vous êtes venu de la gare par le sentier.

— C'est ce que j'ai fait. Ce serait cette grande maison blanche qu'on aperçoit là-haut ?

— Exactement.

— Un rude morceau ! Ça doit coûter cher à entretenir !

Rowley ne répondit pas. L'homme disait vrai. Ce qu'il ne savait pas, c'était que son argent, à lui Rowley, payait la dépense !

L'étranger s'était retourné pour regarder la villa.

— Cette maison, reprit-il, elle n'est pas habitée par une... Mrs Cloade ?

— Si. Mrs Gordon Cloade.

L'homme sourit, comme surpris et amusé tout ensemble.

— Tiens ! Tiens ! Mrs Gordon Cloade... Elle se met bien !

Il hocha la tête, remercia et reprit sa route. Rowley rentra dans la ferme. Il songeait, fort intrigué. Où diable avait-il déjà vu le type à qui il venait de parler ?

Le même soir, un peu après neuf heures et demie, Rowley pénétrait dans la salle commune de l'auberge du Cerf. Debout derrière son comptoir, Béatrice Lippincott lui adressa un sourire. Mr Rowley Cloade lui était sympathique parce qu'il était bel homme. Rowley se fit servir un verre de bitter et, pendant un instant, bavarda avec les quelques consommateurs qui se trouvaient là, échangeant avec eux, des propos amers sur l'activité du gouvernement, le temps et les futures récoltes. Après quoi, prenant Béatrice à part, il lui parla à voix basse.

— Dites-moi, Béatrice, il ne vous est pas arrivé un voyageur, ce soir ? Un grand type, avec un immense chapeau de feutre ?

— Si, monsieur Rowley. Il est arrivé vers six heures. Vous le connaissez ?

— Il est passé devant chez moi et m'a demandé son chemin.

— Pour moi, ce n'est pas un Anglais.

— C'est bien possible. Je serais curieux de savoir qui il est.

Il souriait à Béatrice, qui lui rendit son sourire.

— Si ça vous intéresse, monsieur Rowley, je peux vous le dire. Attendez une seconde !

Un instant plus tard, elle lui mettait sous les yeux, ouvert à la page, du jour, le registre des voyageurs. Sur la dernière ligne, il lut : « *Enoch Arden. Capetown. Anglais.* »

IX

La journée promettait d'être magnifique. Les oiseaux gazouillaient dans le jardin et Rosaleen, qui portait son joli costume de paysanne, était d'excellente humeur quand elle vint s'asseoir à table pour le petit déjeuner. Les doutes et les craintes qui l'avaient assaillie en ces derniers temps s'étaient dissipés. David, qui paraissait très satisfait du petit voyage à Londres qu'il avait fait la veille, était gai et souriant. Et le café était excellent...

Ils se levaient de table quand le courrier arriva.

Sept ou huit lettres pour Rosaleen — des factures, deux ou trois invitations, rien de spécial — trois lettres pour David. Les deux premières n'offraient aucun intérêt. Il en allait tout autrement de la troisième, dont le texte était, comme le libellé de l'enveloppe, écrit en caractères d'imprimerie :

Cher monsieur Hunter,
Je crois qu'il est préférable que je m'adresse à vous plutôt qu'à votre sœur. « Mrs Cloade », ma lettre risquant de lui donner un coup. J'ai des nouvelles du capitaine Robert Underhay et peut-être serait-elle heureuse de les connaître. Je suis au Cerf et, si vous voulez m'y rendre visite ce soir, je serai ravi de parler de cela avec vous.
Sincèrement à vous,

ENOCH ARDEN.

David devint brusquement si pâle que Rosaleen, qui le regardait en souriant, s'inquiéta.
— David !... Que se passe-t-il ?
Sans mot dire, il lui tendit la lettre.
— Qu'est-ce que ça signifie ? demanda-t-elle, après l'avoir lue. Je ne comprends pas ?
— Tu sais lire, non ?
Elle coula vers lui un regard timide.
— Est-ce que ça voudrait dire que...
Elle n'osa point achever sa phrase. Après un silence, elle reprit :
— Qu'allons-nous faire, David ?
Il plissait le front. Un plan, déjà, se formait en son esprit.
— Ce n'est pas grave, Rosaleen. J'arrangerai ça.
— Est-ce à dire que...
— Ne t'en fais pas, je te dis ! Je me charge de tout. Pour toi, c'est tout simple ! Tu vas faire une valise et filer à Londres. Tu iras à l'appartement et

tu y resteras jusqu'à ce que je te fasse signe. Compris ?

— Bien sûr, David. Seulement...
— Ne discute pas et fais ce que je te dis !

Son sourire la rassurait. Il reprit :

— Ne perds pas de temps ! Je te conduirai à la gare et tu pourras prendre dix heures trente-deux. A l'appartement, dis au portier que tu ne veux voir personne et que, si l'on te demande, il doit répondre que tu es sortie. Donne-lui un solide pourboire. Il ne doit laisser monter personne, moi excepté. Compris ?

Elle le regardait, comme terrorisée. Il poursuivit :

— Encore une fois, Rosaleen, il n'y a rien à craindre. Seulement, il faut jouer serré. Je réponds de tout, mais pour pouvoir manœuvrer, j'ai besoin que tu ne sois pas dans le secteur.

— Tu crois que je ne peux pas rester ici ?
— La question ne se pose pas. Réfléchis ! Si tu es ici, comment veux-tu que je joue ma partie contre ce type, quel qu'il soit ?
— Crois-tu que c'est...

Il l'interrompit, d'un ton définitif.

— Pour le moment, je ne crois rien du tout. Je tiens seulement à ce que tu t'éloignes. Après, je verrai où nous en sommes. Sois gentille, Rosaleen, et ne discute pas !

Il était inutile d'insister. Rosaleen monta à sa chambre. Resté seul, David relut la lettre. D'une courtoisie banale, le style ne lui apprenait rien. Ces lignes pouvaient aussi bien avoir été écrites par une personne désireuse de rendre service que par quelqu'un qui ne voulait aucun bien au destinataire. « *J'ai des nouvelles du capitaine Robert Underhay* »... « *il est préférable que je m'adresse à vous* »... « *Mrs Cloade* »... Ces guillemets étaient plutôt inquiétants... « *Mrs Cloade* »... Et cette signature ?

Enoch Arden ? Le nom lui rappelait quelque chose.
Ne l'avait-il pas lu dans un livre de vers ?

Quand, le soir, David entra dans le hall du Cerf,
l'endroit était désert, comme à l'habitude. Il y avait,
à gauche, une porte, sur laquelle était écrit le mot
« Café » et, à droite, une autre porte, marquée
« Fumoir ». Dans le fond, une troisième porte avec
la mention : « Réservé aux pensionnaires ». A
droite, un couloir menait vers le bar, d'où parvenait
un bruit de voix confus. Il y avait, en outre, une
petite cage de verre avec l'inscription « Bureau »
et, tout à côté, un bouton de sonnette.

Au troisième appel, miss Béatrice Lippincott
arriva par le couloir du bar. Remettant en place
d'un geste gracieux les boucles blondes de son
« indéfrisable », elle pénétra dans la petite cage de
verre et, avec un aimable sourire, s'enquit de ce
qu'elle pouvait faire pour être agréable à Mr Hunter.

— Est-ce que vous n'avez pas ici, demanda-t-il, un
Mr Arden ?

— Arden, vous dites ?

Miss Lippincott, qui jugeait qu'une réponse
immédiate n'eût pas donné de l'importance du Cerf
une suffisante impression, fit mine de réfléchir un
instant.

— Mais oui, dit-elle, enfin. Mr Enoch Arden ! Il
est ici. La chambre 5, au premier étage. Vous ne
pouvez pas vous tromper. Une fois en haut, au lieu
de suivre le couloir qui est devant vous, vous tournez à gauche, vous descendez trois marches et vous y
êtes !

Deux minutes plus tard, David Hunter entrait
dans la chambre de Mr Enoch Arden.

Sortant du bureau, Béatrice Lippincott appela
« Lily », provoquant par-là l'apparition d'une fille à
l'air passablement stupide, avec ses joues trop remplies et ses yeux trop ronds.

— Lily, lui dit miss Lippincott, tu voudrais t'occuper du bar un instant ? J'ai du linge à vérifier.
— Certainement, miss Lippincott.
Avec un soupir, la grosse fille ajouta :
— Il est bien, Mr Hunter ! Vous ne trouvez pas ?
Miss Lippincott prit son air le plus blasé pour répondre :
— Peuh ! Des comme lui, j'en ai vu des masses pendant la guerre. Des jeunes pilotes et d'autres, de la base d'aviation. Des types qui vous donnaient des chèques, dont on n'était jamais sûr qu'ils étaient bons, mais qu'on acceptait tout de même parce que ces gens-là avaient de la classe. Je ne suis peut-être pas faite comme les autres, mais, moi, ce que j'aime, c'est ça, la classe ! Un gentleman est toujours un gentleman, même s'il conduit un tracteur !
Sur cette énigmatique proposition, miss Lippincott se dirigea vers l'escalier et disparut.

David Hunter, la porte du 5 refermée, examina du regard l'homme qui signait ses lettres du nom d'Enoch Arden. Le type avait l'air d'avoir beaucoup roulé, mais paraissait difficile à situer. La conclusion de David fut que le client ne devait pas être commode.
Déjà, Arden lui parlait.
— C'est vous, Hunter ? Parfait. Asseyez-vous ! Qu'est-ce que vous prenez ? Un peu de cognac...
L'homme s'était installé confortablement. Il avait assez de bouteilles pour qu'on pût choisir. Un feu clair brûlait dans la cheminée.
— Avec plaisir, dit David. Un peu de cognac...
— Vous m'arrêterez !
— Ça va comme ça !
Ils s'observaient.
Arden leva son verre.

— A votre santé !
— A votre santé !

Les verres posés, Arden engagea la conversation.

— Ma lettre vous a surpris ?
— A franchement parler, oui ! dit David. Je n'y comprends rien de rien !
— Ah ?... C'est possible, après tout.
— Vous auriez connu Robert Underhay, le premier mari de ma sœur ?
— Oui, j'ai très bien connu Robert.

Arden souriait, tout en envoyant vers le plafond des anneaux de fumée. Il poursuivit :

— Je l'ai sans doute connu mieux que n'importe qui. Vous, vous ne l'avez jamais rencontré, n'est-ce pas ?
— Non.
— Ça vaut peut-être mieux.
— Qu'est-ce que vous voulez dire par-là ?

Arden répondit d'un ton bonhomme :

— Simplement, mon cher, que cela simplifie les choses, voilà tout ! Je m'excuse de vous avoir prié de venir ici, mais j'ai pensé qu'il était préférable de laisser Rosaleen en dehors de la conversation. Inutile de lui faire du chagrin si on peut l'éviter.
— Est-ce que cela vous ennuierait d'en venir au fait ?
— Nullement. Voyons... Il ne vous a jamais semblé qu'il y avait, dans cette histoire de la mort d'Underhay, quelque chose de... pas très catholique ?
— Je ne comprends pas.
— Je m'explique. Underhay était un type qui avait des idées parfois assez baroques. Nous pouvons très bien supposer qu'à un certain moment, soit parce qu'il avait l'esprit chevaleresque, soit pour quelque autre raison que nous ne connaissons pas, il lui a semblé qu'il y aurait pour lui de sérieux avan-

tages de se faire passer pour mort. Il savait manier les Noirs. Il lui était facile, grâce à eux, de mettre son dessein à exécution. Il ne lui restait plus ensuite qu'à reparaître ailleurs, à quelques milliers de milles de là, sous un nom nouveau.

— L'hypothèse me paraît tout simplement fantastique.

— Croyez-vous ?

Arden, souriant, se pencha en avant et donna à Hunter une tape sur le genou.

— Et si ce n'était pas une hypothèse, Hunter ? Si c'était la vérité ?

— Je demanderais des preuves !

— Oui ?... Eh bien ! il y en a une qui me paraîtrait décisive. Il suffirait que Robert Underhay en personne vînt s'installer ici, à Warmsley Vale. Qu'est-ce que vous diriez de cette preuve-là ?

— Evidemment, elle serait concluante.

— C'est mon avis. Gênante, aussi. C'est à Mrs Gordon Cloade que je pense. Parce que, dans cette hypothèse, il n'y aurait plus de Mrs Gordon Cloade. Je me fais bien comprendre ?

— Ma sœur était de bonne foi quand elle s'est remariée.

— Je n'en doute pas, mon cher ami, et je ne le conteste pas. Il n'est pas un juge au monde qui prétendrait le contraire et on ne saurait rien lui reprocher.

— Qu'est-ce qu'un juge viendrait faire là-dedans ?

— Excusez-moi ! Je pensais à la question de la bigamie.

— Mais, enfin, s'écria Hunter, incapable de se contenir plus longtemps, où voulez-vous en venir ?

— Ne vous énervez pas, mon vieux ! Je vous demande seulement de réfléchir avec moi pour voir ce qu'il y a de mieux à faire. Dans l'intérêt de votre sœur, bien entendu. Personne n'a envie de remuer de la boue. Underhay... mon Dieu, oui, Underhay était un type assez chevaleresque. Il l'est toujours.

— Il *l'est* ?

— C'est bien ce que j'ai dit.

— Il serait vivant ? Alors, où est-il ?

Arden baissa la voix. Son ton devenait confidentiel.

— Tenez-vous vraiment à le savoir, Hunter ? Ne vaudrait-il pas mieux pour vous de continuer à l'ignorer ? Autant que vous sachiez et autant que Rosaleen sache. Underhay est mort en Afrique. Tenez-vous-en à ça ! Si Underhay est vivant, il ignore que sa femme a contracté un second mariage. Il l'ignore, parce que, s'il le savait, on le verrait reparaître... Nécessairement. Rosaleen, en effet, a hérité d'une jolie fortune, qui lui vient de son second époux. Mais, si cet homme n'a jamais été son mari, il faut bien admettre qu'elle n'a aucun droit à cet argent... Underhay a un sens très aigu de l'honneur. Il lui paraîtrait évidemment intolérable qu'elle conservât cette fortune sous un titre usurpé...

Après un silence, il reprit :

— Seulement, bien entendu, il est très possible qu'il ne sache jamais rien de ce second mariage. Il est très mal parti, le pauvre, très mal parti.

— Comment cela ?

Arden hocha la tête.

— La santé. Il est malade. Il a besoin de soins. Des traitements spéciaux... qui malheureusement coûtent fort cher.

Ces derniers mots, David Hunter les attendait depuis un bon moment déjà. Il dit :

— Fort cher ?

— Oui. Aujourd'hui, tout est hors de prix et le pauvre Underhay est pratiquement sans le sou. Il ne possède guère que les vêtements qu'il a sur lui...

David jeta un coup d'œil autour de la pièce. Il remarqua le havresac posé sur une chaise. Arden n'avait ni malle, ni valise.

— Je me demande, dit Hunter d'une voix sèche, si Robert Underhay est vraiment aussi chevaleresque que vous le prétendez.

— Il l'a été, mais la vie a tendance à transformer chacun de nous en un parfait cynique.

Très doucement, après une pause, Arden reprit :

— Gordon Cloade était incroyablement riche. Devant une fortune si considérable, les plus bas instincts se réveillent !

David Hunter se leva.

— Je vais vous donner ma réponse : allez au diable !

Imperturbable, Arden souriait.

— J'attendais ça !

— Vous êtes un ignoble maître chanteur, ni plus, ni moins. Faites ce que vous voulez ! Je ne marche pas.

— Un scandale ? Vous n'avez pas peur que j'aille raconter cette histoire-là aux journaux ? Ça vous ennuierait peut-être plus que vous ne voulez bien le dire, mais ce n'est pas mon intention. J'ai d'autres clients.

— Vous dites ?

— Que je peux m'adresser aux Cloade. J'imagine qu'ils ne me mettraient pas à la porte si j'allais leur dire : « Au fait, savez-vous que feu Robert Underhay est toujours bien vivant ? »

David eut un ricanement de mépris.

— Vous ne pourrez pas leur arracher un sou ! Ils sont fauchés, tous !

— Oui, mais on peut s'entendre et travailler à terme, avec paiement le jour où il est prouvé que Robert Underhay est vivant, que Mrs Gordon Cloade est donc toujours Mrs Robert Underhay et que, par conséquent, le testament fait par Gordon Cloade avant son mariage est le seul valable aux yeux de la loi...

David s'était rassis. Il resta silencieux pendant plusieurs minutes, puis, brusquement, il dit :
— Combien ?
— La réponse vint, immédiate :
— Vingt mille livres.
— Pas question ! Ma sœur ne peut pas toucher au capital, elle n'a que l'usufruit.
— Alors, dix mille. Elle peut les trouver facilement. Elle a des bijoux, j'imagine ?

Il y eut un long silence.
— D'accord ! dit enfin Hunter.

Arden, comme surpris de sa facile victoire, attendit quelques secondes avant de parler de nouveau.
— Naturellement, pas de chèques. Tout en billets !
— Il faudra nous donner du temps... pour trouver l'argent.
— Je peux attendre quarante-huit heures.
— Disons jusqu'à mardi.
— Soit. Vous m'apporterez l'argent ici. Je n'irai pas vous retrouver dans un coin perdu, au fond d'un vallon ou au bord d'une rivière. Inutile d'espérer ça. Je vous attendrai ici, au Cerf, mardi prochain, à neuf heures du soir.
— Vous êtes plutôt du genre méfiant, on dirait ?
— Je sais me garder et, les types de votre espèce, je les connais.

David sortit sans répondre. Il était pâle de rage.

Béatrice Lippincott quitta peu après la chambre 4. Il existait, entre le 4 et le 5, une porte de communication, assez peu visible au 5, où elle était masquée par une penderie. Miss Lippincott était très rouge et ses yeux brillaient de plaisir. Elle descendit l'escalier en promenant une main agitée sur sa blonde « indéfrisable ».

X

« Shepherd's Court » était, dans l'élégant quartier de Mayfair, un magnifique immeuble, loué en appartements de luxe. Le personnel y était un peu moins nombreux qu'avant la guerre, il n'y avait plus qu'un portier au lieu de deux, mais le service était toujours parfait. Une seule différence : le restaurant ne montait plus les repas, exception faite du petit déjeuner.

L'appartement de Mrs Gordon Cloade était au troisième étage. Il se composait d'une grande pièce, ornée d'un bar prévu et construit par l'architecte, de deux chambres à coucher, pourvues de profondes penderies, et d'une salle de bains où le métal chromé étincelait.

David, très agité, allait et venait dans la grande pièce. Rosaleen, assise sur le divan, le regardait. Elle était très pâle.

— Un chantage ! répétait David pour la dixième fois. Un chantage ! Sacristi ! Est-ce que j'ai l'air d'un type qu'on fait chanter ?

Interrompant une seconde sa promenade, il s'arrêta et s'écria :

— Quel dommage que je ne sache pas...

Il laissa la phrase inachevée. Rosaleen soupira doucement.

— Ce qui m'exaspère, reprit David, se remettant en marche, c'est d'être dans le noir, de me battre sans savoir ce que je fais.

Il se tourna vers Rosaleen.

— Ces émeraudes, tu les as montrées au vieux Greatorex ?

— Oui.
— Qu'est-ce qu'il en offre ?
— Quatre mille livres. Il dit que, si je ne les vends pas, je ferai bien de faire augmenter l'assurance.
— Il a raison. Les pierres ont beaucoup monté. L'argent, on le trouverait. Seulement, si nous payons, ce ne sera qu'un commencement. Nous serons saignés à blanc, Rosaleen, saignés à blanc !
— Quittons l'Angleterre, David ! Allons-nous-en ! Pourquoi ne pas passer en Irlande ou en Amérique ?
Il la regarda d'un air méprisant.
— Tu n'aimes pas la bagarre, hein ? Ta devise, c'est : « Je me sers et je me sauve... »
— Non, mais ce que nous avons fait est très mal, très...
Il l'interrompit.
— Pas de sermons, je t'en prie, j'ai horreur de ça ! Tout marchait on ne peut mieux, Rosaleen, et, pour la première fois de ma vie, je respirais à l'aise. J'entends bien ne pas renoncer à tout ça. Le seul ennui, je te l'ai déjà dit, c'est que je suis obligé de me battre dans l'obscurité, mais ça ne m'arrêtera pas ! Il n'est pas prouvé du tout qu'il ne s'agit pas d'un bluff. Il se peut fort bien que Robert Underhay soit en réalité très gentiment enterré au fin fond de l'Afrique, comme nous l'imaginions.
Un frisson la secoua.
— Ne parle pas de ça, David ! Tu me fais peur.
Il la regarda. Elle lui parut si effrayée que, tout de suite, son attitude changea. Il vint s'asseoir à côté d'elle et prit sa main dans la sienne.
— Ne t'en fais pas, Rosaleen ? Tu n'as qu'à t'en remettre à moi et à faire ce que je te dis. Tu peux faire ça, non ?
— Je le fais toujours, David !
Il se mit à rire.

— Evidemment !... Je te le répète, tu n'as pas à te tracasser ! Je trouverai bien un moyen de venir à bout de Mr Enoch Arden.

— Ce nom-là, demanda-t-elle, est-ce que je ne l'ai pas lu dans un poème, où il est question d'un homme qui revient...

— Si. C'est un peu ce qui m'ennuie. Mais, en fin de compte, c'est nous qui tiendrons le bon bout !

Ils restèrent silencieux un instant. Elle reprit :

— C'est mardi soir que tu dois... lui porter l'argent ?

— Oui. Je lui lâcherai cinq mille livres et lui dirai que le reste va suivre presque tout de suite. L'important, c'est qu'il ne prenne pas contact avec les Cloade. Je ne crois pas que sa menace de le faire soit sérieuse, mais on ne sait jamais !

Il se tut et, pendant quelques minutes, regardant devant lui sans rien voir, suivit sa pensée. Elle l'entraînait très loin. Brusquement, il éclata de rire. D'un rire franc et joyeux, que certains hommes, morts aujourd'hui, auraient reconnu. Le rire allègre d'un homme qui ne craint pas le risque et qui va s'engager dans une dangereuse aventure...

— Heureusement, Rosaleen, s'écria-t-il, je peux compter sur toi !

Elle tourna la tête vers lui. Ses yeux interrogeaient.

— Compter sur moi ? dit-elle. Pour quoi faire ?

Il lui sourit.

— Pour faire exactement ce que je te dirai de faire. Quoi ? Je ne peux pas te le dire. C'est un secret, Rosaleen, dont dépend la réussite de l'opération.

Riant, il ajouta :

— De l'opération Enoch Arden.

XI

Rowley ouvrit la grande enveloppe mauve en se posant une double question. Qui diable pouvait bien lui écrire sur un papier pareil et était-il seulement possible qu'un tel papier existât ?
Il lut :

Cher monsieur Rowley,

J'espère que vous ne m'en voudrez pas de la liberté que je prends de vous écrire. Je veux croire que vous me pardonnerez parce que je crois sincèrement qu'il se passe en ce moment des choses QU'IL EST ABSOLUMENT INDISPENSABLE QUE VOUS SACHIEZ.

Je fais allusion à la conversation que nous avons eue l'autre soir, quand vous êtes venu m'interroger au sujet d'une CERTAINE PERSONNE. Si vous voulez bien passer au Cerf, je me ferai une joie de vous mettre au courant. Vous savez que tout le monde, ici, considère qu'il n'y a rien d'aussi honteux que la façon dont vous avez été dépouillé de l'argent qui aurait dû vous revenir à la mort de votre oncle.

J'espère que vous ne m'en voudrez pas. Il faut absolument que vous soyez mis au courant.

Bien à vous,

BÉATRICE LIPPINCOTT.

Rowley relut le message. Il lui coupait le souffle. Qu'est-ce que tout cela pouvait bien vouloir dire ? Cette brave Béatrice ! Il l'avait toujours connue. C'était chez son père qu'il avait acheté ses premières cigarettes et elle était déjà derrière le comptoir. Elle avait été une jolie fille. Un jour, il y avait déjà longtemps, elle avait disparu de Warmsley Vale pendant quelque temps et on avait raconté qu'elle était partie pour mettre au monde un petit bâtard. Etait-ce vrai ? On n'en savait rien. En tout cas, elle était maintenant une personne fort distinguée et très respectable. Prompte à la réplique, riant volontiers, mais terriblement soucieuse des convenances. Plutôt trop...

Rowley regarda l'heure et décida de ne pas attendre pour se rendre au Cerf. Il avait hâte de savoir ce que Béatrice pouvait avoir à lui dire.

Un peu après huit heures, il pénétrait dans le bar. Il y resta quelques instants, prenant son temps pour boire le verre de bière que Béatrice lui avait servi, non sans échanger avec lui un coup d'œil d'intelligence. Miss Lippincott chargea Lily d'assurer le service, puis fit signe à Rowley, qui franchit derrière elle une porte marquée « Privé », qui ouvrait sur une petite pièce surmeublée. Rowley remarqua des fauteuils couverts en peluche, un appareil de radio qui hurlait, une quantité invraisemblable de bibelots en porcelaine et, sur une chaise, une poupée représentant un Pierrot qui paraissait avoir largement mérité sa retraite. Béatrice ferma la radio, indiqua du geste un siège à son visiteur et, tout de suite, le remercia d'être venu.

— J'espère, lui dit-elle, que vous ne m'en voudrez pas de vous avoir écrit. J'ai longtemps hésité, mais, comme je vous l'ai écrit, il m'a semblé qu'il était absolument indispensable que vous sachiez ce qui se passe.

Elle parlait du ton de quelqu'un qui a le sentiment de son importance et il était visible qu'elle était très satisfaite d'elle-même.

— Mais de quoi s'agit-il ? demanda Rowley.

— Vous vous souvenez, monsieur Rowley, de ce voyageur que nous avons ici, ce Mr Enoch Arden, au sujet duquel vous m'avez interrogée ?

— Fort bien. Alors ?

— Ça s'est passé le lendemain du jour où vous êtes venu. Mr Hunter lui a rendu visite.
— Mr Hunter ?
Le ton indiquait que l'affaire commençait à intéresser Rowley.
— Oui, monsieur Rowley. Il m'a demandé Mr Arden, je lui ai dit qu'il était au 5 et il est monté directement. J'ajoute que la chose m'a paru assez surprenante, car ce Mr Arden ne m'avait pas dit qu'il connaissait quelqu'un à Warmsley Vale et je le prenais pour un étranger qui n'avait aucune relation dans le pays. Mr Hunter avait l'air de très mauvaise humeur, un peu comme quelqu'un qui vient d'éprouver une déception, mais, bien entendu, je n'en avais rien conclu.

Miss Lippincott reprit haleine. Rowley ne prononça pas un mot. Il écoutait. Il estimait qu'il ne fallait jamais presser les gens. On gagnait toujours à ne pas les bousculer. Béatrice reprit, très digne :

— Un peu plus tard, il s'est trouvé que je suis montée au 4 pour y changer les serviettes et les draps. C'est la chambre à côté du 5 et il y a, entre le 4 et le 5, une porte qui les fait communiquer, mais qu'on ne voit pas, quand on est au 5, parce qu'elle est cachée par une grande penderie. Naturellement, cette porte est toujours fermée. Ce soir-là, elle ne l'était pas. Qui l'avait entrouverte ? Je serais bien incapable de vous le dire, car je n'ai pas la moindre idée là-dessus !

Rowley hocha la tête et ne dit mot. Sa conviction intime était que la curiosité avait conduit Béatrice au 4 et l'avait poussée à entrebâiller la porte de communication.

— De sorte, monsieur Rowley, que je n'ai pas pu faire autrement que d'entendre ce qui se disait dans la chambre à côté. Et, en toute sincérité, je dois ajouter qu'à ce moment-là, on m'aurait renversée d'une chiquenaude...

Suivit une relation succincte de la conversation. Rowley écoutait, impassible. Le récit terminé, Miss Lippincott attendit. Une longue minute s'écoula. Rowley songeait. Brusquement, il se leva et dit :
— Merci, Béatrice, merci infiniment !
Il sortit sans rien ajouter. Béatrice était terriblement déçue. Il lui semblait que Mr Rowley aurait vraiment pu trouver mieux.

XII

Quittant le Cerf, Rowley reprit machinalement le chemin de la ferme. Il fit quelques centaines de mètres, puis s'arrêta net et revint sur ses pas.

Son esprit travaillait lentement. Les révélations de Béatrice l'avaient stupéfait et il commençait seulement à en saisir toute l'importance. Si elle lui avait exactement rapporté ce qu'elle avait entendu, et la chose ne lui paraissait pas douteuse, la présence à Warmsley Vale de cet Enoch Arden créait une situation nouvelle qui intéressait au premier chef tous les membres de la famille. Un seul était en mesure de dire avec certitude ce qu'il convenait de faire : son oncle Jeremy. En sa qualité de *solicitor*, Jeremy Cloade ne pouvait manquer de savoir comment il fallait agir pour tirer le meilleur parti possible des étonnantes informations dont les Cloade étaient redevables à Miss Lippincott. Mieux valait ne pas perdre de temps.

Quelques instants plus tard, Rowley sonnait, dans High Street, à la porte de Jeremy Cloade. La petite bonne qui vint lui ouvrir lui annonça que « Monsieur » et « Madame » étaient encore à table. Rowley, après une courte délibération intérieure, refusa d'aller les trouver à la salle à manger. Il préférait attendre son oncle dans la bibliothèque. Il ne tenait pas particulièrement à mettre Frances au courant tout de suite. Moins il y aurait de personnes dans le secret et mieux cela vaudrait, aussi longtemps qu'on n'aurait point décidé de la façon dont on entendait manœuvrer.

Il attendit dans la bibliothèque, allant et venant sans arrêt. Sur le bureau, il y avait un petit coffre en métal, avec une étiquette sur laquelle se lisait le nom de feu sir William Jessamy. Des photographies étaient accrochées aux murs : Frances, en robe de soirée, et son père, lord Edward Trenton, en costume de cheval. Un jeune homme en uniforme aussi : Antony, le fils de Jeremy, tué à la guerre...

Rowley fronça le sourcil, alla s'asseoir et garda les yeux sur le portrait de lord Edward Trenton.

Dans la salle à manger, les époux achevaient leur repas.

— Je me demande bien, dit Frances, ce que Rowley peut te vouloir.

Jeremy haussa les épaules.

— Il aura probablement découvert une circulaire ministérielle qu'il ne comprend pas. Les trois quarts des agriculteurs ne savent comment remplir les imprimés dont on les accable. Rowley est consciencieux. Il se fait du mauvais sang... et il vient me consulter.

— Il est bien gentil, mais il est un peu lourd. Tu sais qu'il me semble que les choses ne vont pas trop bien entre Lynn et lui ?

— Lynn ?

Jeremy n'était plus à la conversation. Il se ressaisit.

— Oui, bien sûr !... Excuse-moi ! On dirait qu'il m'est impossible de suivre une idée. Ces soucis...

— Oublie-les ! Tout s'arrangera, c'est moi qui te le dis !

— Tu m'effraies, Frances ! Tu me parais si terriblement prête à tout ! Tu n'as pas l'air de te rendre compte...

— Je me rends parfaitement compte et je n'ai pas peur. Je dirais même que je m'amuse !

— Eh oui ! ma chérie, et c'est bien ce qui m'inquiète !

Elle sourit.

— Tu as tort... et il ne faut pas imposer à notre jeune agriculteur une attente exagérée. Va lui dire comment il lui faut remplir le formulaire 1199 B, à moins que ce ne soit le 2286 A...

Comme ils se levaient de table, ils entendirent la porte de la rue qui se fermait bruyamment. Edna vint leur annoncer que Mr Rowley avait dit qu'il ne pouvait pas attendre et que l'affaire qui l'avait amené n'avait pas autrement d'importance.

XIII

Le mardi après-midi, Lynn Marchmont avait décidé d'aller faire une longue promenade. Assez mécontente d'elle-même, il lui semblait qu'elle avait besoin de mettre de l'ordre dans ses idées.

Elle n'avait pas vu Rowley depuis plusieurs jours, bien qu'elle l'eût rencontré, comme à l'habitude, au lendemain de cette conversation qui avait si mal fini. Lynn admettait qu'elle avait présenté à Rowley une demande déraisonnable et qu'il avait peut-être eu raison de lui refuser les cinq cents livres qu'elle désirait lui emprunter. Il avait parlé avec bon sens. Mais, d'un amoureux, on attend autre chose que de la sagesse. En apparence, il n'y avait rien de changé dans les relations de Rowley et de Lynn. Etaient-elles vraiment restées les mêmes ? Elle n'en était pas sûre. Les derniers jours lui avaient paru d'une monotonie insipide. Elle ne voulait pas s'avouer que c'était peut-être parce que David Hunter avait brusquement décidé d'aller à Londres avec sa sœur, mais elle reconnaissait — un peu à contrecœur — que David lui était extrêmement sympathique.

Quant à sa famille, pour le moment, elle lui était insupportable. Aujourd'hui encore, sa mère, maintenant débordante d'activité, lui avait annoncé, au déjeuner, qu'elle allait se mettre en quête d'un second jardinier.

— Le vieux Tom, lui avait-elle dit, ne peut vraiment plus s'en tirer tout seul !

— Mais, Mums, nos moyens ne nous permettent pas...

— Allons donc ! Je suis convaincue, Lynn, que Gordon aurait été navré de voir le jardin comme il est. Il aimait les plates-bandes bien entretenues, les pelouses bien tondues, les allées bien ratissées. Je suis sûre qu'il m'approuverait de vouloir remettre le jardin en état...

— Même s'il nous faut, pour cela, emprunter de l'argent à sa veuve ?

— Je t'ai déjà expliqué, ma petite Lynn, que Rosaleen s'est montrée, à ce sujet, plus gentille qu'on n'aurait osé l'imaginer. Elle a parfaitement compris ma manière de voir... et, toutes nos dettes payées, il nous reste encore de l'argent à la banque. Ce second jardinier ne nous coûtera presque rien. Nous agrandirons le potager. Les légumes...

— On pourrait en acheter beaucoup avec les trois livres par semaine que tu donneras à ton jardinier !

— J'aurai quelqu'un pour beaucoup moins que ça. Il y a beaucoup de démobilisés qui cherchent du travail. C'est ce que disent les journaux...

Lynn n'avait pas insisté. La question du jardinier était secondaire. Ce qui importait, c'était que Mums considérait désormais que Rosaleen devait être pour elle une source régulière de revenus. Cette idée-là était odieuse à Lynn. Ne justifiait-elle pas les paroles insultantes de David?

Lynn rencontra la tante Kathie devant le bureau de poste. La tante était d'excellente humeur.

— Ma chère Lynn, dit-elle à sa nièce, je crois que nous ne tarderons pas à apprendre d'excellentes nouvelles!

— Et quoi donc, ma tante?

Mrs Cloade sourit et prit l'air important.

— J'ai eu une « communication étonnante. Positivement. C'est bien simple : nos ennuis, tous nos ennuis, vont prendre fin. J'ai eu une petite déception, mais, depuis, j'ai reçu ce message, qui me disait : « Ne vous découragez pas! Essayez et essayez encore! La réussite est fatale! » Il y a, ma chère Lynn, des secrets que je ne saurais trahir et je ne voudrais, pour rien au monde, te donner des espoirs prématurés, mais je crois pouvoir t'affirmer que tout ira bien pour nous avant qu'il soit longtemps. Il n'est que temps, d'ailleurs! Ton oncle m'inquiète. Il a trop travaillé pendant la guerre et il serait bon qu'il se retirât. Il pourrait poursuivre ses recherches à loisir. Seulement, sans un revenu convenable, c'est impossible! Quelquefois, ses nerfs le lâchent. Je te le répète, il m'inquiète...

Lynn hocha la tête. La nervosité de Lionel Cloade ne lui avait pas échappé et il lui était déjà arrivé de se demander si son oncle n'avait pas usé, pour se remonter, de drogues qui, peu à peu, lui auraient donné l'habitude des stupéfiants. Elle croyait bien ne pas se tromper et il semblait fort possible que la tante eût deviné, elle aussi. Tante Kathie n'était peut-être pas si folle qu'on l'imaginait.

Dans High Street, Lynn aperçut l'oncle Jeremy qui rentrait chez lui. Il avait beaucoup vieilli depuis quelque temps. Lynn pressa le pas. Elle avait hâte de sortir du village et de marcher dans la campagne.

La promenade lui ferait du bien. Elle ferait cinq ou six milles. Cela lui éclaircirait les idées. C'était absolument indispensable. Toute sa vie, elle avait toujours su ce qu'elle voulait et ce qu'elle ne voulait pas. Jamais, jusqu'à ces derniers temps, elle n'avait consenti à se laisser conduire par les événements, à s'abandonner...

C'était bien ça ! Elle s'abandonnait. Une singulière façon de vivre ! C'était la sienne depuis qu'elle avait quitté l'Armée. Un instant, elle songea avec nostalgie à ce qu'avait été sa vie pendant la guerre. Des devoirs bien définis, des ordres nets, aucune décision à prendre, pas d'initiatives. Et, soudain, avec une sorte d'horreur, elle se demanda si on pouvait vraiment regretter *ça* ? La guerre vous transformait-elle donc à ce point ? Faisait-elle donc de vous un être qui trouve la vie plus agréable lorsqu'il est dispensé de penser ? Il était incontestable qu'elle n'était plus la Lynn Marchmont équilibrée et résolue qui, un jour, avait revêtu l'uniforme. Pendant des mois et des mois, elle n'avait eu qu'à obéir. Son cerveau s'appliquait à des besognes simples et bien déterminées. Aujourd'hui, elle avait recouvré le droit de disposer d'elle-même et de son existence... et elle n'osait pas regarder en face les problèmes qui l'intéressaient directement !

Elle eut un sourire amer. On lui avait surtout dit : « Tu ne feras pas ceci ! Tu ne feras pas cela ! », on ne lui avait presque jamais dit : « Tu feras ceci ! ». Les femmes qui étaient restées chez elles avaient dû penser, tirer des plans, réfléchir, prendre leurs responsabilités. Aujourd'hui, elles étaient armées. Les autres... Les autres, elles étaient comme Lynn Marchmont ! Intelligentes, peut-être, adroites, disciplinées, sachant obéir, mais incapables de décider. Rendues à la vie civile, elles se laissaient porter. Rowley, qui n'avait pas quitté sa ferme...

Lynn reconnut que le problème était bien là. Du

général, elle passait au particulier, qui seul importait. Il s'agissait d'elle et de Rowley. Uniquement. Avait-elle vraiment envie de l'épouser ?

Elle s'arrêta en haut d'une colline. Le soir venait. Une brume légère flottait dans les fonds. Lynn s'assit dans l'herbe et continua à réfléchir, le menton dans la main. Au loin, elle apercevait « Long Willows », où elle vivrait si elle devenait la femme de Rowley....

Si... C'était toute la question.

Epouserait-elle Rowley ? Le désirait-elle vraiment ? En avait-elle jamais eu réellement envie ?

A cette dernière question, elle répondait oui. Oui, elle avait souhaité de devenir la femme de Rowley. Mais c'était avant sa démobilisation. La Lynn qui était revenue n'était point celle qui était partie. Elle avait changé.

Dans la vallée, un train passait, libérant un nuage de fumée qui affectait la forme d'un point d'interrogation. Lynn songeait toujours. Elle pensait maintenant à Rowley. Il était resté le même Rowley que quatre ans plus tôt. Mais, si elle ne tenait plus à l'épouser, que voulait-elle ?

Une branche craqua derrière elle, dans le petit bois, une voix d'homme lança un juron et David parut.

— David !
— Lynn !

Il avait l'air stupéfait de la rencontrer. Ses premiers mots furent pour lui demander ce qu'elle faisait là. Il avait couru et était quelque peu essoufflé.

— Ma foi, rien ! dit-elle. Je réfléchissais...

Avec un rire un peu forcé, elle ajouta :

— Il doit commencer à être tard...
— Vous ne savez pas l'heure qu'il est ?

Machinalement, elle jeta un coup d'œil sur la montre qu'elle portait au poignet.

— Encore arrêtée ! s'écria-t-elle. Je ne peux pas avoir une montre qui marche ! Je les casse toutes !

— C'est peut-être parce qu'il y a en vous trop de vitalité.

Il venait vers elle. Très vite, elle se leva.

— Il va faire noir. Il faut que je me dépêche de rentrer. Quelle heure est-il, David ?

— Neuf heures un quart. Il faut moi-même que je ne perde pas de temps si je veux avoir le train de 9 h 20 pour rentrer à Londres.

— Je ne savais pas que vous étiez revenu.

— J'avais des affaires à prendre à « Furrowbank », mais il faut absolument que je retourne à Londres : Rosaleen a peur de rester seule la nuit...

— Dans un appartement ?

— La peur n'est pas logique. Quand on a été bombardé...

Lynn baissa la tête, confuse.

— Pardonnez-moi. J'oubliais...

Il eut une sorte de ricanement.

— Bien sûr. On oublie vite... La vie a repris comme autrefois, on reprend les choses où on les avait laissées et on retrouve avec volupté la bonne petite existence bourgeoise qu'on avait abandonnée. Vous êtes comme les autres, Lynn, comme les autres.

Elle protesta dans un cri.

— Ce n'est pas vrai, David, ce n'est pas vrai ! J'étais justement en train de penser...

— A moi ?

La rapidité de ce qui suivit la laissa interdite : il l'avait prise dans ses bras et, la serrant contre lui, lui posait sur les lèvres un long baiser.

— Vous pensiez à moi ? Je savais bien, Lynn que vous n'étiez pas faite pour ce lourdaud de Rowley ! Vous êtes à moi, Lynn !

Brusquement, il la lâcha.

— Je vais rater mon train !

Lynn, abasourdie, n'avait pas prononcé une parole. Elle le vit qui s'éloignait en courant. Il se retourna pour lui crier qu'il lui téléphonerait dès son arrivée à Londres, puis disparut dans la nuit, maintenant presque tombée.

Bouleversée, ses pensées plus en désordre que jamais, Lynn se mit en route pour rentrer chez elle. Elle monta directement à sa chambre, heureuse d'échapper aux questions de sa mère.

« Elle a emprunté de l'argent à Rosaleen et à David, qu'elle méprise ! songeait-elle. Pourtant, nous ne valons pas mieux qu'eux ! Pour de l'argent, nous ferions n'importe quoi. N'importe quoi ! »

Une colère la prit.

« Si Rowley m'aimait vraiment, il se serait procuré ces cinq cents livres d'une façon ou d'une autre ! Il ne m'aurait pas imposé l'humiliation de recourir à David ! »

David !

Il avait dit qu'il lui téléphonerait de Londres.

Elle descendit à la salle à manger. Elle avait l'impression de se mouvoir dans un rêve...

XIV

— Ah ! te voilà, Lynn !

Le ton semblait indiquer que Mrs Marchmont était soulagée d'un poids. Elle ajouta :

— Je ne t'ai pas entendu rentrer. Il y a longtemps que tu es revenue ?

— Un siècle ! J'étais dans ma chambre.

— Quand tu rentres, Lynn, j'aimerais que tu me le dises. Quand je te sais dehors, toute seule, après la nuit tombée, je m'inquiète.

— Tu crois vraiment, Mums, que je ne saurais pas me défendre ?

— J'ai lu tant d'histoires épouvantables dans les journaux, ces temps-ci. Tous ces soldats démobilisés qui attaquent des jeunes filles !

— Des jeunes filles qui ne demandent sans doute qu'à être attaquées !

Lynn sourit. Des jeunes filles aimant jouer avec le feu, elle en avait vu. Et beaucoup ! Au fond, tout le monde aime le danger...

— Tu m'écoutes, Lynn ?

Lynn sursauta.

— Tu disais, maman ?

Elle n'avait rien entendu de ce que sa mère avait dit.

— Je disais, reprit Adela, qu'il serait bon de songer à tes demoiselles d'honneur. Je crois que tu devrais demander à la petite Macrae. Sa mère a été ma meilleure amie, tu le sais, et je suis sûre qu'elle serait très vexée, si...

— Mais je n'ai jamais pu sentir Joan Macrae !

— Je le sais, ma chérie, mais qu'est-ce que ça peut bien faire ? Marjorie serait terriblement vexée, si...

— Mais enfin, il s'agit de mon mariage !

— Sans doute, Lynn, mais...

— D'ailleurs, il faudrait être sûre qu'il aura lieu, ce mariage !

Lynn n'avait jamais eu l'intention de dire ça. Les mots étaient partis malgré elle. Elle eût voulu les rattraper, mais il était trop tard. Mrs Marchmont dévisageait da fille d'un air inquiet.

— Que veux-tu dire par là, ma chérie ?

— Oh ! rien.

— Tu t'es disputée avec Rowley ?

— Non. Ne te tracasse pas, Mums, tout va très bien !

L'affirmation ne suffisait pas à rassurer Adela. Elle dit, d'un ton piteux :

— J'ai toujours pensé que ce mariage avec Rowley t'assurerait une vie calme et tranquille.

— Mais qui est-ce qui demande une vie calme et tranquille ? répliqua Lynn avec vivacité.

Tournant à demi la tête, elle ajouta :

— C'est le téléphone que j'ai entendu ?

— Non. Pourquoi ? Tu attends une communication ?

— Non.

Et, pourtant, Lynn attendait le coup de téléphone de David. Cette attente l'humiliait. Mais il avait dit qu'il l'appellerait dès ce soir. Il ne pouvait pas ne pas le faire. Lynn, intérieurement, se traitait de folle. Pourquoi se sentait-elle attirée vers cet homme ? Elle revoyait son visage un peu triste, une image qu'elle essayait de chasser pour la remplacer par celle de Rowley, avec sa bonne figure, son sourire et son regard affectueux. Mais Rowley l'aimait-il ? Evidemment, non. Sinon, il lui aurait prêté ces cinq cents livres. Il aurait compris, il aurait été moins sage, moins terre à terre. L'épouser, c'était vivre à la ferme, ne plus jamais la quitter, ne plus jamais découvrir de nouveaux ciels, ne plus jamais respirer le parfum des pays exotiques, ne plus jamais être libre.

Le téléphone sonna. Elle courut à l'appareil. Retenant son souffle, elle porta l'écouteur à son oreille. La voix qu'elle entendit n'était pas celle qu'elle espérait. Tante Kathie était à l'autre bout du fil.

— C'est toi, Lynn ? Je suis bien contente de t'avoir. Imagine-toi que je suis embarrassée. Je ne sais pas du tout ce que je dois faire, pour cette réunion à l'Institut Féminin...

La voix, mince et fluette, continua longtemps. Lynn, de temps à autre, prononçait quelques mots et rassurait sa tante. Celle-ci, finalement, la remercia.

— Tu m'as vraiment réconfortée, Lynn. Tu as tant de sens pratique ! Je ne sais pas comment je fais pour me mettre dans des situations comme ça. Je confonds tout ! Et, je le dis toujours, quand ça s'y met, rien ne va ! Notre téléphone est en dérangement et j'ai dû sortir pour t'appeler d'une cabine publique. Naturellement, je n'avais pas de petite monnaie et j'ai été obligée de me déranger pour en faire...

La communication s'acheva enfin. Lynn remit l'appareil en place et alla retrouver sa mère au salon.

— Qui était-ce ? demanda Adela Marchmont.

Lynn répondit, très vite :

— Tante Kathie.

— Que voulait-elle ?

— Deux fois rien ! Comme toujours, elle était noyée dans une goutte d'eau.

Lynn s'assit avec un livre et se mit à lire, avec de fréquents coups d'œil à la pendule. A onze heures cinq, le téléphone sonna de nouveau. Elle se leva et, lentement cette fois, alla répondre. C'était probablement encore tante Kathie...

Mais non ! L'opérateur interrogeait :

— Le 34 à Warmsley Vale ? Miss Lynn Marchmont peut-elle prendre une communication personnelle de Londres ?

Elle eut l'impression que son cœur cessait de battre. Elle répondit :

— C'est Miss Lynn Marchmont elle-même qui est à l'appareil.

— Ne quittez pas, je vous prie !

Elle attendit. Il y eut des bruits confus, puis le silence. Le service téléphonique, décidément, allait de pis en pis. L'attente se prolongeait. Soudain une autre voix, une voix de femme, vint en ligne, indifférente et froide.

— Raccrochez, s'il vous plaît ! On vous rappellera dans un instant.

Lynn obéit. Elle n'était pas arrivée au salon que la sonnerie se déclenchait de nouveau. Elle revint à l'appareil.

— Allô !

Ce fut, cette fois, une voix d'homme qui répondit :

— Le 34 à Warmsley Vale ?... Une communication personnelle de Londres pour Miss Lynn Marchmont.

— J'écoute.

— Une minute, je vous prie...

Brusquement, la voix de David vint en ligne.

— C'est vous, Lynn ?

— David !

— Il faut que je vous parle, Lynn !

— Eh bien ! vous...

— Ne dites rien, Lynn, et écoutez-moi ! Je crois que ce que j'ai de mieux à faire, c'est de quitter le secteur...

— Que voulez-vous dire ?

— Ce que je dis ! Je crois que je ferais bien de quitter l'Angleterre. J'ai raconté à Rosaleen que ce n'était pas facile, mais je ne lui ai dit ça que parce que je ne tenais pas à m'en aller de Warmsley Vale. En fait, il n'y a rien de plus simple... et à quoi bon rester ? Vous et moi, ça ne peut pas coller ! Vous êtes une chic fille, Lynn, et, moi, je serais plutôt un faisan. Je l'ai toujours été et vous auriez tort de penser que je pourrais rester dans le droit chemin pour l'amour de vous ! Je ne dis pas que je n'en aurais pas l'intention, mais ça ne durerait pas ! Non, le mieux, c'est que vous épousiez l'honnête et laborieux Rowley ! Avec lui, vous n'aurez jamais un jour d'inquiétude. Moi, c'est l'enfer que je vous apporterais !

Muette, elle restait là, l'écouteur à l'oreille.

— Lynn, vous êtes toujours là ?
— Oui, oui...
— Vous ne dites rien ?
— Que pourrais-je dire ?
— Lynn ?
— Quoi ?

Malgré la distance, elle sentait qu'il était extrêmement nerveux. Brusquement, il explosa :

— Ah ! et puis zut pour tout !

Il raccrocha là-dessus.

Mrs Marchmont sortait du salon.

— Est-ce que c'était...

Lynn répondit sans laisser à sa mère le temps de poser sa question tout entière.

— C'était un faux numéro ! dit-elle.

Puis, sans attendre, elle monta à sa chambre.

XV

Au Cerf, le service du réveil était d'une extrême simplicité : à l'heure dite, on donnait un solide coup de poing dans la porte du voyageur, on lui annonçait l'heure et c'était fini. S'il avait expressément demandé qu'on lui montât du thé, avant de se retirer, on déposait sur le paillasson le plateau de son petit déjeuner.

Ce mercredi-là, la jeune Gladys, se conformant aux rites, cogna avec énergie à la porte du 5, cria : « Monsieur, il est huit heures un quart ! » posa son plateau par terre avec une violence suffisante pour faire jaillir le lait de son pot, puis redescendit pour vaquer à ses autres devoirs.

Il était dix heures quand elle s'aperçut que le plateau était toujours devant la porte du 5. Elle frappa assez fort, puis, n'obtenant pas de réponse, elle entra. Le monsieur du 5 n'était pas de ces gens qui font la grasse matinée et elle venait de se souvenir, qu'il y avait, à proximité de la fenêtre, un petit toit plat qui eût été très pratique si l'occupant de la chambre avait voulu la quitter sans régler sa note.

Mais l'homme qui s'était inscrit sous le nom de Arden n'avait point disparu. Il était là, allongé sur le ventre, au milieu de la pièce. Gladys n'avait pas fait de médecine, mais elle comprit tout de suite qu'il était mort. Elle s'immobilisa net, poussa un cri perçant, puis battit en retraite en hurlant à pleins poumons :

— Miss Lippincott ! Miss Lippincott !

Béatrice Lippincott était dans sa chambre. Elle s'était fait une coupure à la main et le docteur Lionel Cloade était en train de lui faire un pansement quand Gladys pénétra chez sa maîtresse comme un ouragan. Le médecin laissa tomber son paquet d'ouate.

— Que se passe-t-il ? demanda-t-il à la fille d'une voix courroucée.

Miss Lippincott posait la même question en même temps. Gladys répondit à Miss Lippincott.

— C'est le monsieur du 5. Il est couché sur le parquet et il est mort, sûr et certain !

Il y eut un long silence, durant lequel les trois personnages s'entre-regardèrent.

— Ça ne tient pas debout ! dit enfin le médecin.

Sa voix manquait d'assurance. Gladys répliqua avec autorité.

— Pour être mort, il est mort ! Il a le crâne défoncé !

Le docteur Cloade consulta du regard Miss Lippincott.

— Peut-être ferais-je bien...

— Je vous en prie, docteur. Encore que la chose me paraisse... rigoureusement impossible !

Ils montèrent au premier étage. Le docteur Cloade jeta un coup d'œil sur le corps étendu, s'agenouilla pour l'examiner de plus près, puis regarda Béatrice.

— Ce que vous avez de mieux à faire, dit-il, c'est de prévenir la police.

Le ton était d'une autorité sans réplique. Béatrice Lippincott sortit, suivi de Gladys.

— Vous croyez que c'est un assassinat, Miss Lippincott ? demanda la fille à voix basse.

Béatrice tapotait d'une main nerveuse les boucles dorées de sa « permanente ».

— Gladys, répondit-elle d'une voix sèche, je vous conseille de tenir votre langue ! Parler d'assassinat alors qu'on ne sait pas du tout s'il s'agit d'un assassinat, c'est de la diffamation et ça pourrait vous mener devant les juges ! Il est inutile qu'on fasse trop de bruit autour d'une histoire de ce genre, qui ne peut faire au Cerf aucun bien.

D'une voix plus douce, elle ajouta :

— Allez donc vous faire une bonne tasse de thé ! J'ai idée que vous en avez besoin.

— C'est bien vrai, Miss Lippincott ! J'ai l'intérieur tout retourné. Je vous en apporterai une tasse...

Béatrice comprit — justement — qu'il s'agissait du thé et ne dit pas non.

XVI

Le commissaire Spence regarda longuement Béatrice. Il avait l'air songeur. Assise en face de lui, de l'autre côté de la table, elle pinçait les lèvres.

— Vous ne voyez rien d'autre ? dit-il enfin. Je vous remercie, Miss Lippincott. Je vais faire taper votre déposition. Je vous demanderai ensuite de bien vouloir la signer...

— Mon Dieu ! J'espère bien qu'on ne me demandera pas d'aller déposer devant le tribunal.

Le commissaire eut un sourire rassurant.

— Je compte bien que l'affaire n'ira pas jusque-là !

Il mentait sciemment, mais Béatrice voulait croire qu'il était sincère.

— Il peut fort bien s'agir d'un suicide ! dit-elle.

Le commissaire se garda de faire observer à Miss Lippincott qu'on a rarement vu des gens se suicider en se défonçant le crâne avec une lourde paire de pincettes. Il se borna à déclarer qu'il fallait se méfier des conclusions hâtives et à remercier Miss Lippincott de sa déposition.

Béatrice sortie, il réfléchit à ce qu'elle lui avait dit. Il savait tout d'elle et avait une idée très précise de la mesure dans laquelle on pouvait faire crédit à ses dires. La conversation, elle l'avait entendue et son authenticité n'était pas douteuse. Béatrice avait brodé un peu, pour le plaisir, et un petit peu aussi parce qu'il y avait bel et bien eu un crime au 5. Mais, les fioritures éliminées, ce qui restait demeurait peu ragoûtant et suggestif.

Spence examina de l'œil les objets posés sur la table : une montre-bracelet au verre pulvérisé, un petit briquet en or avec des initiales gravées, un bâton de rouge à lèvres dans un étui doré et, enfin, une paire de pincettes dont la tête massive portait une large tache brunâtre.

Le sergent Graves entrouvrit la porte pour annoncer que Mr Rowley Cloade attendait. Spence donna l'ordre de l'introduire. Rowley Cloade lui était aussi connu que Béatrice Lippincott. S'il était venu au commissariat, c'était certainement parce qu'il avait quelque chose à dire, quelque chose qui valait d'être entendu, mais qui prendrait du temps à expliquer. Rowley Cloade n'était pas de ces gens qu'on pouvait bousculer...

— Bonjour, monsieur Cloade ! Ravi de vous voir. Vous savez quelque chose sur cet individu qui a été tué au Cerf ?

A la grande surprise du policier, Rowley répondit par une question :

— Vous l'avez identifié ?

— Ce serait beaucoup dire. Il s'était inscrit sur le registre de l'hôtel sous le nom d'Enoch Arden, mais nous n'avons rien trouvé pour prouver que c'était bien là son nom véritable.

Rowley fronça le sourcil.

— Ça ne vous paraît pas curieux ?

C'était bien l'avis du commissaire, mais il n'était nullement dans ses intentions de discuter le point avec Rowley Cloade. Il sourit.

— Si vous voulez bien, monsieur Cloade, les questions, c'est moi qui les poserai ! Cet homme, vous êtes allé le voir hier soir. Pourquoi ?

— Vous connaissez Béatrice Lippincott, Commissaire ?

— Fort bien. Elle m'a tout raconté. Spontanément.

Rowley parut soulagé.

— Parfait ! Je craignais qu'elle ne montrât quelque répugnance à mettre la police au courant. Vous savez comment sont ces gens-là !

Le commissaire hocha la tête en signe d'approbation. Rowley poursuivit :

— Béatrice, donc, m'avait parlé de cette conversation qu'elle avait surprise. L'affaire m'a paru louche. Je ne sais, commissaire, ce que vous en pensez, vous, mais j'imagine que vous voyez pourquoi elle m'intéressait. Cette histoire-là nous touche de très près...

Toujours à la muette, Spence acquiesça. Son opinion sur ce qui s'était passé à la mort de Gordon

Cloade était faite depuis longtemps. Il tenait que la famille avait été lésée, que Mrs Gordon Cloade n'était pas « une dame » et que son frère, quels qu'eussent pu être ses états de service pendant la guerre, était de ces « têtes brûlées » qui, en temps de paix, doivent être surveillées de près.

— Je ne crois pas, commissaire, qu'il soit bien nécessaire que je vous explique pourquoi les choses seraient bien différentes pour tous les membres de la famille si le premier époux de Mrs Gordon était encore en vie. Qu'il pût ne pas être mort, je n'y avais jamais songé avant que Béatrice ne vînt me parler de cette conversation qu'elle avait surprise. L'histoire, je l'avoue, m'a donné un coup et il m'a fallu un petit bout de temps pour bien comprendre tout ce qu'elle pouvait signifier pour nous. Vous voyez ce que je veux dire ?

Spence, une fois encore, hocha la tête. Il se rendait parfaitement compte.

— Pour commencer, reprit Rowley, je me suis dit que ce que j'avais de mieux à faire, c'était de mettre mon oncle au courant. Vous savez, le *solicitor* ?

— Mr Jeremy Cloade ?

— Oui. je suis donc allé chez lui. Il était un peu plus de huit heures et mon oncle était encore à table. Je me suis installé dans sa bibliothèque pour l'attendre ; je me suis mis à réfléchir à ce que j'allais lui dire... et, finalement, j'ai pensé qu'il n'était peut-être pas très adroit de ma part de lui parler tout de suite. Vous connaissez les hommes de loi, Commissaire. Ils sont tous les mêmes. Il ne s'emballent jamais, ils sont prudents, prudents, et veulent avoir tous les faits avant d'entreprendre quoi que ce soit. Je me suis demandé si, avant de passer l'information au vieux Jeremy, je ne pourrais pas, moi, faire quelque chose. Finalement, j'ai décidé de ne rien dire avant d'avoir moi-même vu le type en question.

— Et vous l'avez vu ?
— Oui. Je suis retourné directement au Cerf...
— Vers quelle heure ?
Rowley réfléchit.
— Voyons !... Je suis arrivé chez Jeremy vers huit heures un quart, huit heures vingt... Je ne peux pas vous dire exactement, commissaire, mais il devait être un peu plus de huit heures et demie... Peut-être neuf heures moins vingt...
— Et ensuite, monsieur Cloade ?
— Je connaissais le numéro de la chambre du bonhomme — Béatrice me l'avait dit — je suis monté directement, j'ai frappé, il a dit : « Entrez ! » et je suis entré.
— Ensuite ?
— Je crois que je n'ai pas très bien manœuvré, sans doute parce que je m'imaginais quand je suis arrivé, que c'était moi qui tenais le bon bout. Mais le type était plus fort que je ne pensais. Il m'a été impossible de lui faire rien reconnaître. J'avais cru que je lui ferais peur en disant qu'il était tout simplement en train de faire un peu de chantage, mais j'ai seulement réussi à le faire rire. Avec un beau culot, il m'a demandé si, moi aussi, j'étais « client ». Je lui ai répondu que je n'avais rien à redouter de lui, attendu que je n'avais rien à cacher. Il m'a alors expliqué que je l'avais mal compris, qu'en fait il avait quelque chose à vendre et qu'il serait content de savoir si j'étais un acheteur possible. Comme je ne saisissais toujours pas, il me posa nettement la question : « Combien seriez-vous disposés à payer, vous et votre famille, pour que je vous donne la preuve irréfutable que Robert Underhay n'est pas mort en Afrique et qu'il est toujours aussi vivant que vous et moi ? » Je lui déclarai que je ne voyais pas pourquoi nous paierions pour savoir cela. Il se mit à rire. « Parce que me dit-il, je reçois ce soir un type qui ne demandera pas mieux, j'en

suis sûr, que de me verser une somme considérable pour que je lui apporte la preuve que Robert Underhay est bel et bien mort. » Là-dessus, je crois bien que j'ai perdu mon sang-froid et que je lui ai expliqué que ma famille ne traitait point de sales affaires de ce genre-là et que, si Underhay était toujours en vie, nous n'aurions pas de peine à le prouver. Il a éclaté de rire et m'a dit, d'un drôle de ton, qu'il croyait bien que, sans sa collaboration, la chose nous serait toujours impossible.

— Après ?

— Après ?... Ma foi, je suis parti passablement désemparé. J'avais plutôt le sentiment d'avoir tout gâché et l'impression que j'aurais mieux fait de laisser le vieux Jeremy s'occuper de cette histoire-là. Après tout, ces hommes de loi ont l'habitude de discuter avec ce genre de personnages !

— A quelle heure avez-vous quitté le Cerf ?

— Je n'en ai pas la moindre idée. Attendez voir !... Il devait être tout juste neuf heures, car, en passant dans le village, j'ai entendu, par une fenêtre ouverte, une radio qui donnait la petite ritournelle qui précède les informations.

— Arden vous a-t-il nommé cette personne qu'il attendait, ce client possible ?

— Non. J'ai considéré qu'il ne pouvait s'agir que de David Hunter.

— Cette visite, Arden n'avait pas l'air de la redouter ?

— Lui ? Il paraissait très content de lui. On aurait dit qu'il se prenait pour le maître du monde !

D'un geste de la main, Spence désigna les pincettes posées sur son bureau.

— Quand vous étiez dans sa chambre, monsieur Cloade, avez-vous remarqué ces pincettes près de la cheminée ?

— Non. Je ne crois pas... Le feu n'était pas allumé.

Après un moment de réflexion, il ajouta :

— Je sais que j'ai vu qu'il y avait des chenets, mais je ne pourrais pas dire comment ils étaient faits. C'est avec ces pincettes...

Spence termina la phrase.

— Qu'on lui a fracassé le crâne, oui.

— Curieux ! dit Rowley. Hunter est plutôt légèrement bâti et cet... Arden était un homme de haute taille, un costaud...

Le commissaire reprit :

— Les constatations médicales établissent qu'il a été frappé par derrière et que les coups, portés avec la tête de ces pincettes, ont été administrés de haut en bas.

Rowley plissait le front.

— Evidemment, dit-il enfin, le gars paraissait très sûr de lui, mais il me semble que, moi, si je me trouvais enfermé dans une pièce avec un type que j'aurais l'intention de saigner à blanc et dont je saurais qu'il a participé, pendant la guerre, à des coups de main terriblement risqués, je me garderais bien de lui tourner le dos. Arden ne devait pas être très prudent.

— S'il l'avait été, il est probable qu'il ne serait pas mort à l'heure qu'il est !

— Ce qui m'ennuie bien ! s'écria Rowley avec sincérité. J'ai l'impression, voyez-vous, d'avoir tout gâché. Au lieu de monter sur mes grands chevaux, j'aurais dû l'amadouer... et peut-être aurais-je tiré de lui un renseignement utile. J'aurais dû dire que l'affaire pouvait nous intéresser. Seulement, ça me paraissait tellement impossible ! Nous voyez-vous entrer en concurrence avec Rosaleen et David ? Ils ont de l'argent, alors que nous ne serions capables, à nous tous, de réunir cinq cents livres !

Le commissaire prit en main le briquet.

— Vos connaissez ça ?

Une ride se creusa entre les sourcils de Rowley.

— C'est un objet que j'ai vu quelque part, il me semble, il n'y a pas très longtemps... Mais je ne saurais dire où... Non, vraiment...

— Et ça ?

Il s'agissait, cette fois, du bâton de rouge. Rowley fit la grimace.

— A vrai dire, commissaire, je ne suis pas très qualifié...

Spence appliqua un peu de rouge sur le dos de sa main et, la tête un peu de côté, l'examina avec attention.

— C'est un rouge de brune, dit-il ensuite.

Rowley sourit.

— On sait un tas de choses dans la police !

Se levant, il ajouta :

— Sur l'identité du mort, vous n'avez aucune idée ?

— Et vous, monsieur Cloade ?

— Non, dit Rowley. Je posais la question comme ça... Parce que ce type était seul à pouvoir nous dire la vérité sur Underhay. Maintenant qu'il est mort, essayer de retrouver Underhay, c'est chercher une aiguille dans une meule de paille !

— Ça dépend, monsieur Cloade. L'affaire fera du bruit et il est certain que la presse parlera d'elle. Il est possible qu'un article tombe sous les yeux d'Underhay et le décide à se manifester.

— C'est possible, en effet.

Rowley laissait par le ton deviner son scepticisme.

— Ça vous paraît peu probable ? reprit Spence.

— A mon avis, répondit Rowley, David Hunter a gagné le premier round.

— C'est ce que je me demande !

Rowley parti, Spence reprit en main le briquet. Il était marqué des initiales « D. H. ».

— Un objet de luxe, dit-il pour le bénéfice du sergent Graves. Ce n'est pas de la fabrication de série et nous devons trouver facilement d'où il vient. Creatorex, sans doute, ou une autre maison de Bond Street. Vous ferez rechercher ça !

— Bien, monsieur.

Le commissaire remit le briquet au sergent et passa à l'examen de la montre. Les aiguilles étaient arrêtées à neuf heures dix.

— A propos de cette montre, demanda-t-il, que dit le rapport ?

— Le grand ressort est cassé.

— Et le mécanisme des aiguilles ?

— Intact, monsieur.

— D'après vous, Graves, qu'est-ce que cette montre nous apprend ?

Le sergent répondit avec circonspection :

— Il est probable qu'elle nous donne l'heure exacte à laquelle le crime a été commis.

— Quand vous aurez été dans la police aussi longtemps que j'y ai été moi-même, dit Spence, vous vous méfierez tout particulièrement des montres brisées qui indiquent l'heure du crime. Elles ne mentent pas toujours, mais elles ne disent pas toujours non plus la vérité. Vous mettez les aiguilles à l'heure qui vous arrange, vous cassez la montre et votre alibi devient facile à établir. Seulement, on n'apprend pas à un vieux singe à faire des grimaces... et je ne tiens pas du tout l'heure du crime pour acquise. Le rapport du médecin légiste déclare : « entre huit et onze heures du matin ».

Le sergent Graves s'éclaircit la gorge.

— Edwards, le jardinier en second de « Furrowbank » dit qu'il a vu David Hunter sortir par une petite porte vers sept heures et demie. Les bonnes ne savaient pas qu'il était revenu. Elles le croyaient à Londres, avec Mrs Gordon. Ça semble indiquer qu'il était dans le voisinage.

— Oui. Je suis curieux de savoir ce qu'il me dira lui-même de ses mouvements.
— L'affaire paraît claire...
Graves regardait les initiales du briquet.
— Hum ! fit Spence. Il faut aussi tenir compte de ça...
Son index montrait le bâton de rouge à lèvres.
— On l'a ramassé sous une commode, monsieur. Il était peut-être là depuis longtemps...
— Je me suis renseigné. La dernière fois qu'une femme a occupé cette chambre, c'était il y a trois semaines. Je sais bien qu'aujourd'hui on fait le service par-dessous la jambe, mais il me semble difficile d'admettre qu'on n'a pas balayé au 5 depuis trois semaines. Le Cerf, dans l'ensemble, n'est pas mal tenu.
— Personne ne nous a parlé de femme à propos d'Arden.
— Je sais, dit le commissaire. C'est justement pourquoi ce bâton de rouge pose un problème intéressant.
Graves fut tenté de citer le vieil adage : « Cherchez la femme ! » Il préféra s'abstenir. Son accent français était des meilleurs et il ne tenait pas à indisposer le commissaire en faisant étalage de ses connaissances linguistiques. Le sergent Graves était un jeune homme plein de tact.

XVII

Le commissaire Spence jeta un coup d'œil sur la façade de Shepherd's Court, jugea la maison discrète et riche, tout ensemble, franchit le majestueux portail et s'arrêta dans le hall.
Ses semelles enfonçaient dans un épais tapis. Il y

avait, dans le fond, un ascenseur et l'amorce d'un escalier. Spence se dirigea vers une porte marquée « Bureau », la poussa et entra. Il se trouva dans une petite pièce divisée en deux par un comptoir, derrière lequel il y avait une table, avec une machine à écrire, et deux chaises, dont une tout près de la fenêtre. L'endroit était aussi désert que le hall.

Repérant un bouton d'appel, Spence pressa dessus et attendit. Rien ne se produisant, il recommença. Une minute plus tard, une porte s'ouvrait dans le fond du bureau, livrant passage à un personnage à l'uniforme impressionnant. Il était habillé comme un général d'opérette, mais son accent révélait qu'il était né à Londres, et probablement dans un faubourg ouvrier.

— Vous désirez, monsieur ?

— Mrs Gordon Cloade ?

— Troisième étage, monsieur. Je vous annonce ?

— Elle est ici ?... Je croyais qu'elle était à la campagne.

— Non, monsieur. Elle est revenue depuis samedi dernier.

— Et Mr David Hunter ?

— Mr Hunter est ici aussi.

— Il ne s'est pas absenté ?

— Non, monsieur.

— Il était ici dans la soirée d'hier ?

— Ah ! çà ! s'écria le général, devenant soudain agressif, qu'est-ce que ça signifie, cet interrogatoire ? Il ne va pas falloir que je vous raconte ma vie, non ?

Spence, sans un mot, exhiba sa carte de police. Toute son arrogance tombée, le général se confondit en excuses.

— Je ne pouvais pas deviner, pas vrai ?

— Bien sûr ! dit Spence, conciliant. Revenons à Mr Hunter. Il était ici hier soir ?

— Oui, monsieur. Du moins, je le crois. En tout cas, il ne m'a rien dit.

— Il vous aurait prévenu s'il s'était absenté ?

— Je ne sais pas trop. Généralement, c'est ce que font ces messieurs et ces dames. Ils me disent ce que je dois faire de leur courrier et ce qu'il faut répondre au téléphone si on les demande.

— Tous les coups de téléphone passent par le bureau ?

— Non. Presque tous les appartements sont reliés directement avec la ville. Seulement, il y a quelques locataires qui préfèrent ne pas avoir le téléphone intérieur et ils viennent au bureau prendre leur communication.

— L'appartement de Mrs Cloade est de ceux qui ont le téléphone ?

— Oui, monsieur ?

— Et, autant que vous sachiez, Mrs Cloade et Mr Hunter étaient ici hier soir ?

— Oui, monsieur.

— Pour les repas, comment les choses se passent-elles, ici ?

— Il y a un restaurant, mais Mr Hunter et Mrs Cloade y vont rarement. Ils prennent plutôt leurs repas dehors.

— Le petit déjeuner ?

— Il est servi dans les appartements.

— Vous pourriez savoir s'ils l'ont pris ce matin.

— Oui, monsieur. Je n'ai qu'à demander à l'office.

— Parfait. Je vais monter. Vous me direz ça quand je descendrai.

— Certainement, monsieur.

Spence prit l'ascenseur et s'arrêta au troisième. Il y avait deux appartements par étage. Il appuya sur la sonnette du 9. David Hunter vint ouvrir. Il ne connaissait pas de vue le commissaire et son accueil fut peu amène.

— Qu'est-ce que vous voulez ?
— Monsieur Hunter ?
— C'est moi.
— Je suis le commissaire Spence, de la police du comté d'Oastshire. Pourrais-je vous dire un mot ?
— Excusez-moi, commissaire ! Je pensais qu'il s'agissait d'un représentant. Voulez-vous entrer ?

Hunter conduisit le policier dans une pièce meublée d'une façon très moderne et avec infiniment de goût. Rosaleen, debout près de la fenêtre, se retourna à leur arrivée.

— Rosaleen, dit Hunter, je te présente le commissaire Spence. Prenez un siège, commissaire ! Vous buvez quelque chose ?
— Non, merci !

Rosaleen, après avoir salué Spence d'un léger mouvement de tête, s'était assise près de la fenêtre, les mains croisées sur ses genoux.

— Cigarette ?
— Volontiers.

Spence prit une cigarette dans l'étui que lui présentait Hunter, puis il attendit. David plongea la main dans la poche de son veston, la retira, fronça le sourcil et chercha des yeux une boîte d'allumettes. Il y en avait une sur une table. il la prit, offrit du feu à Spence, alluma sa cigarette et engagea la conversation.

— Alors ? dit-il. Qu'est-ce qu'il y a de cassé à Warmsley Vale ? La cuisinière s'est fait prendre à faire du marché noir ? Elle nous nourrit de façon étonnante et j'ai toujours pensé qu'il y avait du louche dans ses méthodes d'approvisionnement.

— C'est plus sérieux que cela, déclara Spence. Un homme est mort au Cerf, hier soir. Vous l'avez peut-être vu dans les journaux ?

David secoua la tête.

— Non. Cela m'aura échappé. Et alors ?

— L'homme en question a été tué. En fait, on lui a défoncé le crâne...

Rosaleen étouffa une petite exclamation.

— Je vous en prie, commissaire, dit David très vite, n'appuyez pas sur les détails ! Ma sœur est très impressionnable. Il n'y a rien à faire. Si vous parlez de sang, elle finira très probablement par s'évanouir.

Le policier s'excusa.

— Au vrai, ajouta-t-il, il y avait si peu de sang que ce n'est même pas la peine d'en parler. Seulement, c'était tout de même bien un assassinat.

Un silence suivit. Puis David, les sourcils haut levés, dit, d'un ton fort aimable :

— Mais, commissaire, en quoi cette affaire nous concerne-t-elle ?

— Nous avons pensé, monsieur Hunter, que vous pourriez peut-être nous donner des renseignements sur la victime.

— Moi ?

— Vous lui avez rendu visite samedi dernier, dans la soirée. L'homme s'appelait Enoch Arden... ou, du moins, s'était inscrit sous ce nom à l'hôtel.

— Je me souviens très bien.

David parlait posément, sans le moindre embarras.

— Alors, monsieur Hunter ?

— Mon Dieu ! Commissaire, j'ai bien peur de ne pouvoir vous être d'un grand secours. Cet homme, je ne sais, pour ainsi dire, rien de lui.

— S'appelait-il vraiment Enoch Arden ?

— J'en doute fort.

— Pourquoi étiez-vous allé le voir ?

David haussa doucement les épaules.

— La vieille histoire du type qui n'a pas eu de chance ! Il m'a parlé de gens que je connaissais, m'a raconté ses aventures de guerre... Tout ça n'était pas très solide et il m'a semblé qu'il inventait pas mal de choses. Vous voyez le genre !

— Lui avez-vous donné de l'argent ?

David hésita une fraction de seconde avant de répondre.

— Cinq shillings... pour lui porter veine.

— Il avait mentionné devant vous des noms que vous connaissiez ?

— Oui.

— Dans le nombre, n'y avait-il pas celui du capitaine Robert Underhay ?

Le coup, cette fois, avait porté. Les traits de David s'étaient tendus et, derrière lui, Rosaleen avait pâli.

— Qu'est-ce qui vous fait croire ça, commissaire ? dit enfin David.

Spence ne rusa point.

— Une information que j'ai reçue, déclara-t-il nettement.

Il y eut un long silence. Les yeux de David restaient fixés sur Spence. Il était clair qu'il étudiait l'adversaire, essayant de deviner ce qu'il pouvait savoir et le danger qu'il pouvait représenter. Très calme, le commissaire attendait.

David se décida.

— Vous savez, commissaire, qui était Robert Underhay ?

— Peut-être pourriez-vous me le dire, monsieur ?

— Robert Underhay était le premier mari de ma sœur. Il est mort en Afrique, il y a quelques années.

— Vous êtes sûr de ça, monsieur Hunter ?

La question avait été posée très vite. La réponse fut immédiate.

— Absolument sûr. N'est-ce pas, Rosaleen.

— Oui. Robert est mort de la fièvre. Une bien triste histoire...

— Il arrive, madame, que des nouvelles soient mises en circulation qui ne sont pas tout à fait vraies.

Elle ne répliqua pas tout de suite. Elle regardait son frère. Après un long silence, elle répéta :

— Robert est mort.

— D'après les informations que je possède, déclara Spence, je crois pouvoir dire que cet homme, Enoch Arden, prétendait avoir été l'ami de feu Robert Underhay et que, d'autre part, il vous a annoncé, monsieur Hunter, que Robert Underhay était toujours vivant.

— C'est complètement idiot ! dit David.

— Vous affirmez que le nom de Robert Underhay n'a pas été mentionné dans la conversation ?

David sourit.

— Oh ! mentionné, il l'a été ! Le pauvre bougre avait très certainement connu Underhay.

— Dites-moi, monsieur Hunter ! Il ne s'agissait pas d'un... chantage ?

— D'un chantage ? Je ne vous comprends pas, commissaire.

— En êtes-vous bien sûr, monsieur Hunter ? Au fait, puis-je vous demander — simple formalité et pure routine — où vous vous trouviez hier soir... entre, disons, sept heures et onze heures ?

— Et si je refusais de vous répondre, commissaire ?

— Ne pensez-vous pas, monsieur Hunter, que ce serait enfantin ?

— Ce n'est pas mon avis. J'ai horreur — j'ai toujours eu horreur — des manœuvres d'intimidation.

Spence se dit que c'était probablement la vérité. Il avait déjà vu des témoins de ce genre-là, des gens qui refusaient de répondre pour le seul plaisir d'être désagréables, et non point parce qu'ils avaient quelque chose à cacher. Le commissaire, encore qu'il se flattât de ne jamais avoir d'idées préconçues, était arrivé à Shepherd's Court à peu près convaincu que David Hunter était un assassin. L'attitude présente de David éveillait en lui un doute. Il se tourna vers Rosaleen Cloade, qui, comprenant la signification de son regard, lui apporta son aide.

— David, pourquoi ne pas dire où tu étais ?
— Je vous remercie, madame. Nous cherchons seulement à voir clair dans cette affaire et...

David coupa brutalement la parole à Spence.

— Laissez ma sœur tranquille, voulez-vous ? Qu'est-ce que ça peut bien vous faire, que j'aie été ici, à Warmsley Vale ou à Tombouctou ?

Spence ne se démonta pas.

— Je vous rappelle seulement, monsieur Hunter, que vous serez cité à l'enquête et que, là, vous serez bien obligé de répondre aux questions.
— Eh bien ! j'attendrai l'enquête. D'ici là, commissaire, voudriez-vous me faire le plaisir de ficher le camp d'ici ?
— Certainement, monsieur.

Spence s'était levé, imperturbable. Il ajouta :

— Mais, avant de me retirer je veux demander quelque chose à Mrs Cloade.
— Je ne veux pas qu'on ennuie ma sœur !
— Nous sommes d'accord. Mais je désire qu'elle voie le corps et qu'elle me dise si elle peut l'identifier. Je suis là dans mon droit absolu. Plus tôt ou plus tard, cette formalité aura lieu nécessairement. J'aimerais que Mrs Cloade vînt avec moi maintenant. Après, elle sera débarrassée. Un témoin a entendu le défunt Mr Arden dire qu'il connaissait Robert Underhay. Il est donc possible qu'il ait connu Mrs Underhay, possible par conséquent que Mrs Underhay l'ait connu, lui. S'il ne s'appelait pas Enoch Arden, nous aurions intérêt à savoir son véritable nom.

Contrairement à l'attente de Spence, Rosaleen s'était levée.

— Je vous accompagne, commissaire.

David, de qui Spence redoutait une explosion de colère, se contenta de faire la grimace.

— Tu feras comme tu l'entendras, Rosaleen. Qui sait ? Tu mettras peut-être un nom sur le bonhomme ?

Spence se tourna vers Rosaleen.

— A Warmsley Vale, vous ne l'avez pas vu ?

— Non. Je suis à Londres depuis samedi dernier.

— Effectivement, Arden n'est arrivé que vendredi soir.

— Vous voulez que j'aille là-bas maintenant ?

Elle posait la question d'un ton timide de petite fille. Spence était heureusement surpris. Il n'aurait pas cru trouver chez elle tant de bonne volonté.

— Ce serait, en effet, dit-il, la meilleure solution. Plus vite, nous aurons établi de façon indiscutable certains faits, mieux ce sera. Seulement, je n'ai pas de voiture.

David allait vers le téléphone.

— Je vais appeler le service de louage de Daimler.

— Fort bien. Je vous attendrai dans le hall.

Quelques minutes plus tard, Spence se retrouvait dans le bureau. Le général était là.

— Alors ?

— Les deux lits étaient défaits ce matin, monsieur. Le petit déjeuner a été servi à Mrs Cloade et à Mr Hunter à neuf heures et demie.

— Et à quelle heure Mr Hunter est-il rentré hier soir ?

— Je n'ai pas pu le savoir, monsieur.

Spence n'insista pas. Il pensait à Hunter. Pourquoi refusait-il de parler ? L'homme devait se rendre compte qu'il était soupçonné d'un crime et que son intérêt était de se disculper au plus tôt. On ne gagne jamais rien à contrarier l'action de la police. L'attitude est stupide. Mais elle devait plaire à un type du genre de David.

Ils n'échangèrent, durant le trajet, que de rares paroles. Quand la voiture s'arrêta devant le dépôt mortuaire, Rosaleen était très pâle. Elle tremblait. David, préoccupé, lui parlait comme à une enfant.

— Il n'y en a que pour une minute ou deux, ma chérie. Ce n'est rien du tout. Sois calme ! Tu vas entrer avec le commissaire et je t'attendrai ici. Ne te tracasse pas ! Il aura l'air d'un homme qui dort, tu verras ! Sois brave !

Dans le couloir, elle dit à Spence :

— Vous ne devez pas me trouver bien courageuse, commissaire. Mais je pense toujours à cet effrayant bombardement, à cette maison pleine de morts, où je me trouvais seule vivante, à cette nuit d'horreur...

Il prit sa voix la plus douce pour lui répondre.

— Je vous comprends, madame. Je sais que vous avez vécu des heures tragiques en cette nuit où votre mari a été tué. Mais, rassurez-vous, en une minute ce sera fini !

Sur un signe de Spence, le drap qui recouvrait le cadavre fut soulevé. Rosaleen Cloade baissa le regard sur l'homme qui avait dit s'appeler Enoch Arden. Spence observait la jeune femme. Elle restait immobile et rien, dans son attitude, ne laissait deviner chez elle la moindre émotion. Finalement, elle se signa.

— Dieu ait son âme !

Se tournant vers Spence, elle ajouta :

— Je n'ai jamais vu cet homme et j'ignore qui il est.

Spence la reconduisit jusqu'à la porte. Ou cette femme disait la vérité ou elle était la plus remarquable comédienne qu'il eût jamais rencontrée.

Un peu plus tard, il appela Rowley Cloade au téléphone.

— J'ai mis la veuve en présence du cadavre, lui dit-il. Elle déclare de façon formelle qu'il ne s'agit pas de Robert Underhay et qu'elle n'a jamais vu cet homme de son vivant. Voilà un point acquis !

Après un long silence, Rowley demanda :
— C'est définitif ?
— J'ai l'impression qu'un jury la croirait... En l'absence de toute preuve du contraire, bien entendu.
— Bien ! dit Rowley.

Il raccrocha l'appareil et, le front soucieux, ouvrit l'annuaire téléphonique de Londres. Il trouva à la lettre P le nom qu'il cherchait.

DEUXIEME PARTIE

I

Hercule Poirot plia avec soin le dernier des journaux que George était allé lui acheter. Les informations données par les feuilles étaient plutôt maigres. L'expertise médicale avait établi que le crâne avait été fracturé par une série de coups assenés avec un objet lourd. L'enquête avait été ajournée à quinzaine. Quiconque était en mesure de fournir des renseignements sur un certain Enoch Arden, qu'on supposait arrivé récemment du Cap, était prié de se mettre en relation avec le chef de la police du Oastshire.

Poirot mit les journaux en pile et se plongea dans ses réflexions. L'affaire l'intéressait. Il ne lui aurait probablement accordé aucune attention sans la récente visite de Mrs Lionel Cloade, qui lui avait remis en mémoire cet incident qui s'était produit un jour, au club, durant une attaque aérienne. Il se souvenait très bien des paroles rapportées par le major Porter : « Qui vous dit qu'un nouvel Enoch Arden ne surgira pas à quelques milliers de kilomètres d'ici pour recommencer sa vie ? » Poirot avait diablement envie d'en savoir plus long sur cet Enoch Arden qui était allé se faire assassiner à Warmsley Vale. Il se rappelait, qu'il connaissait vaguement le commissaire Spence, de la police du Oastshire, et également que le jeune Mellon n'habitait pas très loin de Warmsley Vale et qu'il avait dit que Jeremy Cloade était de ses relations.

Poirot songeait à passer un coup de téléphone au jeune Mellon quand George vint lui annoncer qu'un Mr Rowley Cloade désirait le voir.

— Ah! ah! dit Poirot avec satisfaction. Faites-le entrer!

Quelques secondes plus tard, il avait devant lui un homme, jeune et d'aspect sympathique, qui paraissait fort ennuyé et semblait ne pas savoir par où commencer. Le détective essaya de lui venir en aide.

— Bonjour, monsieur Cloade! Que puis-je pour vous?

Rowley Cloade hésitait. Les moustaches effilées de Poirot, son élégance méticuleuse, ses guêtres blanches et ses bottines pointues, tout cela ne lui inspirait pas confiance. Poirot, que la chose amusait, s'en rendait parfaitement compte.

— Je crois, dit enfin Rowley, qu'il faut tout d'abord que je vous dise qui je suis. Mon nom doit vous être inconnu.

Poirot l'interrompit.

— N'en croyez rien! Il m'est familier. Votre tante m'a rendu visite la semaine dernière.

— Ma tante?

Rowley en restait la bouche ouverte, si manifestement stupéfait que Poirot écarta l'hypothèse, qui lui était tout d'abord venue à l'esprit, que les deux visites étaient liées. Une seconde, il se dit qu'il était vraiment très curieux que deux membres d'une même famille eussent eu, l'un et l'autre, l'idée de le voir à si peu d'intervalle, mais il s'avisa presque aussitôt qu'il n'y avait vraisemblablement pas là une coïncidence et que les deux visites avaient sans doute une seule et même cause.

— Je présume, reprit-il, que Mrs Lionel Cloade est votre tante?

Rowley crut avoir mal entendu.

— Mrs Lionel Cloade ? Vous ne voudriez pas dire Mrs Jeremy Cloade ?

Poirot déclara qu'il était sûr de ne pas se tromper.

— Mrs Lionel Cloade, ajouta-t-il, m'a été envoyée, à ce que j'ai compris, par les Esprits.

— Mon Dieu ! s'écria Rowley.

Il se sentait soulagé. Amusé, il dit, pour rassurer Poirot :

— Elle est inoffensive, vous savez !

— C'est ce que je me demande.

— Comment cela ?

— Est-il personne au monde qui soit inoffensif ?

Indifférent à l'étonnement de Rowley, Poirot poursuivit, aimable :

— J'imagine que vous êtes venu me voir pour me demander quelque chose. De quoi s'agit-il ?

Le visage de Rowley reprit son expression préoccupée.

— Je crains que l'histoire ne soit bien longue...

Poirot ne le redoutait pas moins. Il se rendait vaguement compte que Rowley Cloade n'était point de ces gens qui vont rapidement au fait. Il se renversa dans son fauteuil et ferma les yeux à demi, tandis que Rowley commençait.

— J'avais un oncle qui s'appelait Gordon Cloade...

— Tout ce que vous pouvez me dire de lui, dit Poirot avec douceur, je le sais.

— Parfait. Ça me permettra d'aller vite. Cet oncle avait quelques semaines avant sa mort, épousé une jeune veuve du nom d'Underhay. Depuis le décès de Gordon Cloade, elle vit à Warmsley Vale, avec un frère à elle. Nous pensions tous que son premier époux était mort des fièvres, en Afrique. Or, il semble bien qu'il n'en est rien.

Poirot ouvrit les yeux.

— Et qu'est-ce qui vous fait croire ça ?

Rowley parla de l'arrivée de Mr Enoch Arden à Warmsley Vale et de sa fin tragique, que Poirot connaissait par les journaux. Rowley dit ensuite comment il s'était rendu au Cerf pour y recueillir, de Béatrice Lippincott, le récit de la curieuse conversation qu'elle avait surprise.

— Naturellement, ajouta-t-il, il m'est impossible de certifier qu'elle a bien entendu. Il se peut qu'elle ait exagéré... et même qu'elle ait mal compris.

— A-t-elle raconté son histoire à la police ?

— Je le lui avais conseillé.

— Fort bien. Mais puis-je vous demander, monsieur Cloade, pourquoi vous venez me trouver ? Vous désirez que j'enquête sur ce meurtre ?

— Grand dieux, non ! s'écria Rowley. Cela, c'est l'affaire de la police. Non, ce que je voudrais, c'est que vous découvriez qui était cet homme.

Poirot plissa les yeux.

— D'après vous, monsieur Cloade, qui était-il ?

— Enoch Arden, répondit Rowley de sa voix lente, ce n'est pas un nom. C'est une citation. J'ai rouvert mon Tennyson. Enoch Arden est bien ce type que tout le monde croyait mort, qui est revenu et a trouvé sa femme remariée avec un autre.

— D'où vous concluez que cet Enoch Arden pourrait bien avoir été Robert Underhay en personne ?

— Ce serait possible... Il va de soi que j'ai longuement interrogé Béatrice à différentes reprises. Elle ne peut pas se rappeler, c'est bien naturel, tout ce qui a été dit au cours de la conversation. Le type a raconté que Robert Underhay avait dégringolé, que sa santé n'était pas brillante et qu'il avait terriblement besoin d'argent. Qui nous dit que ce n'était pas de lui-même qu'il parlait ? Il semble d'ailleurs avoir donné à entendre que son nom n'était qu'un nom d'emprunt.

— Comment les choses se sont-elles passées à l'enquête, en ce qui concerne son identité ?

— Les gens du Cerf ont déclaré que c'était bien l'homme qui s'était inscrit à l'hôtel sous le nom d'Enoch Arden. C'est tout !

— *Quid* de ses papiers ?

— Il n'en avait pas.

— Aucun ?

— Aucun. Il ne possédait que quelques paires de chaussettes, une chemise et une brosse à dents. Pas de papiers.

— Pas de passeports ? Pas de lettres ? Pas même une carte d'alimentation ?

— Rien du tout.

— Voilà, dit Poirot, qui est intéressant. Très intéressant...

Rowley reprit :

— David Hunter, le frère de Rosaleen Cloade, a reconnu qu'il était allé rendre visite à l'homme le lendemain même de son arrivée. Il a déclaré qu'il avait reçu du type une lettre lui disant qu'il avait été l'ami de Robert Underhay et qu'il avait grand besoin de secours. Il serait allé le voir sur les instances de sa sœur et lui aurait donné cinq shillings. C'est là ce qu'il a raconté et vous pouvez être sûr qu'il ne variera pas dans ses dires. Naturellement, la police n'a pas soufflé mot de ce que Béatrice a entendu.

— David Hunter dit que l'homme lui était inconnu ?

— C'est ce qu'il prétend. Je crois, d'ailleurs, que Hunter n'a jamais rencontré Underhay.

— Et Rosaleen Cloade, que dit-elle ?

— Pas grand-chose. On l'a mise en présence du cadavre. Elle ne l'a pas reconnu.

— Est-ce que cela ne met pas un point final au problème ?

— Ce n'est pas mon avis. Si le mort était réellement Underhay, Rosaleen n'a jamais été la femme de mon oncle et elle n'a donc pas droit à un sou de sa fortune. Cela étant, vous pensez bien qu'elle allait se garder de reconnaître le mort !

— Vous ne lui faites pas confiance ?

— Ni à elle, ni à son frère.

— Enfin, il doit y avoir des tas de gens qui seraient capables de dire s'il s'agit ou non d'Underhay !

— Ce n'est pas tellement sûr... et c'est justement ces gens-là que je voudrais que vous me trouviez. La chose n'a pas l'air facile. Il ne devait plus avoir de parents en Angleterre et il semble avoir été un type peu sociable qui ne fréquentait personne. Cependant, il doit y avoir des gens qui l'ont connu, quand ce ne seraient que des domestiques. Mais où les trouver, après une guerre qui a tout bouleversé ? Pour moi, je ne saurais où diriger les recherches. Je n'ai d'ailleurs pas le temps de les faire : je suis agriculteur... et je manque de main-d'œuvre.

— Mais pourquoi vous adressez-vous à moi ?

La question paraissait embarrasser Rowley. Une lueur malicieuse passa dans la prunelle de Poirot. Il ajouta, à mi-voix :

— Une indication des Esprits ?

— Vous plaisantez ! s'écria Rowley.

Il eut encore une petite hésitation, puis il dit :

— La vérité, c'est que j'ai entendu parler de vous par un de mes amis, qui disait qu'en ces affaires vous êtes une sorte de sorcier. Je ne sais rien de vos honoraires. J'imagine qu'ils sont élevés. Nous sommes tous passablement dédorés, mais je crois que nous réussirons pourtant à vous payer... si vous acceptez, bien entendu, de vous occuper de ces recherches.

— Je crois, déclara lentement Poirot, que je pourrais vous être de quelque utilité.

Des souvenirs lui revenaient, très précis : le club, les journaux derrière lesquels les autres s'abritaient, le vieux raseur, avec sa voix monotone. Comment s'appelait-il ? Son nom, pour le moment, lui échappait. Mais on le lui avait dit et il le retrouverait. Au besoin, il pourrait toujours le demander au jeune Mellon.

Inutile. Il se rappelait. Porter, le major Porter.

Hercule Poirot se leva.

— Pouvez-vous revenir cet après-midi, monsieur Cloade ?

— Ma foi, je ne sais pas trop... Je pourrais m'arranger, je pense. Mais vous ne pensez pas obtenir un résultat en si peu de temps ?

Il considérait Poirot du regard, avec une espèce de crainte respectueuse. Le détective n'aurait pas été un homme s'il avait résisté à la tentation de l'étonner un peu. Songeant au plus brillant de ses devanciers, il répondit, avec un brin de solennité :

— J'ai mes méthodes, monsieur Cloade.

C'était exactement ce qu'il fallait dire. Rowley, très impressionné, murmura :

— Oui, bien sûr. Comment vous faites, par exemple, c'est ce que je me demande !

Poirot s'abstint de le renseigner. Après son départ, il écrivit un court billet et le remit à George, qui le porta au Coronation Club et attendit la réponse.

Celle-ci donna à Poirot toute satisfaction. Le major Porter présentait ses compliments à Hercule Poirot et serait heureux de le recevoir ainsi que son ami, au 79, Edgeway Street, Campden Hill, dans l'après-midi, vers cinq heures.

A quatre heures et demie, Rowley Cloade reparut.

— Alors, monsieur Poirot, les choses s'annoncent bien ?

— On ne peut mieux, monsieur Cloade. Nous allons rendre visite à un vieil ami du capitaine Robert Underhay.

— Hein ?

La stupeur de Rowley était celle du gamin qui voit un prestidigitateur extraire un lapin d'un chapeau haut de forme. Poirot jouit de son ahurissement, mais ne révéla pas le secret du tour « miraculeux » qu'il venait d'accomplir.

Les deux hommes sortirent ensemble et prirent un taxi qui les emmena vers Campden Hill.

Le major Porter habitait le premier étage d'une petite maison d'aspect fort modeste. Une grosse femme, cordiale et négligée, introduisit les visiteurs dans une pièce carrée, décorée de mauvaises gravures de chasse et de rayons chargés de livres. Il y avait, par terre, deux tapis, très beaux encore avec leurs teintes passées, mais aussi terriblement usés. On devinait, à la couleur plus claire du parquet, l'emplacement d'un troisième tapis, qui, lui, avait disparu. Le major était debout près de la cheminée. Il portait des vêtements bien coupés, mais râpés. Il était clair que la vie était devenue difficile au vieil officier en retraite. Les impôts et la hausse du coût de la vie avaient dû apporter de sérieux changements dans son existence. Il était non moins évident que le major ne renoncerait jamais à certaines choses. A faire partie du Coronation, par exemple.

Porter tendait la main à Poirot.

— Je ne me souviens pas, monsieur Poirot, de vous avoir rencontré. Au Club, dites-vous ? Il y a une paire d'années ? C'est fort possible. Je vous connais de nom, bien entendu.

Poirot présenta son compagnon.

— Ravi de vous connaître, poursuivit le major. Je suis désolé de ne pouvoir vous offrir un verre de xérès, mais mon fournisseur habituel a perdu son stock au cours des bombardements. J'ai du gin. Seulement, il ne vaut pas grand-chose. Que diriez-vous d'un peu de bière ?

Ils se prononcèrent pour la bière. La major tira de sa poche un étui et offrit une cigarette à Poirot, qui l'accepta, prenant ensuite du feu à l'allumette que Porter lui présentait.

— Je sais, monsieur Rowley, que vous ne fumez pas, dit ensuite Porter. Vous ne voyez pas d'inconvénient à ce que j'allume ma pipe ?

L'opération, menée avec soin, prit du temps.

— Et maintenant, reprit le major, de quoi s'agit-il ?

Ce fut Poirot qui répondit :

— Peut-être avez-vous lu dans les journaux qu'un homme a été tué à Warmsley Vale ?

— C'est possible, mais je ne me souviens pas.

— Il s'appelait Arden, Enoch Arden. On l'a trouvé au Cerf, une auberge, le crâne défoncé.

Porter fronça le sourcil.

— Attendez donc !... Il me semble, en effet, avoir lu quelque chose là-dessus, il y a quelques jours déjà.

— Il y a quelques jours, en effet. Voici une photo de l'homme, découpée dans un journal. Malheureusement, elle n'est pas très nette. Ce que nous voudrions savoir, major, c'est si le visage vous rappelle quelqu'un que vous avez connu.

Porter prit le mauvais document que Poirot lui tendait, le regarda d'assez loin, puis mit ses lunettes et l'examina de plus près. Il sursauta.

— Sacristi !

— Vous le connaissez, major ?

— Bien sûr que je le connais ! C'est Robert Underhay.

— Vous en êtes sûr ?
— Parbleu ! C'est Robert Underhay. Je suis prêt à en jurer où on voudra !

II

Le téléphone sonna. Lynn alla à l'appareil.
— Allô, Lynn ?
C'était la voix de Rowley.
— Rowley ?
— Que deviens-tu ? Je ne t'ai pas vue depuis je ne sais combien de temps !
— Je n'ai rien fait de spécial. Je passe des heures à faire la queue chez les commerçants pour obtenir un kilo de poisson ou un méchant morceau de pain gris.
— J'aurais besoin de te voir. J'ai des choses à te dire.
— Des choses ? De quel genre ?
Il rit.
— De bonnes nouvelles, Lynn. Viens me retrouver près du bois Rolland. Nous sommes en train de labourer par-là...
— Entendu !
Lynn posa le récepteur. De bonnes nouvelles ? Que pouvaient être, pour Rowley, de « bonnes nouvelles » ? Une transaction heureuse, un marché réussi ? Il devait avoir vendu son jeune taureau mieux qu'il n'espérait.
Quand il l'aperçut dans le champ, Rowley descendit de son tracteur pour venir à la rencontre de Lynn.
— Bonjour, Lynn !
— Bonjour, Rowley ! Tu as l'air rudement content...

Il cligna de l'œil et se mit à rire.
— Il y a de quoi. La chance a tourné, Lynn !
— Comment cela ?
— Te souviens-tu d'avoir entendu le vieux Jeremy parler d'un bonhomme qui s'appelait Hercule Poirot ?
— Hercule Poirot ?
Lynn, des rides sur le front, réfléchit un instant.
— Oui, dit-elle enfin, ça me rappelle vaguement quelque chose.
— C'était pendant la guerre. Jeremy avait rencontré ce Poirot dans cette espèce de mausolée qu'il prend pour un club. C'était pendant une alerte...
— Et alors ? demanda Lynn avec un peu d'impatience.
— Le type portait des vêtements impossibles. C'est un Français. Ou un Belge. Un excentrique, dans son genre, mais un homme remarquable.
— Est-ce qu'il n'est pas... détective de son état ?
— Si. Alors, voilà... Pour le gars qui s'est fait assassiner au Cerf, tu ne l'as peut-être pas su, mais on s'est demandé si, par hasard, il n'aurait pas été le premier mari de Rosaleen.
Lynn éclata de rire.
— Parce qu'il s'appelait Enoch Arden ? L'idée est absurde.
— Pas tellement, ma petite ! Spence a fait voir le corps à Rosaleen. Elle lui a très tranquillement juré que ce n'était pas là son premier époux.
— De sorte que la question est réglée ?
— Sans moi, elle l'était.
— Sans toi ? Qu'est-ce que tu as donc fait ?
— Je suis tout bonnement allé trouver cet Hercule Poirot, à qui j'ai expliqué que j'aimerais bien avoir une confirmation venant de quelqu'un d'autre et que je lui serais reconnaissant de dénicher une personne quelconque ayant connu Robert Under-

hay. Ce bonhomme est un véritable sorcier. Quelques heures plus tard, il me présentait à un type qui a été un des meilleurs amis de Robert Underhay, un vieux soldat du nom de Porter :

Rowley marqua une courte pause, puis ajouta :

— Ce que je vais te dire maintenant, tu le garderas pour toi. J'ai donné ma parole au commissaire de ne rien dire, mais c'est un secret que je peux bien te confier, à toi. Le mort du Cerf n'est autre que Robert Underhay.

— Tu dis ?

La jeune femme regardait Rowley avec effarement.

— Je dis, reprit Rowley, que c'est Robert Underhay qui a été assassiné au Cerf. Porter est formel. Conclusion : nous avons gagné ! En fin de compte, c'est nous qui l'emportons sur ces damnés escrocs !

— Quels damnés escrocs ?

— Hunter et sa sœur. Ils sont nettoyés. Complètement ! Rosaleen n'a aucun droit à la fortune de Gordon. Cet argent nous revient. Il est à nous ! Le testament qu'il avait fait avant son mariage avec Rosaleen tient toujours et nous nous partageons ses biens, dont un quart est pour moi. Tu comprends pourquoi ? Si son premier époux vivait encore quand elle a épousé Gordon, Rosaleen n'a jamais été légalement la femme de Gordon !

— Tu es sûr de ce que tu avances là ?

Il la regarda, un peu interdit.

— Evidemment, j'en suis sûr ! C'est élémentaire. Désormais, tout est bien et la véritable volonté de Gordon se trouve enfin respectée. Tout est exactement comme si ces deux intéressants personnages n'étaient jamais intervenus dans nos affaires !

Lynn n'en était pas très convaincue. On ne peut pas effacer les choses si facilement que ça ! Ce qui a été, a été, et on ne peut pas prétendre le contraire.

— Mais, dit-elle, que vont-ils devenir ?

— Hein ?

Il était clair que Rowley ne s'était même pas posé la question.

— Je n'en sais rien, déclara-t-il. Je suppose qu'ils retourneront d'où ils venaient. Pour elle, je crois que nous pourrions faire quelque chose. Elle était de bonne foi quand elle a épousé Gordon. Elle se croyait veuve. Son mari n'était pas mort, mais elle l'ignorait... et je pense qu'il serait bien que nous lui assurions, à nous tous, une espèce de rente.

— Tu as beaucoup de sympathie pour elle, n'est-ce pas ?

Il ne répondit pas tout de suite.

— Oui, dit-il enfin. Dans un certain sens, c'est exact. Quand elle voit un bœuf, elle sait ce qu'elle a devant elle.

— Moi pas !

— Ça viendra !

— Et David ?

L'œil de Rowley se chargea de colère.

— Qu'il aille au diable ! Cet argent, d'ailleurs, n'a jamais été à lui. Il s'est contenté de venir et de pomper l'argent de sa sœur...

— Non, Rowley. Tu es injuste avec lui. C'est, sans doute, un aventurier...

— Et certainement un assassin !

Elle protesta dans un cri.

— Qu'est-ce que tu en sais ?

— Dame ! Qui crois-tu donc qui a tué Underhay ?

— Je ne crois pas ça ! Je ne le crois pas !

— C'est pourtant bien lui ! Qui serait-ce d'autre ? Il était ici ce jour-là. Il est arrivé par le train de cinq heures trente. J'étais allé chercher des colis à la gare et je l'ai aperçu de loin.

D'un ton sec, elle répliqua :

— Il est rentré à Londres le soir même.

— Après avoir tué Underhay.

Rowley affirmait. Elle ne s'avoua pas vaincue.

— Tu ne devrais pas dire des choses comme ça. Rowley ! reprit-elle. À quelle heure Underhay a-t-il été tué ?

— Exactement, je l'ignore. Mais nous le saurons sans doute demain, à l'enquête. J'imagine que c'est entre neuf et dix.

— Il est rentré à Londres par le train de neuf heures vingt.

— Ah ?... Comment le sais-tu ?

— Je... Je l'ai rencontré. Il courait pour ne pas manquer son train.

— Et comment sais-tu qu'il l'a eu ?

— Je le sais parce qu'il m'a téléphoné de Londres dans la soirée.

Rowley fronça le sourcil.

— Pourquoi diable est-ce qu'il te téléphonait ? Je veux être pendu si...

— Qu'il m'ait appelée pour une raison ou pour une autre, Rowley, qu'importe ? Il m'a appelée et cela prouve qu'il a eu son train.

— Il avait eu largement le temps de tuer Underhay auparavant.

— Si le crime a eu lieu après neuf heures, certainement pas !

— Il peut l'avoir tué un peu avant neuf heures.

La voix de Rowley manquait de conviction. Lynn, les paupières baissées, songeait. Où était la vérité ? Quand David l'avait embrassée, ce soir-là, était-ce un assassin qui l'avait prise dans ses bras ? Il lui avait semblé très agité. Etait-ce parce qu'il venait de tuer ? C'était possible, il fallait bien l'admettre. David était-il homme à commettre un meurtre ? A supprimer quelqu'un qui ne lui avait fait aucun mal ? Un fantôme du passé, un être inoffensif, dont le seul crime était de menacer, par sa seule présence, l'héritage de Rosaleen et la vie facile que l'argent de Gordon assurait à la veuve et à son frère ?

— Mais, dit-elle très bas, pourquoi l'aurait-il tué ?

— Tu le demandes, Lynn ? Je viens de te le dire : Underhay vivant, l'argent de Gordon devait nous revenir. D'autre part, Underhay voulait faire chanter Hunter...

L'argument était de poids. David était un homme à tuer un maître chanteur. En fait, il ne devait pas envisager d'autre moyen de répondre à une menace de chantage. Lynn baissa le front. Tout concordait : la hâte de David, sa nervosité, cette façon brusque qu'il avait eue de l'attirer à lui pour l'embrasser. Et aussi, un peu plus tard, ces mots qu'il avait dits pour lui apprendre qu'il renonçait à elle : « Ce que j'ai de mieux à faire, c'est de quitter le secteur... »

— Alors, Lynn, qu'est-ce que tu as ? Ça ne va pas ?

— Si, si, très bien !

La voix de Rowley l'avait ramenée de très loin. Il reprit :

— Alors, ne fais pas cette tête-là ! Les choses étant ce qu'elles sont maintenant, nous allons pouvoir apporter à la ferme quelques aménagements sérieux qui la rendront telle qu'elle doit être pour que tu puisses y entrer. Je ne peux pas te recevoir dans une étable !

Lynn ne répondit pas. Oui, un jour, elle vivrait à la ferme. Avec Rowley.

Et, un matin, à huit heures, David, une corde autour du cou, serait précipité dans le vide...

III

David, les mains sur les épaules de Rosaleen, posait un regard tranquille et résolu dans les yeux de la jeune femme.

— Je te répète que tout ira bien. Seulement, il ne faut pas perdre la tête et il faut faire exactement ce que je te dis.

— Mais, si on t'arrête, David ? Tu m'as dit toi-même que ça pouvait arriver ?

— C'est possible, en effet. Mais ce ne serait pas pour longtemps. Si tu ne t'affoles pas, bien entendu.

— Je ferai ce que tu me diras de faire, David.

— C'est comme ça que je t'aime ! D'ailleurs, ce n'est pas compliqué. Il s'agit simplement de t'en tenir à ce que tu as dit : le mort n'est pas ton premier époux.

— Mais ils me tendront des pièges pour m'amener à me contredire !

— Je ne crois pas ! Je te le répète, tout va bien !

— Moi, j'ai plutôt l'impression que tout va mal. Nous prenons de l'argent qui ne nous appartient pas, David, et cette idée-là me tient éveillée des nuits entières. C'est Dieu qui nous punit.

Le visage durci, il la regardait. Aucun doute, elle flanchait. Indiscutablement. Elle avait toujours eu des préjugés religieux et jamais sa conscience ne l'avait laissée tranquille. A moins qu'il n'eût beaucoup de chance, elle « se dégonflerait » complètement. Il n'y avait qu'une chose à faire.

— Dis-moi, Rosaleen, demanda-t-il d'un ton très doux, tu veux que je sois pendu ?

— David !

— Il n'y a qu'une personne qui puisse me faire pendre... et c'est toi ! Si tu admets jamais, d'un regard, d'un signe ou d'un mot, que le mort pourrait être Underhay, tu me passes la corde au cou. Tu comprends ?

Le coup avait porté. Elle le contemplait, les yeux agrandis d'horreur.

— Mais je suis si bête, David !

— Tu n'es pas bête du tout et la chose ne demande pas tellement d'intelligence. Tu auras à jurer que le mort n'est pas ton mari. Tu peux faire ça, non ?

Elle répondit oui d'un signe de tête.

— Aie l'air stupide, si tu veux, reprit-il. Fais semblant de ne pas très bien comprendre ce qu'on attend de toi, ça ne peut pas nuire. L'essentiel, c'est de ne pas varier sur les points que nous avons examinés ensemble. Gaythorne t'assistera. C'est un excellent avocat... et c'est pour cela que je l'ai choisi. Il sera à l'enquête et veillera à ne pas te laisser bousculer. Mais, même vis-à-vis de lui, tiens-t'en à ton histoire. Surtout, n'essaie pas d'être très forte et ne va pas croire que tu pourrais arranger les choses en manœuvrant à ton idée.

— Je ferai exactement ce que tu m'as dit, David.

— Bravo ! Quand tout sera terminé, nous partirons. Le midi de la France, l'Amérique, nous verrons... En attendant, soigne-toi ! Fais de bonnes nuits et ne te tracasse pas ! Prends ces cachets que le docteur Cloade t'a ordonnés — un chaque soir, pas plus — ne t'en fais pas et dis-toi que les beaux jours ne sont pas loin.

Après avoir jeté un coup d'œil à sa montre, il ajouta :

— Là-dessus, il est temps de partir, l'enquête est prévue pour onze heures...

Il promena son regard autour de la pièce : un salon luxueux, riche et confortable. Il avait eu plaisir à y vivre. Allait-il le quitter pour toujours ? Il s'était mis dans une situation terriblement difficile. Mais il ne regrettait rien. Et, pour l'avenir, il continuerait à prendre des risques. « *Il nous faut saisir le flot quand il nous est favorable ou perdre notre vaisseau.* »

Il se tourna de nouveau vers Rosaleen. Répondant à la question muette qu'il lisait dans ses yeux, il dit :

— Non, Rosaleen, ce n'est pas moi qui l'ai tué ! Je te le jure sur tous les saints du calendrier.

IV

L'enquête avait lieu dans la grande salle du Marché aux Blés.

Le *coroner*, Mr Pebmarsh, était un petit homme remuant, qui portait des lunettes et avait une haute idée de son importance. Carré d'épaules, massif, le commissaire Spence était assis à côté de lui. Un monsieur, qui avait l'air d'un étranger, avec ses grandes moustaches noires et ses souliers pointus, s'était installé sur une chaise, dans un coin où personne ne le remarquait. La famille Cloade était là au grand complet : les Jeremy Cloade, les Lionel Cloade, Rowley Cloade, Mrs Marchmont et Lynn. Seul, à l'écart des autres, le major Porter, mal à l'aise, s'agitait sur son siège. David et Rosaleen arrivèrent les derniers.

Le coroner s'éclaircit la gorge, consulta du regard le jury — neuf notables de la localité — et déclara l'enquête ouverte.

L'agent Peacock...

Le sergent Vane...

Le docteur Lionel Cloade...

— Vous étiez au Cerf pour des raisons d'ordre professionnel quand Gladys Aitkin est venue vous trouver. Que vous a-t-elle dit exactement ?

— Elle m'a annoncé que le locataire de la

chambre n° 5 gisait sur le parquet et qu'il était mort.

— C'est pourquoi vous êtes monté au n° 5 ?
— Exactement.
— Voulez-vous nous dire ce que vous y avez trouvé ?

Le docteur Cloade se lança dans un récit rapide : un cadavre... le visage tourné vers le sol... des blessures à la tête... fractures du crâne... une paire de pincettes.

— A votre avis, docteur, les blessures avaient été infligées avec les pincettes en question ?
— Pour certaines, la chose ne me paraît pas discutable.
— Plusieurs coups avaient été donnés.
— Oui. Je n'ai pas procédé à un examen détaillé du corps, estimant que sa position ne pouvait être modifiée avant l'arrivée de la police.
— Vous avez bien fait. L'homme était mort ?
— Oui. Depuis plusieurs heures.
— Combien, à votre avis ?
— C'est un point sur lequel, je ne saurais être très affirmatif. Onze au moins, mais peut-être treize ou quatorze. Disons que le crime avait été commis dans la soirée de la veille, entre sept heures et demie et dix heures et demie.
— Merci, docteur.

Le médecin légiste déposa ensuite, à grand renfort de termes techniques. Cinq ou six coups avaient été frappés à la base du crâne, dont certains après la mort.

— Un crime sauvage, en somme ?
— Précisément.
— Ces coups avaient-ils nécessairement été portés par un individu doué d'une grande force physique ?
— Je ne dirais pas cela. Empoignées par l'extrémité des branches, les pincettes, avec la lourde boule d'acier qui forme leur tête, constituaient une

arme redoutable et puissante. Les coups peuvent avoir été administrés par une personne assez frêle, si l'on admet qu'elle se trouvait placée dans des conditions exceptionnelles qui décuplaient ses forces.

— Je vous remercie, docteur. Poursuivez, je vous prie !

Le médecin légiste donna des détails sur le défunt, un homme de quarante-cinq ans environ, en excellente santé. Aucun signe de maladie. Le cœur, les poumons, tout était bon.

Béatrice Lippincott fut entendue ensuite. Elle parla de l'arrivée au Cerf de cet homme qui s'était inscrit sous le nom d'Enoch Arden, venant du Cap.

— Vous a-t-il présenté sa carte d'alimentation ?
— Non.
— Vous ne la lui avez pas demandée ?
— Pas tout de suite. Je ne savais pas combien de temps il allait rester.
— Mais, plus tard, vous la lui avez demandée ?
— Oui, monsieur. Il est arrivé le vendredi. Le samedi, je lui ai dit que, s'il restait plus de cinq jours, il faudrait qu'il me donne sa carte d'alimentation.
— Que vous a-t-il répondu ?
— Qu'il me la donnerait.
— Mais il ne l'a pas fait ?
— Non.
— Il ne vous a pas dit qu'il l'avait perdue ? Ou qu'il n'en avait pas ?
— Non. Il m'a simplement dit : « Je la chercherai et je vous la remettrai. »
— Est-ce que vous n'avez pas, Miss Lippincott, surpris, dans la soirée de samedi, une certaine conversation ?

Après avoir longuement expliqué pourquoi il lui avait fallu, ce soir-là, monter au 4, Béatrice raconta son histoire. Le *coroner*, les yeux sur son dossier, l'aidait adroitement.

— Cette conversation, l'avez-vous rapportée à quelqu'un ?

— Oui, j'en ai parlé à Mr Rowley Cloade.

— Pourquoi ?

— Il doit le savoir.

Elle avait donné sa réponse en rougissant. Un petit homme maigre, Mr Gaythorne, se leva et demanda la permission de poser une question.

— Au cours de cet entretien entre le défunt et Mr David Hunter, le défunt a-t-il, à aucun moment, déclaré qu'il était lui-même Robert Underhay ?

— Non.

— En fait, il a parlé de Robert Underhay comme si ce Robert Underhay était un autre ?

— Oui.

— Je vous remercie, monsieur le *coroner*. C'est tout ce que je voulais faire préciser au témoin.

Rowley Cloade succéda à Béatrice Lippincott. Il confirma ce qu'elle avait dit et parla de la conversation qu'il avait eue lui-même avec le défunt.

— Il vous a bien dit qu'il vous serait impossible, sans sa collaboration, d'établir que Robert Underhay était toujours en vie ?

— C'est exactement ce qu'il m'a dit. Après quoi, il s'est mis à rire.

— A rire ? Et quel sens avez-vous donné à ces mots ?

— Ma foi ! j'ai seulement pensé qu'il essayait de provoquer une offre de ma part. C'est plus tard que, réfléchissant à ce qu'il m'avait dit, j'ai pensé...

— Ce que vous avez pensé à ce moment-là, monsieur Cloade, nous intéresse à peine. Devons-nous considérer que c'est cette conversation qui vous a décidé à chercher une personne qui eût connu feu Robert Underhay, personne que vous avez trouvée, grâce à une certaine intervention ?

— Oui, monsieur le *coroner*.
— A quelle heure avez-vous quitté le défunt ?
— Autant que je puisse dire, à neuf heures moins cinq.
— Comment vous est-il possible d'être si précis ?
— J'étais dans la rue quand, par une fenêtre ouverte, j'ai entendu l'annonce à la radio du bulletin d'information de neuf heures.
— Ce « client », dont le défunt vous a parlé, vous a-t-il dit à quelle heure il l'attendait ?
— Il a dit : « D'une minute à l'autre ! »
— Il n'a pas mentionné son nom ?
— Non.

Les cous se tendirent dans l'auditoire quand David Hunter fut appelé. Tous les indigènes de Warmsley Vale avaient les yeux fixés sur le mince jeune homme qui se campait devant le *coroner* dans une attitude de défi. Les préliminaires rapidement expédiés, le magistrat en vint à l'essentiel.

— Vous êtes allé voir le défunt le samedi, dans la soirée ?
— Oui. J'avais reçu de lui une lettre me disant qu'il avait besoin d'un secours et qu'il avait connu en Afrique le premier mari de ma sœur.
— Cette lettre, vous l'avez ?
— Non. Je ne garde pas mes lettres.
— Vous avez entendu le témoignage de Béatrice Lippincott. La relation qu'elle nous a donnée de votre conversation avec le défunt est-elle exacte ?
— Absolument inexacte. le défunt m'a dit qu'il avait connu feu mon beau-frère en Afrique, il m'a parlé de la malchance qui l'avait poursuivi, lui, pour conclure, comme je m'y attendais, en me demandant une aide financière, un prêt dont, bien entendu, il était persuadé qu'il serait capable de me rembourser.

— Vous a-t-il dit que Robert Underhay était toujours vivant ?

David sourit.

— Certainement pas ! Il m'a dit : « Si Robert vivait encore, je sais qu'il ferait quelque chose pour moi. »

— Voilà qui est très différent de ce que nous a dit Béatrice Lippincott.

— Les gens qui écoutent aux portes n'entendent généralement qu'une partie de ce qui se dit, comprennent souvent à contresens et se voient contraints de recourir aux ressources de leur fertile imagination pour suppléer aux détails qui leur manquent.

La voix de Béatrice s'éleva pour une protestation à laquelle le *coroner* coupa court en l'invitant à se taire.

— Avez-vous, monsieur Hunter, rendu, dans la soirée de mardi, une nouvelle visite au défunt ?

— Non.

— Vous avez entendu Mr Rowley Cloade nous dire que le défunt attendait un visiteur ?

— Pourquoi vous dirais-je où j'étais et ce que je sais, c'est que, ce visiteur, ce n'était pas moi. Je lui avais donné cinq shillings. J'estimais que c'était très suffisant. Rien ne prouve que l'homme avait vraiment connu Underhay ; et ma sœur, depuis qu'elle a hérité de son second mari une certaine fortune, est l'objet des sollicitations perpétuelles de tous les mendiants et de tous les fainéants de la région.

Il avait terminé sa phrase en regardant les Cloade.

— Voudriez-vous nous dire, monsieur Hunter, où vous étiez dans la soirée de mardi ?

— Cherchez-le !

— Monsieur Hunter ! Vous rendez-vous compte que cette réponse est plus que maladroite ?

— Pourquoi vous dirais-je où j'étais et ce que je

faisais ? Il sera bien temps quand vous m'aurez accusé d'avoir assassiné cet homme.

— Si vous persistez dans cette attitude, ça peut venir plus tôt que vous ne pensez. Reconnaissez-vous cet objet ?

Intrigué, David avança d'un pas pour prendre en main le briquet en or que le *coroner* lui tendait. Il l'examina et le restitua au magistrat.

— C'est mon briquet.
— Quand l'avez-vous vu pour la dernière fois ?
— Il me manque depuis...

David hésitait.

— Depuis ?

Jamais la voix du *coroner* n'avait été si douce-reuse.

— Je l'avais encore le vendredi... le vendredi matin. Je ne me souviens pas de l'avoir vu depuis.

Mr Gaythorne se leva.

— Avec votre permission, monsieur le *coroner*, je poserai une question au témoin. Vous avez rendu visite au défunt, monsieur Hunter, dans la soirée du samedi. N'est-il pas possible que, ce jour-là, vous ayez oublié votre briquet chez lui ?

— C'est possible, répondit David sans se hâter. Je ne me souviens pas de m'en être servi après le vendredi. Où l'a-t-on trouvé ?

Le *coroner* intervint.

— Nous verrons ça plus tard. Vous pouvez vous retirer, monsieur Hunter.

David retourna lentement à sa place et se rassit près de Rosaleen, à qui il murmura quelques mots à l'oreille. On appelait le major Porter, qui s'avança, bien droit, la poitrine dégagée, comme à la parade... Sa nervosité ne se trahissait que par le fait qu'il éprouvait le besoin de se passer la langue sur les lèvres pour les humecter.

— Vous vous appelez George Douglas Porter et

vous avez quitté le service comme major du Royal
African Rifles ?
— Oui.
— Vous avez bien connu Robert Underhay ?
D'une voix habituée à jeter les commandements
sur un champ de manœuvres, le vieil officier lança
des dates et des noms de villes.
— Vous avez vu le corps du défunt ?
— Oui.
— Avez-vous pu identifier ce corps ?
— Oui. C'est celui de Robert Underhay.
Un murmure monta de la salle.
— Vous l'affirmez de façon formelle ?
— Je l'affirme.
— Il n'est pas possible que vous vous trompiez ?
— Certainement pas.
— Je vous remercie, major.
Rosaleen, qu'on venait d'appeler, croisa le major,
qui se retirait. Il la dévisagea avec curiosité. Elle ne
lui accorda pas un regard.
— Vous avez été invitée par la police, madame, à
voir le corps du défunt ?
Rosaleen eut un frisson.
— Oui.
— Vous avez déclaré de façon définitive que
c'était le corps d'un homme absolument inconnu de
vous ?
— Oui.
— Après la déposition du major Porter, que nous
venons d'entendre, désirez-vous revenir sur cette
déclaration ?
— Non.
— Vous maintenez que ce corps n'était pas celui
de votre époux, Robert Underhay ?
— Ce n'était pas le corps de mon mari, mais celui
d'un homme que je n'ai jamais vu de ma vie.
— Pourtant, madame, le major Porter a formelle-

ment reconnu le corps de son ami, Robert Underhay ?

— Le major Porter fait erreur.

— Vous n'êtes pas entendue ici sous serment, madame, mais il est très probable que vous le serez avant peu dans une autre enceinte. Êtes-vous prête à jurer que ce corps n'est pas celui de Robert Underhay, mais celui d'un homme que vous ne connaissiez pas ?

— Je suis prête à jurer que ce corps n'est pas celui de mon époux, mais celui d'un homme que je n'ai jamais vu.

Elle parlait d'une voix ferme et ses yeux ne fuyaient pas le regard du *coroner*.

— Vous pouvez vous retirer, madame.

Ayant dit, le magistrat retira ses lunettes et s'adressa aux jurés. Ils auraient à dire comment l'homme avait trouvé la mort. Sur ce point, pas de difficulté. Il ne pouvait être question ni d'accident, ni de suicide. Il y avait eu meurtre. Quant à l'identité de la victime, les choses étaient moins claires. Un témoin, dont la droiture et la probité ne pouvaient être mises en doute, leur avait déclaré que le corps était celui d'un homme qui avait été son ami autrefois, Robert Underhay. Mais la mort de Robert Underhay, « décédé en Afrique », avait été officiellement enregistrée en 1945, sans aucune protestation des autorités locales, et d'autre part la veuve même de Robert Underhay, aujourd'hui Mrs Gordon Cloade, affirmait formellement que le corps n'était pas celui de Robert Underhay. Sa déclaration était en contradiction absolue avec celle du major Porter. La question d'identité résolue, les jurés auraient à dire s'il y avait quelque preuve indiquant de quelle main était mort le défunt. Il pouvait leur sembler que la culpabilité d'une certaine personne était probable, mais ils ne devraient pas perdre de vue qu'il faut de nombreuses preuves pour accuser et qu'il faut notamment que le coupable présumé ait eu, non seulement un mobile, mais aussi la possibilité de commettre le crime, et par conséquent qu'il ait été vu à proximité du lieu du crime à l'heure convenable. Si cette preuve n'existait pas, le meilleur verdict serait celui qui conclurait à un « homicide volontaire par personne inconnue », laissant à la police le soin de rechercher l'assassin.

Les jurés se retirèrent ensuite pour délibérer. Ils revinrent au bout de trois quarts d'heure. Leur verdict inculpait David Hunter d'homicide volontaire.

V

— J'étais sûr que ce serait là leur verdict ! dit le *coroner* comme s'il s'excusait de la décision des jurés. Question de préjugés locaux. Le sentiment prime le raisonnement.

Le magistrat, l'enquête terminée, s'entretenait avec le chef de la police du comté, le commissaire Spence et Hercule Poirot.

— Vous avez fait de votre mieux, déclara le chef de la police.

Spence était sombre.

— Il reste, dit-il, que cette arrestation est prématurée. Elle nous paralyse. Vous connaissez M. Hercule Poirot ? Il nous a beaucoup aidés en découvrant Porter.

Le *coroner* se tourna vers Poirot et lui dit avec amabilité qu'il avait beaucoup entendu parler de lui. Poirot s'efforça vainement de prendre un air modeste.

— M. Poirot s'intéresse à l'affaire, reprit Spence, avec un soupçon d'ironie.

— C'est exact ! Je pourrais presque dire que je m'occupais d'elle avant qu'elle n'existât.

Cette phrase sibylline réclamait des explications que Poirot donna volontiers, contant la curieuse petite scène à laquelle il avait assisté au Coronation, lorsqu'il avait entendu prononcer pour la première fois le nom de Robert Underhay.

— Voilà, dit le chef de police, qui pourra au procès venir à l'appui du témoignage de Porter. Underhay songeait réellement à se faire passer pour mort et parlait de se servir du nom d'Enoch Arden. Reste à savoir si cette preuve peut être admise. Peut-on faire état des propos prétendument tenus par un homme qui n'est plus là pour les contester ?

— De toute façon, fit observer Poirot, ils sont intéressants en ce qu'ils ouvrent le champ aux hypothèses.

— Ce que nous voulons, répliqua Spence, ce n'est pas des hypothèses, mais des faits. Il nous faut quelqu'un qui ait vu Hunter au Cerf ou dans les environs, dans la soirée du samedi.

— Ça devrait se trouver ! s'écria le chef de la police.

— Dans mon pays, dit Poirot, ce serait facile. Il y aurait sûrement dans le voisinage un petit café, pourvu de tous les clients nécessaires. Seulement, en Angleterre... et en province !

Un geste de ses deux mains levées en l'air complétait sa pensée.

— Nous avons des « *pubs* », dit le commissaire, et ce ne sont pas les clients qui leur manquent. Mais ils restent à l'intérieur. Après huit heures et demie du soir, ici, et jusqu'à dix heures, heure de la fermeture des « *pubs* », la grande rue est déserte.

— Il avait compté avec ça ? demanda le chef de la police.

— Peut-être...

Le *coroner* et le chef de la police partis, Spence et Poirot restèrent seuls.

— Vous croyez qu'il est coupable ? demanda Poirot.

— Pas vous ? répondit le commissaire.

Poirot écarta les deux mains dans un geste d'ignorance.

— Ce que j'aimerais savoir, ce sont les charges que vous avez contre lui.

— Vous ne voulez pas dire du point de vue strictement légal ?

— Non. Je fais allusion à ce qui justifie les soupçons du policier qui mène les recherches.

— Eh bien ! dit Spence, il y a d'abord le briquet.

— Où l'avez-vous trouvé ?

— Sous le corps.

— Des empreintes dessus ?

— Aucune.

— Ah ?

— Je sais. Ça ne me plaît pas beaucoup, à moi non plus. Ensuite, nous avons la montre de la victime, arrêtée à neuf heures dix. L'heure « colle » avec les constatations du médecin légiste... et aussi avec le témoignage de Rowley Cloade, qui nous a dit que le type attendait son « client » d'une minute à l'autre.

Poirot hochait la tête sans mot dire.

— Enfin, poursuivit Spence, ce contre quoi on ne peut pas aller, monsieur Poirot, c'est qu'il est — avec sa sœur, bien entendu — la seule personne à qui l'on puisse découvrir l'ombre d'un mobile. Ou David Hunter a tué Underhay ou Underhay a été assassiné par quelqu'un qui l'avait suivi jusqu'ici pour quelque raison dont nous ne savons rien, hypothèse qui me paraît hautement improbable.

— C'est bien mon avis.

— A Warmsley Vale, personne ne pouvait avoir

une raison de tuer Underhay, à moins que le hasard n'ait voulu qu'il y eût ici quelqu'un, en dehors des Hunter, qui avait eu affaire à Underhay dans le passé. Je ne repousse jamais *a priori* la possibilité d'une coïncidence, mais je suis sûr que cet homme était étranger pour tout le monde ici, les Hunter exceptés. J'ajoute que les Cloade, du premier au dernier, auraient tout fait pour qu'il n'arrivât rien de fâcheux à Underhay, qui, vivant et agressif, représentait pour eux la certitude de se partager une fortune.

— Je suis parfaitement d'accord avec vous. Un Robert Underhay, vivant et agressif, la famille Cloade ne pouvait souhaiter mieux !

— Il ne nous reste donc, comme ayant un mobile, que Rosaleen et David Hunter. La femme était à Londres. Mais David, nous le savons, était à Warmsley Vale ce jour-là. Il était arrivé à cinq heures trente à la gare de Warmsley Heath.

— Nous avons donc le mobile et un fait : à partir de cinq heures et demie, et jusqu'à une heure indéterminée, il pouvait être sur place.

— Exactement. Prenez maintenant l'histoire de Béatrice Lippincott. Pour ma part, je la crois vraie. Je pense qu'elle a entendu ce qu'elle dit avoir entendu, encore qu'elle ait peut-être brodé un peu. c'est humain !

— En effet.

— Je crois Béatrice, parce que je la connais et aussi parce qu'il y a dans son récit des choses qu'elle ne peut avoir inventées. Elle n'avait jamais entendu parler de Robert Underhay auparavant. Il me semble donc que tout s'est passé entre les deux hommes comme elle le raconte, et non comme le prétend David Hunter.

— Elle m'a fait, à moi aussi, l'impression d'un témoin étonnamment sincère.

— Nous avons d'ailleurs la preuve qu'elle dit la

vérité. Savez-vous ce que les Hunter étaient allés faire à Londres ?

— C'est une des choses que je me demande.

— Eh bien, voici ! Rosaleen Cloade n'a que l'usufruit, sa vie durant, des biens de Gordon Cloade. Sauf, je crois, pour un millier de livres, elle ne peut toucher au capital. Mais ses bijoux sont à elle. La première chose qu'elle a faite en arrivant à Londres a été de vendre quelques jolies pièces à des joailliers de Bond Street. Elle avait un besoin immédiat d'argent liquide. Autrement dit, il lui fallait acheter le silence d'un maître chanteur.

— Vous appelez ça une preuve contre David Hunter ?

— Que voulez-vous de plus ?

Poirot hocha la tête.

— Preuve qu'il y ait eu chantage, oui. Preuve que Hunter ait eu l'intention de commettre un crime, non. Il faut choisir, mon cher ! Ou ce jeune homme avait l'intention de payer ou il se proposait de tuer. Vous prouvez qu'il songeait à payer.

Spence l'admit à regret.

— Oui, peut-être... Mais il peut avoir changé d'avis.

Poirot haussa les épaules.

— Les types de ce genre-là, poursuivit le commissaire, je les connais. Ce sont des gars qui font merveille pendant la guerre. Ils ont un certain courage physique, de l'audace et un total mépris du danger. Ils ne reculent devant aucun risque et il leur arrive souvent de décrocher la Victoria Cross, parfois à titre posthume. En temps de guerre, ces gens-là se comportent en héros. La paix revenue, ils finissent généralement en prison. Ils aiment l'aventure, ils ne savent pas se gouverner, ils méprisent la société... et, surtout, ils n'ont pas le respect de la vie humaine.

Poirot acquiesça d'un mouvement de tête. Le

commissaire se tut et les deux hommes restèrent un instant silencieux.

— J'admets, dit Poirot au bout d'un moment, que nous avons là un homme qui peut faire un assassin. En sommes-nous plus avancés ?

Spence considéra Poirot avec étonnement.

— Cette affaire, monsieur Poirot, a l'air de vous intéresser beaucoup ?

— J'en conviens.

— Puis-je vous demander pourquoi ?

— A franchement parler, répondit le détective, je n'en sais trop rien ! Peut-étre parce qu'il y a deux ans je me suis trouvé dans ce club, alors que ce brave major Porter, le raseur-maison, racontait une histoire que personne n'écoutait. C'était pendant une alerte, j'essayais de faire bonne figure, parce que j'ai ma petite vanité, mais j'avais l'estomac tout barbouillé et, afin de ne pas trop penser aux bombes, seul peut-être de tous ceux qui étaient là, je prêtais au major une oreille attentive. Son récit ne manquait pas d'intérêt et je tâchais de me persuader que je ne serais peut-être pas fâché, un jour, de connaître les faits qu'il rapportait. C'est ce qui s'est produit.

— L'impossible est arrivé !

— Au contraire ! Il est arrivé ce qu'on pouvait attendre... et la chose est déjà en soi très remarquable.

— Vous attendiez un meurtre ?

Spence était sceptique.

— Non, dit Poirot. Mais une femme se remarie et il existe une chance que son premier mari soit encore vivant. Bon. Il est vivant. Va-t-il se montrer ? C'est ce qu'il fait. Dès lors, il y a possibilité de chantage. Effectivement, il y a chantage. Nouvelle possibilité : le maître chanteur peut être réduit au silence. C'est bien ce qui s'est passé non ?

Spence n'avait pas l'air très convaincu.

— Quoi qu'il en soit, reprit-il, nous n'avons là qu'une affaire assez banale, celle du chantage qui provoque un meurtre.

— Banale, vous trouvez ? Ce n'est pas mon avis.

D'un ton très calme, Poirot ajouta :

— Dans cette histoire-là, il n'y a rien de normal.

— Rien de normal ? Que voulez-vous dire par-là ?

— Ce que je dis. Regardez le mort, par exemple.

L'incompréhension de Spence était flagrante.

— Ça ne vous frappe pas ? reprit Poirot. Je me trompe peut-être... Pourtant, prenons ensemble un point particulier ! Underhay arrive au Cerf. Il écrit à David Hunter. Celui-ci reçoit sa lettre le lendemain matin, à l'heure du petit déjeuner. C'est bien ça ?

— Oui. Il le reconnaît d'ailleurs.

— Cette lettre, c'était bien le premier signe de la présence d'Underhay à Warmsley Vale ? Quelle est la première chose que fait Hunter ? Il expédie sa sœur à Londres !

— Ça se comprend fort bien ! répliqua Spence. Il veut se sentir libre de manœuvrer à sa guise. Il redoute une faiblesse de la femme. N'oublions pas que, dans leur association, c'est lui le cerveau. Il commande et Mrs Cloade obéit.

— C'est l'évidence même. Donc, il l'envoie à Londres et va rendre visite à Enoch Arden. Nous avons, par Béatrice Lippincott, une relation passable de leur conversation. Il en reste, clair comme le jour, que David Hunter ne savait pas si l'homme à qui il parlait était ou non Robert Underhay. Il avait peut-être une présomption, mais il n'avait aucune certitude.

— C'est parfaitement normal, monsieur Poirot. Rosaleen Hunter a épousé Underhay au Cap et, tout de suite après, est partie avec lui pour le Nigeria. Hunter et Underhay ne se sont jamais rencontrés. Hunter se doutait vraisemblablement comme vous le dites, que c'était Underhay qu'il avait en face de lui, mais il ne pouvait pas en être sûr, puisqu'il ne l'avait jamais vu auparavant.

Pensif, Poirot regardait le commissaire.

— Alors, il n'y a pas quelque chose là-dedans qui vous frappe, comme très particulier ?

— Je vois où vous voulez en venir. Pourquoi Underhay n'a-t-il pas dit tout de suite qu'il était Underhay ? Je crois que c'est très explicable. Quand des gens... respectables se mettent à se conduire comme des coquins, ils tiennent souvent à sauver les apparences. Ils présentent les choses de telle façon qu'ils peuvent croire qu'ils ne se compromettent pas. Non, l'attitude d'Underhay en la circonstance ne me paraît pas extraordinaire. Il faut tenir compte de la nature humaine.

— La nature humaine ! dit Poirot. Je crois bien que c'est à cause d'elle que cette affaire me passionne. Tout à l'heure, pendant l'enquête, je regardais les Cloade. Il y en a beaucoup ! Ils ont tous un intérêt commun, mais chacun d'eux a son tempérament, à lui, ses idées et ses sentiments propres. Tous, pendant des années, ont dépendu de Gordon Cloade, le grand homme de la famille. Façon de parler, bien entendu. Ils avaient des ressources personnelles, mais, consciemment ou non, ils en étaient peu à peu arrivés à s'appuyer sur lui. Qu'arrive-t-il, commissaire, je vous le demande, qu'arrive-t-il au lierre quand on abat le chêne autour duquel il a enroulé ses vrilles ?

— La question est un peu en dehors de ma spécialité.

— J'en suis moins sûr que vous, mon cher. Le caractère d'un homme n'est pas immuable. Il peut se développer, prendre de la vigueur, il peut aussi s'effriter. Ce que nous sommes vraiment, nous ne le découvrons qu'au moment de l'épreuve, quand il s'agit de savoir si nous resterons debout ou si nous tomberons.

Spence, un peu dérouté, avoua qu'il ne saisissait pas très bien.

— En tout cas, ajouta-t-il, les Cloade sont maintenant tirés d'épaisseur. Ils sont riches... ou, du moins, le seront, les formalités légales remplies.

— Cela peut demander du temps, répondit Poirot, et il leur reste à pulvériser le témoignage de Mrs Gordon Cloade. Tout de même, une femme doit bien savoir si le cadavre qu'on lui montre est ou non celui de son époux ?

La tête légèrement inclinée sur l'épaule, il guettait la réaction du massif commissaire.

— Croyez-vous, répondit Spence avec cynisme, qu'une femme n'a pas de bonnes raisons de ne pas reconnaître son mari quand il y va pour elle d'un revenu représentant environ deux millions de livres ?

Après un silence, il ajouta :

— Et puis, si ce n'était pas Robert Underhay, pourquoi l'aurait-on tué ?

— Le fait est, dit Poirot, songeur, que c'est toute la question.

VI

Sur la place du Marché, Poirot s'arrêta pour regarder autour de lui. Il reconnut la maison de Jeremy Cloade et, de l'autre côté de la rue, celle du docteur Cloade, avec sa plaque en cuivre usée par le temps. En face de lui, Poirot avait l'église de l'Assomption, un édifice fort modeste, un peu écrasé par le temple protestant qui se trouvait un peu plus loin.

Poirot entra dans l'église catholique. Il priait depuis un instant quand il entendit, à quelque distance derrière lui, des reniflements qui semblaient indiquer que quelqu'un pleurait dans le voisinage. Il tourna la tête avec circonspection et aperçut, agenouillée sur un prie-Dieu, une femme en noir, le visage dans ses mains. Peu après, elle se levait et se dirigeait vers la sortie. Poirot, qui avait reconnu Rosaleen Cloade, la suivit.

Il la rejoignit sous le porche, où elle s'était arrêtée, essayant de se ressaisir tout à fait avant de traverser le village. Il la salua courtoisement et, d'une voix douce, lui demanda s'il pouvait quelque chose pour elle. La question ne parut pas la surprendre. Elle y répondit avec la simplicité d'un enfant malheureux.

— Non, personne ne peut rien pour moi.

— Pourtant, vous avez de gros ennuis. Je ne me trompe pas ?

— *Ils* ont emmené David !.... Maintenant, je suis toute seule ! Ils prétendent qu'il a tué. Mais c'est faux ! C'est faux !

Reconnaissant Poirot, elle ajouta :

— Vous étiez à l'enquête, n'est-ce pas ? Je vous ai vu.

— C'est exact. Et, si je puis vous être utile, madame, j'en serai fort heureux.

— J'ai peur. David disait toujours que je n'avais rien à craindre aussi longtemps qu'il était là pour s'occuper de moi. Mais, maintenant qu'il est arrêté, j'ai peur. Il m'a dit... qu'ils souhaitaient ma mort, tous ! C'est horrible et c'est probablement vrai !

— Alors, madame, laissez-moi vous venir en aide ?

Elle secoua la tête.

— Personne ne peut rien pour moi. Je ne puis

même pas me confesser ! Il faut que je porte seule le poids de mes péchés et je n'ai même pas droit aux consolations de Dieu !

Elle regardait Poirot. Elle faisait peine à voir.

— Vous ne pouvez pas vous confesser ? C'est pourtant pour ça que vous étiez entrée à l'église ?

— J'étais venue y chercher un peu de réconfort, mais comment aurais-je pu l'y trouver ! J'ai tant péché !

— Nous avons tous péché.

— Oui. Seulement, on se repent, on se confesse...

Elle se cacha le visage dans les mains.

— Les mensonges que j'ai dits ! Tous ces mensonges !

— Vous avez menti à propos de votre mari ? C'est bien Robert Underhay qui a été tué ici, n'est-ce pas ?

Le regard de Rosaleen se fit soupçonneux.

— Je vous répète ce que j'ai dit : ce n'était pas mon mari. Ce mort ne lui ressemblait pas du tout !

— Pas du tout ?

— Pas du tout !

Des yeux, elle défiait Poirot.

— Pouvez-vous, demanda-t-il d'une voix très calme, me dire comment était votre époux ?

Elle pâlit. La peur lui déformait les traits.

— Je n'ai rien à vous dire !

Sa réponse lancée, elle passa devant Poirot et s'éloigna d'un pas rapide. Il ne fit pas un geste pour la retenir et n'essaya pas de la suivre. Il hocha la tête, d'un air satisfait, puis, sans se presser, se remit en route. Arrivé à l'extrémité du village, il se dirigea vers le Cerf. Rowley Cloade et Lynn Marchmont étaient devant la porte.

Poirot, tout en approchant, examinait la jeune fille avec intérêt. Il la trouvait jolie et elle devait être intelligente. Il préférait, quant à lui, les femmes un peu plus « féminines ». Lynn Marchmont était indiscutablement du genre « moderne », de ces jeunes personnes, libres d'allures et de langage, qui prétendent ne prendre conseil que d'elles-mêmes et pour qui les principales vertus masculines sont l'esprit d'entreprise et d'audace.

Rowley, une fois encore, remercia Poirot. Pour lui, il se plaisait à le dire, le détective avait véritablement fait un miracle. Poirot savait là-dessus, à quoi s'en tenir. Il n'avait pas eu grand-peine à découvrir le major Porter. Il ne se défendit pourtant pas d'avoir fait quelque chose d'extraordinaire. Le prestidigitateur ne raconte pas au public comment il fait ses tours.

— Bref, conclut Rowley, je ne sais pas comment vous avez fait, mais, Lynn et moi, nous vous sommes très reconnaissants.

Affirmation que l'attitude de Lynn semblait démentir. Elle ne faisait aucun effort pour être aimable.

— Grâce à vous, poursuivit Rowley, notre vie, quand nous serons mariés, sera toute différente de ce qu'elle aurait été !

Lynn se tourna vivement vers lui.

— Qu'en sais-tu ?

Poli, Poirot demanda :

— Quand vous mariez-vous ?

— En juin.

— Il y a longtemps que vous êtes fiancés ?

— Presque six ans, répondit Rowley. Lynn était dans les Wrens.

— Et les Wrens n'ont pas le droit de se marier ?

— Je n'étais pas en Angleterre, dit Lynn d'un ton sec.

Poirot remarqua que Rowley fronçait le sourcil.

— Nous allons vous laisser, monsieur Poirot,

reprit le jeune homme. J'imagine que vous êtes pressé de rentrer à Londres.
 Poirot sourit.
 — Mais je ne rentre pas à Londres !
 — Comment !
 Rowley était stupéfait.
 — Je vais rester au Cerf pendant quelques jours.
 — Mais... pourquoi ?
 — Le pays est joli.
 — Bien sûr ! dit Rowley avec un peu d'embarras. Mais vos affaires ne vous rappellent-elles point à Londres ?
 Poirot sourit de nouveau.
 — J'ai pris mes dispositions et j'ai le moyen de me mettre au vert quand j'en ai envie. J'ai décidé de m'offrir un peu de repos et Warmsley Vale me plaît infiniment.
 Il eut l'impression que Rowley eût préféré le voir regagner Londres.
 — J'imagine que vous jouez au golf ? reprit Rowley. Je vous recommande l'hôtel de Warmsley Heath. Le Cerf est assez minable.
 — C'est Warmsley Vale qui m'intéresse.
 Lynn semblait pressée de partir. Elle dit :
 — Tu viens, Rowley ?
 Un peu à regret, il la suivit. Ils firent quelques pas, puis Lynn revint vivement vers Poirot.
 — Monsieur Poirot, lui dit-elle, très bas, David Hunter a été arrêté après l'enquête. Croyez-vous que cette mesure soit... justifiée ?
 — Etant donné le verdict, mademoiselle, il était impossible de faire autrement.
 — Mais croyez-vous... qu'il soit coupable ?
 — Et vous ?
 Rowley étant revenu près d'eux, elle ne répondit pas à la question.

— Au revoir, monsieur Poirot ! dit-elle simplement. J'espère que nous nous reverrons.

Poirot sourit : il avait le sentiment qu'elle ne l'espérait pas tant que cela.

Il entra au Cerf, retint une chambre, bavarda un instant avec Béatrice Lippincott, puis sortit, allant directement chez le docteur Lionel Cloade. Tante Kathie, qui vint lui ouvrir, recula de deux pas en l'apercevant.

— Monsieur Poirot !

Poirot s'inclina.

— Lui-même, madame. Je suis venu vous présenter mes respects.

— C'est très gentil à vous, monsieur Poirot. Entrez, je vous en prie. Vous accepterez bien une tasse de thé ? Les gâteaux seront peut-être un peu durs. J'avais l'intention d'aller en chercher aujourd'hui chez Peacock, mais cette enquête a complètement bouleversé ma journée. C'est très compréhensible, n'est-ce pas ?

Poirot en convint. Il lui avait semblé que Rowley Cloade était fort contrarié de le voir prolonger son séjour à Warmsley Vale. Il avait maintenant l'impression que Mrs Lionel Cloade le recevait tout à fait à contrecœur.

— Vous serez gentil, monsieur Poirot, lui dit-elle en baissant la voix, de ne pas faire allusion devant mon mari à la visite que je vous ai rendue.

— Mes lèvres sont scellées !

— Il va de soi qu'à l'époque je ne me doutais pas que Robert Underhay allait venir mourir à Warmsley Vale. Quel tragique destin... et quelle extraordinaire coïncidence !

— Les choses eussent été beaucoup plus simples, fit remarquer Poirot, si les Esprits vous avaient carrément envoyée au Cerf.

— Sans doute, monsieur Poirot. Mais le monde spirite est trop plein de mystères pour que nous puissions toujours deviner les intentions des Esprits. Ce qu'il y a de sûr, c'est qu'ils ne font rien sans raison. Vous n'avez pas le sentiment qu'il en est de même dans la vie ? Il y a toujours un motif à nos actions.

— J'en suis persuadé, madame. Ce n'est évidemment pas sans raison, par exemple, que je me trouve assis dans votre salon.

— Vraiment ?

Mrs Cloade avala sa salive et, avec effort, demanda, d'une voix qui manquait de naturel :

— Bien entendu, vous rentrez à Londres ?

— Pas immédiatement. Je me suis installé au Cerf pour quelques jours.

— Au Cerf ?... Mais n'est-ce pas là que... Croyez-vous, monsieur Poirot, que ce soit bien prudent ?

— J'ai été amené au Cerf, madame !

Poirot avait prononcé la phrase d'un ton solennel.

— Amené ? Que voulez-vous dire par-là ?

— Que c'est vous, madame, qui m'avez en quelque sorte conduit au Cerf.

— Moi ? Mais je n'ai jamais songé... Cette affaire est lamentable. Ce n'est pas votre opinion.

Poirot hocha tristement la tête.

— Je viens de m'entretenir avec Mr Rowley Cloade et avec Miss Marchmont. J'ai cru comprendre qu'ils allaient se marier très prochainement ?

Heureuse de la diversion, tante Kathie « fonça ».

— Lynn est une jeune femme charmante. Elle calcule admirablement. C'est pour cela que je dis qu'avoir une petite comme ça dans un intérieur, c'est une bénédiction du bon Dieu ! Chaque fois que je suis embarrassée ou que je m'embrouille dans mes comptes, je m'adresse à elle et elle arrange tout. J'espère qu'il la rendra heureuse. Rowley est un brave garçon, on ne peut pas dire le contraire, mais il est un peu... terne. Surtout pour une fille comme Lynn, qui a beaucoup circulé, alors que lui n'a pas bougé de sa ferme pendant toute la guerre. Notez bien qu'on ne peut pas le lui reprocher ! C'est le Gouvernement lui-même qui lui a demandé de rester là et on ne peut pas prétendre qu'il a manqué de courage ou qu'il n'a pas fait son devoir. Je ne lui fais aucun grief, mais il faut bien reconnaître qu'il a des idées assez étroites.

— Disons aussi qu'il l'aime ! Il l'a attendue pendant six ans.

— C'est exact. Seulement, ces filles qui ont couru le monde ne tiennent pas en place quand elles rentrent chez elles et, si elles viennent à rencontrer quelqu'un qui a mené une vie un peu aventureuse, une tête brûlée...

— Un David Hunter, par exemple ?

— Oh ! il n'y a jamais rien eu entre eux ! Ça, j'en suis sûre ! Heureusement, car, avec cette histoire d'assassinat, ce serait terrible ! Et puis, enfin, David est son beau-frère ! Non, monsieur Poirot, ne partez pas sur cette idée-là. Lynn et David, d'ailleurs, ne s'entendaient pas si bien que cela. Chaque fois que je les ai vus ensemble, ils se sont disputés ! A mon avis...

L'arrivée du docteur Lionel Cloade mit brusquement fin au discours de tante Kathie, qui présenta Poirot à son époux.

— C'est M. Poirot, ajouta-t-elle, qui a retrouvé ce major Porter qui a reconnu le corps.

Le docteur Cloade avait l'air très fatigué.

— Heureux de faire votre connaissance, monsieur Poirot. Vous rentrez à Londres, naturellement ?

Poirot sacra intérieurement. Décidément, tout le monde voulait le réexpédier à Londres.

— Non, dit-il, je reste au Cerf pour quelques jours.

Lionel Cloade fronça le sourcil.

— Au Cerf ?... La police croit qu'elle pourrait avoir encore besoin de vous ?

— Nullement. C'est une idée à moi.

— Tiens, tiens !... Les résultats de l'enquête ne vous donnent pas satisfaction ?

— Qu'est-ce qui vous fait croire ça, docteur ?

— Ne me dites pas que je n'ai pas deviné juste !

Mrs Cloade sortit de la pièce pour s'occuper du thé. Lionel Cloade reprit :

— Vous avez l'impression, n'est-ce pas, qu'il y a dans toute cette histoire quelque chose de pas catholique ?

Poirot, surpris, répliqua :

— Est-ce que ce serait votre impression à vous ?

Cloade hésita.

— Non, dit-il enfin. Pas absolument... Il me semble seulement que cette affaire a quelque chose d'irréel. Dans les romans, le maître chanteur est souvent tué. En va-t-il de même dans la vie ? Il faut, semble-t-il, répondre oui. Mais, cependant, ça ne me paraît pas normal...

— L'affaire présenterait-elle, au point de vue médical, quelque particularité qui vous semblerait suspecte ? C'est tout à fait officieusement, bien entendu, que je vous pose la question.

— Je ne crois pas.

— Pourtant, dit Poirot, il y a quelque chose... Très certainement, il y a quelque chose...

Le docteur Cloade, encouragé par l'attitude du détective, reprit :

— Il va de soi que je n'ai aucune expérience des affaires criminelles et il est d'ailleurs incontestable que le témoignage du médecin n'a pas la valeur absolue que lui accordent les romanciers. Nous sommes faillibles et la science peut se tromper. Un diagnostic, en somme, qu'est-ce que c'est ? Une hypothèse, fondée sur quelques faits, quelques symptômes, qui semblent pointer dans une même direction. Pour les oreillons, il est probable que je verrais juste à tout coup, parce que j'en ai vu des centaines de cas et que c'est une maladie qui m'est familière. Mais j'ai vu, au cours de ma carrière, des erreurs de diagnostic monumentales. Je me souviens d'une femme qu'on allait opérer de l'appendicite et qui a échappé au bistouri parce qu'on s'est aperçu, juste à temps, qu'elle faisait tout simplement une paratyphoïde ! Les médecins, comme tous les humains, peuvent être victimes d'idées préconçues. Dans le cas qui nous occupe, nous sommes en présence d'un homme, manifestement assassiné, trouvé gisant, une paire de pincettes à côté de lui. Il serait absurde de prétendre qu'il a été frappé avec autre chose. Pourtant, encore qu'il ne m'ait jamais été auparavant donné de voir des gens à qui l'on avait défoncé le crâne, j'aurais cru que cet homme avait été abattu avec quelque chose d'entièrement différent, non pas avec un objet rond, mais avec quelque chose présentant une arête tranchante, quelque chose dans le genre d'une brique, par exemple.

— Cela, vous ne l'avez pas dit à l'enquête ?

— Non, car je ne saurais rien affirmer. Jenkins, le médecin légiste, était formel dans ses conclusions et l'opinion qui compte, c'est la sienne. Seulement, il est parti avec une idée arrêtée à l'avance, à cause de cette paire de pincettes qui était près du cadavre. Pouvaient-elles avoir servi à porter les coups ? Réponse : oui. Mais, si on vous avait montré les blessures en vous demandant avec quoi elles avaient été infligées, je ne sais pas ce que vous auriez répondu. Car elles avaient de quoi dérouter ! Peut-on imaginer, en effet, qu'il y avait là deux personnes, l'une frappant avec les pincettes et l'autre avec une brique ? Est-ce que ça tient debout ?

— N'est-il pas possible que, dans la chute le crâne ait porté sur une arête tranchante ?

— Non. L'homme est tombé en avant, sur un tapis assez épais.

Tante Kathie revenait, avec le thé. Lionel Cloade fit la grimace en apercevant le morceau de pain et le pot de confiture presque vide, posés sur le plateau.

— C'est tout juste bon pour le chat ! murmura-t-il.

Ayant dit, assez haut pour être entendu, il sortit. Tante Kathie soupira.

— Pauvre Lionel ! Depuis la guerre, ses nerfs sont dans un état lamentable. Il a trop travaillé. Il y avait tant de médecins mobilisés ! Il ne s'accordait aucun repos et je me demande comment il a tenu. Il avait l'intention de se retirer dès que la paix serait revenue et tout était entendu avec Gordon. Il devait se consacrer entièrement à la botanique et au livre qu'il écrit sur l'usage des plantes médicinales au Moyen Age, il pensait vivre tranquillement et pouvoir faire des recherches auxquelles il songeait depuis longtemps, mais la mort de Gordon a tout changé. Vous savez ce qu'est la vie aujourd'hui, monsieur Poirot ! Lionel n'a pas la possibilité de prendre sa retraite et c'est ce qui le rend si amer. Il trouve que le sort est injuste... et je ne suis pas loin d'être de son avis. La mort de Gordon, qui s'en va intestat... Vraiment, après cela, il est difficile de ne pas perdre courage !

Elle poussa un soupir, puis son visage s'éclaira.

— Heureusement, reprit-elle, j'ai reçu d'ailleurs de réconfortantes assurances, qui me donnaient la certitude que nous en sortirions. Et, vraiment, quand j'ai vu ce brave major Porter venir déclarer avec toute l'autorité d'un vieux soldat qui ne parle pas à la légère, que le mort était bien Robert Underhay, j'ai bien eu le sentiment que nous n'étions pas loin d'en sortir. Vous ne trouvez pas merveilleux, monsieur Poirot, que les choses finissent toujours par s'arranger ?

— Mais oui, dit Poirot, tout s'arrange ! Même les affaires d'assassinat...

VII

Poirot retourna au Cerf. Une petite bise d'Est, très coupante, le faisait frissonner. Le hall était désert. Il ouvrit la porte du fumoir : la pièce était glaciale. Poirot n'insista pas et s'en alla à la porte marquée : « Réservé aux pensionnaires ». Là, il y avait bien du feu. Seulement, il y avait aussi, installée dans un fauteuil, les pieds sur les chenets, une énorme vieille dame. Elle lança à Poirot un regard si féroce qu'il préféra battre en retraite et refermer la porte.

Restait le café. Poirot avait l'expérience des auberges de campagne. Convaincu qu'on ne lui proposerait qu'un breuvage innommable qui n'aurait de café que le nom, il jugea que le mieux qu'il avait à faire était de monter l'escalier. Mais, au lieu de gagner sa chambre, le 11, qui se trouvait à gauche, il alla à droite, s'arrêtant enfin devant la porte du 5. La maison semblait vide et silencieuse. Il entra.

La police en avait terminé avec le 5. La chambre avait été faite à fond. Le tapis avait disparu, probablement envoyé chez le nettoyeur. Les couvertures étaient pliées sur le lit.

Poirot, qui avait fermé la porte derrière lui, fit le tour de la pièce. Elle était propre et dépourvue de tout intérêt « humain ». Le détective nota la présence d'une commode ancienne, de style assez avouable, d'une haute penderie, masquant la porte qui communiquait avec le 4, d'un grand lit banal — fer et cuivre — d'un lavabo « moderne » (eau chaude et eau froide), d'un fauteuil, vaste mais peu confortable, et de deux chaises.

La cheminée, qui datait du temps de la reine Victoria, était vaste, avec un manteau en marbre aux coins aigus. Il y avait, à côté, un tisonnier et une pelle. Les pincettes n'étaient plus là. Le foyer était entouré d'une petite margelle en marbre à l'arête nette. Poirot se baissa, humecta son doigt de salive et le frotta sur le côté droit de la margelle. Ensuite, il regarda son doigt : il était un peu noir. Il répéta la même expérience sur le côté gauche, avec un autre doigt, qui resta parfaitement propre.

Poirot alla examiner le lavabo, puis avança jusqu'à la fenêtre. Elle ouvrait sur un toit, qui était vraisemblablement celui d'un garage. Un peu plus loin, on apercevait une ruelle. Il était facile de venir par-là. Constatation qui, d'ailleurs, ne prouvait rien. On pouvait très bien se rendre par l'escalier et n'être vu de personne. Il l'avait fait lui-même.

Poirot se retira, toujours avec le maximum de discrétion, et gagna sa chambre. Il y faisait frisquet. Il se résigna à descendre et à pénétrer avec crânerie dans la pièce défendue par la vieille dame. Elle avait les cheveux gris et de la moustache. Courageusement, Poirot approcha un fauteuil de la cheminée.

— Cette pièce, dit-elle d'une voix caverneuse, est réservée aux pensionnaires de l'hôtel.

— Je le sais, répondit Poirot. Je suis pensionnaire de cet hôtel.

Après quelques secondes de méditation, la vieille dame revint à l'attaque.

— Vous êtes étranger ?

Le ton était celui d'un accusateur.

— Oui, dit Poirot.

— A mon avis, vous devriez tous repartir.

— Ah ! fit Poirot. Et aller où ?
La réponse arriva, péremptoire :
— Retourner à l'endroit d'où vous venez.
Poirot, sans élever la voix, fit observer que ce ne serait pas toujours facile.
— Allons donc ! répliqua la vieille dame. C'est pour cela que nous nous sommes battus, n'est-ce pas ? Pour que les gens puissent rentrer chez eux et y rester !
Poirot ne jugea pas opportun d'engager là-dessus une controverse. Il savait, depuis longtemps, que les particuliers avaient tous leur petite opinion personnelle sur la question des « buts de guerre ». Un silence hostile suivit.
— Je ne sais vraiment pas où nous allons ! reprit la vieille dame. Vraiment pas ! Je viens ici tous les ans et, toujours, je descends ici. Mon mari est mort ici, il y a seize ans. Il est enterré ici et, tous les ans, depuis seize ans, je passe un mois ici !
— Un pieux pèlerinage ! dit poliment Poirot.
— Et chaque année, les choses vont plus mal que l'année précédente ! Un service inexistant ! Une nourriture impossible ! Leurs steaks à la Viennoise ! Un steak, c'est du filet ! Et c'est du bœuf ! Pas du cheval !
Poirot l'admit d'un mouvement de tête.
— La seule amélioration, reprit la vieille dame, c'est la fermeture de leur aérodrome ! La façon dont ces jeunes aviateurs se conduisaient avec les jeunes filles qu'ils amenaient ici ! Des jeunes filles ! Je me demande à quoi pensent leurs mères pour les laisser courir comme ça ! Le gouvernement est bien coupable. On n'a pas idée d'envoyer les mères travailler dans les usines ! Et de décider que seules pourront rester chez elles les femmes dont les enfants sont tout petits ! Les tout petits ! La belle affaire ! N'importe qui peut s'occuper d'un bébé et les bébés ne courent pas après les soldats ! Les filles qui ont

besoin d'être surveillées, ce sont celles qui sont entre quatorze et dix-huit ans ! Celles-là, il faut avoir l'œil dessus et il n'y a que les mères pour savoir ce qu'elles ont dans la tête ! Les soldats, les aviateurs ! Elles ne pensent qu'à ça ! Les Américains ! Les nègres ! Les Polonais !

L'indignation de la vieille dame était telle qu'elle en eut une quinte de toux. Celle-ci calmée, elle continua son discours.

— Pourquoi met-on des fils de fer barbelés autour des camps ? Pour empêcher les soldats d'aller retrouver les filles ? Non ! Pour empêcher les filles d'aller retrouver les soldats ! Qu'un homme vienne à passer et elles sont comme folles ! Regardez comment elles s'habillent ! Des pantalons ! Il y a même de pauvres idiotes qui portent des shorts ! Elles sont jolies, quand on les voit de dos !

— Sur ce point, déclara Poirot, je suis absolument d'accord avec vous.

— Et vous avez vu ce qu'elles se mettent sur la tête ? Des chapeaux, ça ? Vous voulez rire ! Et je ne parle pas de leur visage couvert de peinture, de leurs lèvres grasses de rouge et de leurs ongles vernis ! Même ceux des orteils !

La vieille dame marqua une pause pour guetter la réaction de Poirot. Il approuva du chef. Elle n'en demandait pas plus.

— C'est comme à l'église ! Elles y vont sans chapeau. Parfois même sans se couvrir les cheveux d'une écharpe ! Elles viennent comme elles sont, avec leur absurde permanente. Une permanente ! Des beaux cheveux, aujourd'hui, on ne sait même plus ce que c'est ! Il fallait voir les miens quand j'étais jeune !

Poirot jeta un coup d'œil sur les cheveux gris de son interlocutrice ! Etait-il possible que cette terrible vieille dame eût jamais été jeune ?

— Il y en a une, l'autre jour, qui a eu l'audace

d'entrer dans cette pièce. Elle avait un foulard orange et elle était peinte, maquillée, poudrée ! Je me suis contentée de la regarder. De la *regarder*, vous m'entendez ? Elle est sortie tout de suite... J'ajoute qu'elle n'était pas pensionnaire de l'hôtel et qu'il n'y en a pas de ce genre-là dans la maison, je suis heureuse de le dire. Mais, puisqu'elle n'avait aucun droit d'être ici, qu'était-elle allée faire dans la chambre d'un homme ? Je trouve ça honteux, tout simplement. J'en ai parlé à cette petite Lippincott, mais elle ne vaut pas mieux que les autres ! Elle ferait un mille pour aller retrouver un singe qui porterait des pantalons.

La vieille dame avait tout de même fini par dire quelque chose qui intéressait Poirot.

— Elle sortait vraiment de la chambre d'un homme ? demanda-t-il.

— Bien certainement. Je l'ai vue de mes yeux. Elle était allée au 5.

— Mais quel jour, madame ?

— La veille du jour où l'on a fait tant de bruit autour de cet homme qui est venu se faire assassiner ici ! J'ai connu cet hôtel au temps où la maison était correcte et décente. Aujourd'hui...

— Et cela se passait à quelle heure de la journée ?

— De la journée ? C'était le soir. Très tard ! Il était plus de dix heures. Je monte me coucher à dix heures un quart et c'est à ce moment-là que je l'ai aperçue. Elle sortait du 5, fière comme Artaban, elle m'a dévisagée avec insolence, puis, revenant sur ses pas, elle est rentrée dans la chambre et je les ai entendus qui parlaient et riaient ensemble.

— Vous l'avez entendu parler, lui ?

— Je viens de vous le dire ! Quand elle est revenue, il lui a crié : « Ah ! Dehors ! ma fille ! Ça va comme ça ! »... Une gentille façon de s'adresser à une jeune fille, n'est-ce pas ? Il est vrai que c'est leur faute à elles. Des roulures !

— Vous n'avez rien dit de tout cela à la police ?

La vieille dame lança à Poirot un regard venimeux et jaillit de son fauteuil.

— Je n'ai, de ma vie, jamais eu affaire à la police ! La police, vraiment ! Vous me voyez, moi, devant un tribunal !

Frémissant de rage, elle quitta la pièce.

Tout en se caressant pensivement les moustaches, Poirot réfléchit durant quelques minutes. Après quoi, il alla trouver Béatrice Lippincott.

— Cette vieille dame, lui dit-elle, est Mrs Leadbetter, la veuve de Canon Leadbetter. Elle vient ici tous les ans, mais — je vous le dis entre nous — elle est plutôt embêtante. Il arrive qu'elle se montre très grossière avec les gens et elle n'a pas l'air de comprendre que les choses ont changé depuis le temps où elle était jeune. Que voulez-vous ? Elle a près de quatre-vingts ans !

— Mais elle a encore toute sa tête ? Elle sait ce qu'elle dit ?

— Oh ! oui. Elle est très fine ! Elle le serait même plutôt trop.

— Est-ce que vous savez qu'une jeune femme a rendu visite, le mardi soir, à l'homme qui a été assassiné ici ?

Miss Lippincott écarquillait les yeux.

— A ma connaissance, aucune jeune femme n'est venue le voir ! Comment était-elle, celle-là ?

— Elle avait un foulard orange sur la tête et elle devait être passablement maquillée. Elle était au 5 avec Arden, mardi soir, à dix heures un quart.

— En toute sincérité, monsieur Poirot, je ne vois pas qui ce peut être !

Poirot alla porter son information au commissaire Spence, qui l'écouta avec le plus vif intérêt.

— En somme, dit Spence quand Poirot eut terminé, on en revient toujours au vieux problème : « Cherchez la femme ! »

Il avait prononcé les trois derniers mots en français. Son accent ne valait pas celui du sergent Graves, mais il en était cependant assez fier. Ouvrant un tiroir de son bureau, il en tira une petite boîte en carton qu'il tendit à Poirot.

— Il y a là-dedans, lui expliqua-t-il, un bâton de rouge à lèvres qui nous a toujours donné à supposer qu'il y avait une femme dans l'affaire.

Poirot étendit un peu de rouge sur le dos de sa main.

— Bonne qualité, dit-il. Un rouge cerise un peu sombre, celui d'une brune probablement.

— Je suis assez de cet avis. Nous l'avons trouvé dans la chambre du crime. Il avait roulé sous la commode. Evidemment, il était peut-être là depuis très longtemps. Aucune empreinte digitale.

— Vous n'en avez pas moins essayé de déterminer à qui il peut avoir appartenu ?

— Bien entendu. Rosaleen Cloade se sert d'un rouge analogue à celui-là. Lynn Marchmont également. Celui de Frances Cloade est moins foncé. Mrs Lionel Cloade ne met pas de rouge. Celui de Mrs Marchmont tire sur le mauve. Béatrice Lippincott utilise un rouge bien meilleur marché que celui-là et il en va de même pour Gladys la femme de chambre.

— Je vois, dit Poirot, que votre enquête a été sérieuse.

— Pas assez, puisqu'il semble maintenant qu'une femme que nous ne connaissons pas a été mêlée à l'affaire.

Spence soupira et, prenant un papier sur son bureau, ajouta :

— Ce qui est sûr, c'est que maintenant Hunter est hors de cause.

— Vraiment ?

— Oui. Sa Seigneurie, après conférence avec son conseil juridique, a enfin daigné nous éclairer sur ses mouvements dans la journée du crime. Voici ce qu'il en dit.

Poirot lut le feuillet dactylographié que Spence lui remettait.

A quitté Londres pour Warmsley Heath par le train de 4 h 16. Arrivé à W.H. à 5 h 30. Eté à pied à « Furrowbank » par le sentier.

Spence interrompit la lecture de Poirot.

— Il prétend être venu ici pour prendre différentes choses dont il avait besoin — des lettres, des papiers et son carnet de chèques — et pour voir si ses chemises étaient rentrées de la blanchisserie. Elles ne l'étaient pas, bien entendu ! Se faire blanchir, aujourd'hui, c'est un problème ! J'en parle savamment. Il y a plus d'un mois que le blanchisseur n'est passé chez nous et il n'y a plus un torchon propre à la maison.

La parenthèse fermée, Poirot reprit sa lecture.

Il a quitté Furrowbank » à 7 h 25 et déclare être allé se promener, étant donné qu'il avait manqué le train de 7 h 20 et qu'il n'avait pas d'autre train avant 9 h 20.

— De quel côté est-il allé se promener ? demanda Poirot.

Le commissaire consulta ses notes.

— D'après lui, Downe Copse, Bats Hill et Long Ridge.

— Autrement dit, un circuit autour de « White House » ?

— Ma parole, monsieur Poirot, vous vous êtes rapidement mis au courant de la géographie du pays !

Poirot sourit.

— Ne croyez pas ça ! Je ne connais aucun des lieux que vous venez de mentionner. Je devinais...

Spence, un peu surpris, reprit :

— Toujours d'après lui, il était à Long Ridge, quand il se rendit compte qu'il avait complètement perdu la notion de l'heure et qu'il fallait couper à travers champs s'il voulait avoir son train. Il l'aurait attrapé au vol et, de Victoria, où il était descendu à 10 h 45, se serait rendu à pied à Shepherd's Court, où il serait arrivé à 11 heures, déclaration confirmée plus tard par Mrs Gordon Cloade.

— Le reste est-il corroboré par des témoignages ?

— En partie, oui. Il a été aperçu, à son arrivée à Warmsley Heath, par Rowley Cloade et différentes personnes. Les bonnes de « Furrowbank » étaient sorties — il avait sa clé, bien entendu — et ne l'ont point vu, mais elles ont trouvé dans la bibliothèque, un bout de cigarette qui les a fort intriguées et elles ont constaté qu'on avait fouillé dans l'armoire à linge. Un des jardiniers, qui travaillait dans la serre, l'a vu de loin. Enfin, miss Marchmont l'a rencontré, près du bois Mardon. Il courait pour ne pas rater son train.

— A la gare, est-ce qu'on l'a remarqué ?

— Non, mais il a eu son train, c'est sûr. Dès son arrivée à Londres, il a téléphoné à miss Marchmont. A 11 h 4, exactement.

— On a vérifié ça ?

— Oui. A 11 h 4, on a effectivement, de Londres, demandé le 34, à Warmsley Vale. C'est le numéro des Marchmont.

— Très intéressant.

Spence poursuivait :

— Rowley Cloade a quitté Arden à neuf heures moins cinq. Il est sûr de l'heure. Vers neuf heures dix, Miss Marchmont voit Hunter au bois Mardon. Admettons qu'il venait du Cerf. Aurait-il eu le temps de voir Arden, de se disputer avec lui, de le tuer et, même en courant, d'arriver au bois Mardon pour y être autour de neuf heures dix ? Je ne le crois pas. N'oublions pas qu'Arden était loin d'être mort à neuf heures ! Si la vieille dame n'a pas rêvé, il était encore bel et bien vivant aux environs de dix heures dix. Il aurait donc été tué ou bien par la femme qui a perdu le bâton de rouge, la femme à l'écharpe orange, ou bien par quelqu'un qui serait venu le voir après le départ de cette femme. Quelqu'un qui aurait pris soin de ramener à neuf heures dix les aiguilles de la montre de la victime.

— Il eût été très fâcheux pour David Hunter qu'il ne rencontrât point Lynn Marchmont.

— Certainement. Ce train de neuf heures vingt est le dernier qui s'en aille vers Londres. Les joueurs de golf sont toujours nombreux à le prendre et, étant donné que les gens de la gare ne connaissent pas Hunter, même de vue, il est à peu près certain que, sur le quai, personne ne l'aurait reconnu, d'autant plus qu'il faisait déjà noir. Comme à Londres il n'a pas pris de taxi, nous n'aurions, pour confirmer ses dires, quant à l'heure de son retour, que les déclarations de sa sœur.

Poirot resta silencieux.

— A quoi pensez-vous ? demanda Spence au bout d'un instant.

— Lynn Marchmont est fiancée à Rowley Cloade, répondit le détective. Je serais très content de savoir ce que David Hunter a pu lui dire au téléphone.

VIII

Il commençait à se faire tard, mais Poirot avait encore une visite à faire.

Une petite bonne, à l'air éveillé, l'introduisit dans le cabinet de Jeremy Cloade, une pièce sévère et poussiéreuse. Il y avait deux grandes photos sur le bureau : celle de Gordon Cloade et une autre, déjà à demi effacée par le temps, celle de lord Edward Trenton. Cette dernière, Poirot était en train de la regarder quand Jeremy Cloade entra.

— C'est mon beau-père, dit Jeremy, et vous le voyez là sur Chesnut Trenton, un de ses plus beaux chevaux, qui termina placé dans le Derby, en 1924. Les courses vous intéressent ?

— Malheureusement non !

— Ne dites pas « malheureusement » ! Elles coûtent cher. Lord Edward l'a appris à ses dépens. Elles l'ont ruiné et il a dû se résigner à aller vivre à l'étranger. Oui, c'est un sport dispendieux !

Jeremy disait ça comme avec fierté. Poirot eut l'impression que l'homme, sans être joueur lui-même, avait une admiration, peut-être inavouée, pour les gens qui étaient capables de perdre une fortune avec les chevaux.

— En quoi puis-je vous être agréable ? reprit Jeremy. Comme tous les membres de la famille, monsieur Poirot, je me considère comme votre obligé. Vous nous avez rendu un signalé service en mettant la main sur le major Porter.

— Il semble, en effet, dit Poirot, que, ce faisant, j'ai fait plaisir à bien des gens.

— Qui, à mon sens, se réjouissent bien prématurément. Nous sommes loin de compte ! Il s'en faut de beaucoup. La mort d'Underhay a été officiellement constatée en Afrique. Pour revenir là-dessus, il faudra des années... et la déposition de Rosaleen, qui est formelle, a fait grosse impression. Pour moi, je me garderai de risquer la moindre prédiction et je serais bien incapable de dire ce qui sortira de tout ça !

Jeremy s'assit à son bureau et reprit :

— Mais vous vouliez me voir, monsieur Poirot ?

— Uniquement, monsieur Cloade, pour vous demander si vous êtes absolument sûr que votre frère n'a point laissé de testament. J'entends de testament postérieur à son mariage.

Jeremy n'essaya pas de dissimuler son étonnement.

— La question me surprend, dit-il. Il est certain qu'il n'avait fait aucun testament à son départ de New York.

— Il aurait pu en faire un à Londres. Il y a été deux jours.

— Est-il allé chez un notaire ?

— Il aurait pu faire un testament olographe.

— Avec quels témoins ?

— Est-ce qu'il n'y avait pas dans la maison trois domestiques, qui sont morts en même temps que lui ?

Jeremy Cloade en convint un peu à regret.

—L'ennui, ajouta-t-il, c'est que si votre hypothèse est fondée, le testament a été détruit !

— C'est justement la question ! répliqua Poirot. La science a fait des progrès, monsieur Cloade, et l'on a reconstitué en ces derniers temps des documents qu'on pouvait croire perdus. Des papiers, par exemple, qui se trouvaient dans des coffres-forts et qu'il a été possible de déchiffrer, bien qu'ils eussent été brûlés !

Jeremy Cloade admit que l'hypothèse ne manquait pas d'intérêt.

— Mais, dit-il, autant que je sache, il n'y avait pas de coffre chez Gordon, à Sheffield Terrace. Tous les papiers importants qu'il pouvait avoir étaient conservés à son bureau et je puis vous certifier qu'il n'y avait là aucun testament.

— Il ne serait peut-être pas mauvais de s'en assurer auprès des autorités compétentes. Vous m'autoriseriez à le faire ?

— Certainement... Je vous en serais même reconnaissant, encore qu'il me semble que ce soient des recherches vouées à l'insuccès. Evidemment, on ne sait jamais ! Vous vous proposez de rentrer à Londres tout de suite ?

Poirot se rembrunit. Encore un qui avait l'ardent désir de le voir loin de Warmsley Vale !

Il allait répondre quand Frances Cloade entra. Deux choses le frappèrent : elle avait l'air mal en point et elle ressemblait étonnamment à son père, tel qu'il l'avait vu sur la photo.

Jeremy présenta Poirot et expliqua à sa femme que le détective n'avait pas perdu tout espoir de retrouver un testament signé de Gordon.

Frances paraissait sceptique.

— Voilà, dit-elle, qui me paraît bien improbable !

— C'est mon avis ! déclara Jeremy. Quoi qu'il en soit, M. Poirot se propose très obligeamment de rentrer à Londres pour faire une enquête là-dessus.

— Le major Porter, demanda Poirot, était bien chargé de la Défense passive du côté de Sheffield Terrace ?

Mrs Cloade fronça le sourcil.

— Au fait, qui est-il, ce major Porter ?

Poirot haussa les épaules.

— Un officier en retraite.

— A-t-il vraiment été en Afrique ?

— Je le crois. Pourquoi pas ?

— Je ne sais pas. Ça m'étonne, voilà tout !

— Je comprends ça.

La réponse de Poirot parut surprendre Frances, qui se tourna vers son mari et passa à autre chose.

— Tu sais, Jeremy, que je suis très ennuyée au sujet de Rosaleen. Cette petite est toute seule à

« Furrowbank » et, David arrêté, elle doit broyer du noir à longueur de jour. Ne crois-tu pas que je ferais bien de l'inviter à venir vivre avec nous ?

— Tu penses que ce serait sage ?

— Sage ?... Je n'en sais rien. Je sais seulement que ce serait un geste d'humanité. Elle est seule...

— Elle n'acceptera pas.

— Je peux toujours l'inviter !

— Fais ce qui te fera plaisir !

— Plaisir !

Elle avait répété le mot d'un ton désenchanté. Poirot se levait. Il prit congé. Frances Cloade le reconduisit jusqu'à la porte. Elle lui demanda s'il rentrait à Londres.

— Oui, répondit-il, mais je n'y resterai que vingt-quatre heures au maximum. Après, je serai au Cerf... où vous pourrez me joindre si vous en avez envie.

— Et pourquoi en aurais-je envie ?

Poirot feignit d'ignorer la question.

— Je serai au Cerf, répéta-t-il.

Au milieu de la nuit, Frances, qui ne dormait pas, appela son mari.

— Jeremy ?

Une voix ensommeillée lui répondit :

— Oui ?

— J'ai idée que cet homme ne va pas du tout à Londres pour la raison qu'il nous a dite. Je ne crois pas que Gordon ait fait un testament. Qu'en penses-tu ?

— Je suis de ton avis. Ce n'est pas pour ça qu'il va à Londres.

— Alors, pourquoi ?

— Aucune idée.

— Dans ces conditions, qu'est-ce qu'il faut faire, Jeremy ?

— Pour moi, Frances, il n'y a qu'une chose à faire...

IX

L'enquête de Poirot, d'autant plus aisée qu'il se présentait au nom de Jeremy Cloade, lui donna très rapidement les renseignements qu'il désirait. La maison avait été entièrement détruite et tout le monde avait été tué sauf David Hunter et Mrs Gordon Cloade. Les domestiques — Frederick Game, Elizabeth Game et Eileen Corrigan — étaient morts sous les décombres. Gordon Cloade, relevé alors qu'il était dans le coma, n'était pas arrivé vivant à l'hôpital.

Poirot nota les noms et adresses des parents les plus proches des domestiques. Il était possible que ceux-ci leur eussent confié quelque indication intéressante. Des fonctionnaires sceptiques lui dirent que les Game étaient de Dorset et Eileen Corrigan du comté de Cork.

Poirot se rendit ensuite chez le major Porter. Il avait entendu le vieil officier dire lui-même qu'il appartenait à la Défense passive, ce qui laissait supposer qu'il pouvait savoir quelque chose du bombardement qui avait détruit Sheffield Terrace. Poirot voulait l'interroger là-dessus et sur d'autres points encore.

Au coin d'Edge Street, Poirot s'arrêta. Des badauds s'étaient assemblés devant la maison vers laquelle il se dirigeait et un agent, debout sur le seuil, en interdisant l'entrée. Le policeman barra la route à Poirot comme aux autres.

— On ne passe pas, monsieur.
— Mais pourquoi ?

— Vous n'habitez pas ici, n'est-ce pas ? Alors, qu'est-ce que vous venez faire dans la maison ?
— Je viens rendre visite au major Porter.
— C'est un de vos amis ?
— Je ne peux pas dire ça. Que s'est-il donc passé ?
— A ce qu'il paraît qu'il s'est suicidé. Si ça vous intéresse, demandez à l'inspecteur. C'est lui qui descend...

L'officier de police était accompagné de deux de ses collègues, dont le sergent Graves, de Warmsley Vale, de qui Poirot se fit reconnaître. Spence, prévenu par téléphone, avait envoyé Graves à Londres pour enquêter sur la mort du major. L'inspecteur, dès que Poirot lui eut été présenté, fit demi-tour, invitant Poirot à le suivre dans le couloir.

— C'est un suicide ? demanda Poirot.
— Oui. L'affaire est claire. Il avait peut-être été très impressionné par la déposition qu'il avait faite hier — ce sont de ces choses qui arrivent — et il était très déprimé depuis quelque temps. Embarras d'argent, etc. Il s'est tué avec son propre revolver.
— Je pourrais le voir ?
— Si vous voulez, monsieur Poirot. Sergent, vous voulez conduire M. Poirot.

Graves monta au premier étage avec Poirot. Le détective reconnut le décor : les rayons chargés de livres, les tapis usés jusqu'à la corde. Le major était assis dans un grand fauteuil, la tête sur la poitrine, le bras droit pendant. Le revolver était sur le plancher. Une vague odeur de poudre flottait encore dans la pièce.

— Il a dû se tuer, il y a une paire d'heures, dit Graves. Personne n'a rien entendu. Sa logeuse était dehors, en train de faire ses courses.

Poirot se penchait sur le cadavre, examinant la petite blessure qu'il portait à la tempe. Graves le regardait. Très respectueusement — parce qu'il avait vu Spence traiter Poirot avec déférence et encore qu'il pensât personnellement que le petit homme était un esbrouffeur — il dit :

— Vous voyez pourquoi il aurait pu se tuer, monsieur Poirot ?

Poirot répondit distraitement.

— Oui. Il avait pour ça une excellente raison... Mais la difficulté n'est pas là.

Poirot, maintenant, inspectait la pièce. Le bureau retint son attention. Un sous-main en cuir, une plume, deux crayons, une sébile pleine d'agrafes, une boîte de timbres. Tout était bien en ordre. Le major était un homme soigneux. Conclusion : quelque chose manquait.

— Il n'a pas laissé un petit mot pour le *coroner* ? demanda Poirot.

Graves secoua la tête.

— Rien. De la part d'un vieux militaire, c'est même assez étonnant !

C'était bien l'avis de Poirot. Ce suicide présentait au moins un aspect étrange.

— Le coup est dur pour les Cloade, reprit Graves. Il va leur falloir trouver quelqu'un d'autre ayant connu Underhay.

Poirot avait vu tout ce qu'il voulait voir. Les deux hommes redescendirent au rez-de-chaussée, où ils rencontrèrent la logeuse. C'était une grosse dame, très agitée, mais pas autrement fâchée d'un événement qui prêtait à des commentaires illimités. Graves s'esquiva adroitement, livrant Poirot à l' « ennemi ».

— J'en suis encore toute retournée ! disait la grosse dame. Le cœur, n'est-ce pas ? C'est héréditaire. Ma mère est morte d'une angine de poitrine, en traversant le Caledonian Market. Moi, quand je l'ai trouvé, j'ai failli tomber ! Ah ! ça m'a donné un coup ! On ne pouvait pas s'attendre à ça, n'est-ce pas ? Bien sûr, il y avait beau temps qu'il était plutôt mélancolique ! Il avait des ennuis d'argent et, pour moi, il ne mangeait pas assez. Notez qu'il ne voulait rien accepter de personne ! Là-dessus, hier, il est allé je ne sais pas où, à Warmsley Vale, je crois, pour déposer dans je ne sais quelle enquête. Cette histoire-là l'a tracassé. Il est revenu plus soucieux que jamais et il a marché dans sa chambre toute la nuit. Je crois qu'il s'agissait d'un vieil ami à lui qui a été assassiné. Ça l'avait bouleversé. Ce matin, j'ai fait mon marché — j'ai attendu plus d'une heure pour avoir du poisson — et je suis montée pour lui porter une tasse de thé. Je l'ai trouvé là, dans son fauteuil, avec son revolver à côté de lui ! Ça m'a donné un coup, vous pouvez me croire ! Et puis, là-dessus, la police ! Ah ! monsieur, je me demande où nous allons !

Poirot hocha la tête.

— Il faut reconnaître, dit-il, que la vie devient bien difficile en ce bas monde et qu'il faut être très fort pour survivre !

X

Il était plus de huit heures quand Poirot rentra au Cerf. Il y trouva un mot de Frances Cloade, qui le priait de venir la voir. Il décida de ne pas la faire attendre et ne monta même pas à sa chambre.

Elle le reçut dans son salon, qu'il ne connaissait pas encore. Par les fenêtres ouvertes, on apercevait un verger, avec des poiriers en fleur. Il y avait des tulipes sur la table qui occupait le centre de la pièce. Les meubles, anciens, étaient cirés à miracle et les cuivres de la cheminée étincelaient.

Frances Cloade entra tout de suite dans le vif du sujet.

— Vous m'avez dit, monsieur Poirot, que j'aurais peut-être envie de vous voir. Vous ne vous trompiez pas. Il y a quelque chose qu'il faut dire... et je crois que vous êtes la personne à qui il faut la dire.

— Les confidences, madame, sont tellement plus faciles à faire quand celui à qui on les fait sait déjà de quoi il s'agit.

— Vous croyez savoir de quoi je veux vous parler ?

Poirot répondit d'un hochement de tête.

— Depuis quand...

Il ne lui laissa pas le temps de poser la question.

— Depuis que j'ai vu la photo de votre père, madame. On a, dans votre famille, des traits caractéristiques. Vous ressemblez énormément à votre père... et beaucoup aussi à l'homme qui est venu ici sous le nom d'Enoch Arden.

Elle eut un soupir accablé.

— C'est vrai... et vous ne vous trompez pas. Le pauvre Charles portait la barbe, mais nous nous ressemblions. C'était mon cousin issu de germain, monsieur Poirot, et un peu le mauvais garçon de la famille. Je ne l'ai jamais très bien connu, mais il avait été, quand nous étions enfants, mon camarade de jeux... et c'est par ma faute qu'il est mort !

Elle se tut. Poirot, d'une phrase aimable, l'invita à poursuivre. Elle reprit :

— L'histoire, il faut que vous la connaissiez. Nous étions aux abois. Cela, monsieur Poirot, c'est le commencement de tout ! Mon mari... avait des ennuis. Les pires ennuis. Des ennuis qui pouvaient fort bien le mener en prison... et qui peuvent encore l'y conduire. Il n'est d'ailleurs pour rien dans ce qui est arrivé. Le plan est de moi, de moi seule, et il ne se serait jamais, lui, lancé dans une aventure présentant de tels risques. Moi, les risques, je ne les ai jamais craints et je dirai même que je n'ai jamais eu beaucoup de scrupules. Quoi qu'il en soit, j'ai commencé par solliciter un prêt de Rosaleen Cloade. Elle me l'aurait peut-être accordé, mais son frère est survenu à ce moment-là. Il était de mauvaise humeur et m'a traitée de façon si insultante que j'ai considéré par la suite que je serais vraiment stupide de ménager le personnage. Mon mari m'avait dit, il y avait déjà longtemps, qu'il avait entendu raconter au club une histoire assez curieuse, que je ne vous rapporterai pas, puisque vous étiez là quand le major Porter a parlé de Robert Underhay. Je me suis souvenue de cette vieille affaire. Si le major avait dit vrai, Rosaleen n'avait jamais eu aucun droit à la fortune de Gordon. Ce n'était qu'une hypothèse hasardeuse, mais on pouvait en tirer parti. Mon cousin Charles était en Angleterre. Il s'était bien battu pendant la guerre, mais il n'avait pas eu de chance ; il était prêt à faire n'importe quoi et sortait de prison. Je lui fis part de mon projet. Il s'agissait d'un chantage, ni plus, ni moins, mais qui ne comportait pas grands risques. Au pis, David Hunter refuserait de se laisser faire. Je ne pensais pas qu'un homme comme lui irait trouver la police.

Sa voix se fit plus dure.

— Les choses se passèrent fort bien. David « marcha » mieux que nous n'osions l'espérer. Charles, bien entendu, n'affirmait pas qu'il était Robert Underhay, Rosaleen étant qualifiée pour lui donner un démenti ; mais, comme David avait jugé prudent d'envoyer sa sœur à Londres, Charles laissait entendre qu'il n'était pas impossible qu'il fût Underhay. Bref, David parut se montrer de bonne composition. Il devait apporter l'argent le mardi soir, à neuf heures. Au lieu de ça...

Elle s'interrompit, puis reprit, la voix plus sourde :

— Nous aurions dû nous rendre compte que

David était... un homme dangereux. Charles est mort... Assassiné !... Et, sans moi, il serait encore en vie !

D'un ton plus ferme, elle ajouta :

— Il vous est facile, monsieur Poirot, d'imaginer ce qu'a été pour moi la nouvelle de sa mort !

— Sans doute, dit Poirot. Cependant, vous vous êtes reprise assez vite. C'est vous, je pense, qui avez persuadé le major Porter de reconnaître dans le défunt son vieil ami Robert Underhay ?

Elle répondit dans un cri :

— Ça, non ! Je vous le jure ! Pas ça ! J'ai été stupéfaite — et c'est peu dire — quand j'ai vu cet homme déclarer que le corps, celui de Charles, était celui de Robert Underhay. Je n'ai pas compris... et je ne comprends pas encore !

— Quelqu'un, pourtant, est allé trouver le major et l'a acheté ?

Elle dit d'une voix ferme :

— Ce n'est pas moi et ce n'est pas Jeremy non plus ! Nous ne sommes, ni l'un, ni l'autre capables de faire ça ! Ça peut vous paraître absurde, puisque je vous ai avoué que j'ai essayé de faire chanter David, mais c'est la vérité ! L'argent de Gordon, j'ai toujours considéré — et je continue à considérer — qu'il devait nous revenir en partie. J'ai cherché à avoir par fraude ce qui nous revenait en bonne justice. Mais dépouiller Rosaleen, en soudoyant un témoin pour qu'il vienne déclarer sous serment qu'elle n'a jamais été la femme de Gordon, ça, monsieur Poirot, non, c'est une chose que je n'aurais jamais faite ! Je vous supplie de me croire.

— Chacun de nous, dit Poirot, a sa propre conception du péché. Je veux bien vous croire.

Brusquement, il demanda :

— Savez-vous, madame, que le major Porter s'est tué ce matin ?

Elle eut un haut-le-corps horrifié.

— Ce n'est pas vrai, monsieur Poirot, ce n'est pas vrai ?

— Malheureusement si, madame. Au fond, voyez-vous, le major était un honnête homme. Ses finances étaient lamentables, la tentation est venue et, comme bien d'autres, il n'a pas su résister. Il a pu croire, il a pu se persuader, qu'on ne lui demandait qu'un mensonge en quelque sorte légitime. Cette femme, que son ami Underhay avait épousée, elle ne lui était pas sympathique. Il considérait qu'elle s'était très mal conduite envers son mari. C'était pour lui une créature d'argent qui, par la suite, avait mis la main sur la fortune d'un millionnaire, au détriment des véritables héritiers. Il s'est probablement dit qu'en lui mettant des bâtons dans les roues il agissait envers elle exactement comme elle le méritait. Il lui suffisait d'affirmer que le mort était bien Robert Underhay, pour que justice fût rendue aux Cloade, ce qui n'allait pas pour lui sans quelques avantages. La tentation était forte et, comme bien des hommes, il manquait d'imagination. Je l'ai vu à l'enquête : il aurait bien voulu être ailleurs. Il se rendait compte que, son mensonge, il lui faudrait le répéter sous serment dans un avenir prochain. Ajoutez à ça qu'un homme est arrêté et inculpé de meurtre... et que l'accusation est en grande partie fondée sur l'identité du défunt ! Il rentre chez lui. Il regarde les choses en face... et choisit la porte de sortie qui lui paraît la meilleure.

— Il s'est tué ?

— Oui.

— Il n'a pas dit qui...

Poirot secoua la tête.

— Non. Il avait, lui aussi, sa conception personnelle de l'honneur. Il n'a pas dit qui l'avait incité à devenir parjure.

Poirot surveillait Frances Cloade, guettant un

signe de détente, de soulagement. Qu'elle fût coupable ou non, il eût été très naturel...

Elle se leva et alla à la fenêtre.

— En somme, dit-elle, nous en revenons au même point.

Poirot se demanda à quoi elle songeait.

XI

Cette même phrase, Poirot l'entendit le lendemain matin, prononcée par le commissaire Spence, qui ajouta :

— Il nous reste à découvrir qui était en réalité ce prétendu Enoch Arden.

— Cela, dit Poirot, je puis vous le dire. Il s'appelait Charles Trenton.

— Charles Trenton !

Spence émit un petit sifflement et poursuivit :

— Un Trenton !... C'est elle, évidemment, qui l'a mis dans le coup. Je pense à Mrs Jeremy... Seulement, allez donc prouver ça ! Charles Trenton ? Je crois me souvenir...

— Vous ne vous trompez pas. Il avait un casier judiciaire chargé.

— Je me rappelle. Il travaillait dans les hôtels, si je ne m'abuse. Il descendait au Ritz, achetait une Rolls, la prenait à l'essai pendant une matinée, faisait le tour des magasins de luxe et achetait un tas de choses. Quand un client a sa Rolls à la porte, on ne se demande pas si ses chèques sont bons ou non. On les accepte. Avec ça, il avait l'air d'un gentleman, il pouvait très bien rester huit jours quelque part sans éveiller aucun soupçon et disparaître tranquillement le neuvième jour après avoir revendu à bas prix la majeure partie de ses acquisitions. Charles Trenton !

Souriant, il ajouta, l'œil fixé sur Poirot :

— Dites donc ! Vous en découvrez des choses !

Poirot ne releva pas la remarque.

— Et David Hunter, demanda-t-il, qu'est-ce que vous faites de lui ?

— Il va bien falloir le remettre en liberté. Il y avait effectivement une femme, ce soir-là chez Arden. Votre vieux dragon n'est pas seul à l'affirmer. Jimmy Pierce, un peu soûl, sortait d'un café voisin quand il a aperçu une femme qui venait du Cerf et qui entrait dans la cabine téléphonique qui est à côté de la poste. Il était un peu plus de dix heures. Cette femme, il ne l'avait jamais vue. Il a cru que c'était une pensionnaire du Cerf. A son avis — je reprends ses propres termes — c'était « une poule de Londres ».

— Il l'a vue de près ?

— Non. Elle était de l'autre côté de la rue.

— Il vous a dit comment elle était habillée ?

— Une veste de tweed, un pantalon, un fichu orange sur la tête et énormément de maquillage. Ça concorde avec ce que dit votre vieux dragon.

Poirot, le front soucieux, restait muet.

— Ce qu'il faudrait savoir, reprit Spence, c'est qui était cette femme, d'où elle venait et où elle allait. Vous connaissez les heures des trains : 9 h 20 pour le dernier qui monte sur Londres, 10 h 3 pour celui qui en vient. Est-elle restée dehors jusqu'au premier train du matin, 6 h 18 ? Est-elle venue en voiture ? A-t-elle fait de l' « auto-stop » ? Tout ça, nous avons cherché à le savoir. Résultat : néant.

— Vous êtes sûr du 6 h 18 ?

— C'est un train qui est toujours bondé. Des hommes surtout... Je suis persuadé que si une femme l'avait pris, une femme de ce genre-là, on l'aurait remarquée. Pour moi, elle est venue et

repartie en voiture. Et des autos, il n'en passe pas tellement à Warmsley Vale par le temps qui court !
— On n'en a pas vu ce soir-là ?
— A part celle du docteur Cloade, non. On l'avait appelé quelque part sur la route de Middlingham. S'il avait eu à bord une personne étrangère au pays, on l'aurait remarquée.
— Pourquoi « étrangère au pays » ? dit Poirot d'un ton calme. Il n'est pas tellement sûr qu'un homme un peu ivre, reconnaîtra à cinquante mètres une personne qu'il connaît parfaitement ! Quand les gens sont habillés un peu autrement qu'à l'ordinaire...

Le regard de Spence interrogeait.

— Pouvez-vous garantir, par exemple, dit Poirot, que votre Pierce aurait reconnu Lynn Marchmont, qui n'est rentrée à Warmsley Vale que depuis peu ?
— A cette heure-là, elle était à « White House » avec sa mère.
— Vous en êtes sûr ?
— Mrs Lionel Cloade, la cinglée, la femme du médecin, dit qu'elle lui a téléphoné chez elle à dix heures dix. Rosaleen Cloade était à Londres. Mrs Jeremy... Elle, ma foi, je ne l'ai jamais vue en pantalon et elle se maquille très peu ! En outre, elle n'est plus jeune.
— Vous savez, quand il fait un peu noir...
— Enfin, Poirot, où voulez-vous en venir ?

Le détective se renversa dans son fauteuil et ferma les yeux à demi.

— Un pantalon, une veste de tweed, une écharpe orange, un maquillage excessif, un bâton de rouge, égaré ! Ça ne vous dit rien, tout ça ?

Le commissaire grogna.

— Vous vous prenez pour l'oracle de Delphes ?... Je vous demande ça, mais cet oracle de Delphes, je ne sais pas ce que c'est. Le jeune Graves, lui, feint de le savoir. Ça ne l'avance d'ailleurs pas. C'est tout ce que vous voyez comme énigmes, monsieur Poirot ?

Poirot sourit.

— Je vous ai dit, reprit-il, que cette affaire ne se présentait pas de façon normale et je vous ai donné, entre autres, l'exemple du mort. Il ne « cadrait » pas avec le reste. Ça crevait les yeux ! Underhay était un bonhomme chevaleresque, un peu excentrique et bourré d'idées à l'ancienne mode. L'homme du Cerf était un maître chanteur, qui n'était ni chevaleresque, ni excentrique. Il ne pouvait donc pas être Underhay. Les gens vieillissent, mais ils restent ce qu'ils sont. La chose intéressante, c'était le témoignage de Porter, disant que le mort était bien Underhay.

— C'est ce qui vous a conduit à Mrs Jeremy ?

— Non. Là, j'ai été guidé par le profil, qui est très caractéristique. Les Trenton se reconnaissaient aussi facilement que les Bourbons. Le mort était un Trenton, indiscutablement. Mais, ce problème résolu, il en demeure bien d'autres ! Pourquoi David Hunter avait-il l'air de vouloir « chanter » ? Est-il de ces gens qui se laissent intimider ? Je suis tenté de répondre non. D'où il suit qu'il n'agit pas conformément à son tempérament. Et Rosaleen Cloade ? Sa conduite est incompréhensible. Et pourquoi a-t-elle peur ? Pourquoi s'imagine-t-elle que, privée de la protection de son frère, elle a tout à redouter ? Et que craint-elle ? La perte de sa fortune ? Pour moi, c'est plus grave que ça ! Elle a peur de mourir...

— Enfin, monsieur Poirot, vous ne croyez pas...

— Vous l'avez dit tout à l'heure, Spence, nous nous retrouvons à notre point de départ. Autrement dit, *les Cloade se retrouvent au même point*. Robert Underhay est mort en Afrique... et la fortune de

Gordon Cloade serait leur s'il n'y avait pas Rosaleen !

— Tout de même, monsieur Poirot, vous ne pensez pas...

— Je ne pense rien. Je dis seulement que Rosaleen a vingt-six ans et que, si intellectuellement c'est une instable, physiquement elle est solide et peut vivre jusqu'à soixante-dix ans, et même plus. Soixante-dix moins vingt-six, reste quarante-quatre. Quarante-quatre ans, commissaire, vous ne trouvez pas que c'est beaucoup à attendre ?

XII

Poirot quittait le commissaire Spence quand il rencontra Tante Kathie. Elle avait des paquets sous le bras et ce fut elle qui l'aborda.

— Ce pauvre major Porter ! lui dit-elle. Je ne peux pas m'empêcher de penser qu'il a gâché sa vie parce qu'il n'était qu'un plat matérialiste. La vie des camps ! Rien de tel pour rétrécir vos horizons ! Voilà un homme qui avait vécu aux Indes et qui n'en avait pas profité, j'en ai peur, pour s'enrichir sur le plan spirituel. Les Indes, pour lui, c'était le *pukka*, le *chota hazri*, le *tiffin* et la chasse au sanglier ! Alors qu'il aurait pu, en qualité de *chela*, aller s'asseoir aux pieds de quelque *guru* ! Il est triste, monsieur Poirot, de laisser passer de telles occasions !

Elle laissa tomber deux de ses paquets, que Poirot ramassa avec empressement. Après l'avoir remercié, elle reprit :

— Voyez-vous, monsieur Poirot, je le dis toujours, les morts sont vivants et les vivants sont morts ! Je ne serais nullement surprise de voir le corps astral d'un de mes chers disparus traverser la chaussée en ce moment. Tenez, l'autre soir...

— Vous permettez ?

Poirot enfonça dans le filet de Tante Kathie un morceau de morue qui risquait de tomber sur le trottoir et dit :

— Vous disiez ?

— Merci, monsieur Poirot. Je disais que, l'autre soir encore, j'ai eu affaire, j'en suis sûre, à un corps astral, qui m'a fait la monnaie dont j'avais besoin. Je n'ai pas pu lui donner un nom, mais je suis persuadée qu'il s'agissait du fantôme de quelqu'un pour qui j'ai eu de l'affection. Vous ne trouvez pas merveilleux que les Esprits viennent à votre secours, même dans les petites choses, même quand il ne s'agit que de vous procurer de quoi faire fonctionner un appareil téléphonique ?... Mon Dieu ! cette queue devant chez Peacock ! Ils ont dû recevoir des biscottes ! Excusez-moi, monsieur Poirot, je ne voudrais pas arriver trop tard !

Laissant Mrs Lionel Cloade aller prendre sa place dans la file qui s'allongeait devant la pâtisserie, Poirot reprit sa route, se dirigeant vers « White House ». Il avait grande envie de bavarder avec Lynn Marchmont, qui, de son côté, pensait-il, ne serait pas fâchée de s'entretenir avec lui.

Il faisait un temps magnifique. Cette matinée de printemps annonçait déjà l'été. Le sentier que Poirot suivait maintenant, Charles Trenton, venant de la gare, l'avait descendu, le vendredi qui avait précédé sa mort. En chemin, il avait rencontré Rosaleen. Il ne l'avait pas reconnue — ce qui n'avait rien de surprenant, puisqu'il n'était pas Robert Underhay — et elle ne l'avait pas, elle, reconnu, et pour la même raison. Seulement, par la suite, elle avait juré n'avoir jamais vu le mort devant lequel on l'avait amenée. L'avait-elle fait de propos délibéré ou était-elle sincère ? Etait-elle, lorsqu'elle avait rencontré

Trenton, si absorbée dans ses pensées qu'elle n'avait même pas vu l'individu qu'elle croisait ? Et, dans cette hypothèse, à quoi ou à qui songeait-elle ? A Rowley Cloade ? Pourquoi pas ?

Le jardin de « White House », avec ses lilas et ses cytises, était ravissant. Il y avait, au milieu de la pelouse, un vieux pommier noueux, dans l'ombre duquel Lynn Marchmont paressait, allongée dans un « transatlantique ».

Elle sursauta quand Poirot lui dit bonjour.

— Vous m'avez fait peur, monsieur Poirot ! Je ne vous ai pas entendu venir. Vous êtes toujours à Warmsley Vale ?

— Comme vous voyez !

— Pourquoi ?

Poirot esquissa un haussement d'épaules.

— Le pays est aimable. Je me détends.

— Je suis contente que vous ne soyez pas rentré à Londres.

— Vous êtes la seule ! Le reste de la famille s'étonne que je ne sois pas reparti.

— Vraiment ?

— C'est mon impression.

— Eh bien ! moi, je suis heureuse que vous soyez resté.

— Puis-je vous demander pourquoi ?

— Parce que cela prouve que vous n'êtes pas satisfait... et que vous ne croyez pas que David Hunter soit un assassin.

— Son innocence vous tient tellement à cœur ?

Elle rougit sous son hâle.

— Je ne tiens pas à voir un homme pendu pour un crime qu'il n'a pas commis. C'est naturel !

— Je vous l'accorde.

— Il est victime de la police, qui ne peut pas le sentir parce qu'il l'a envoyée au diable. Il est comme ça ! Il aime rembarrer les gens !

— Je crois, Miss Marchmont, que c'est à tort que

vous incriminez la police. Elle n'a pas d'idées préconçues et c'est aux jurés que vous devriez vous en prendre, aux jurés qui n'ont pas voulu suivre les indications que leur donnait le *coroner*. La police a fait ce que le verdict l'obligeait à faire, mais elle est loin de considérer que l'accusation repose sur des bases solides.

— Ce qui signifie qu'on va le remettre en liberté ?

Poirot exprima d'un geste son ignorance.

— D'après vous, monsieur Poirot, demanda-t-elle, l'assassin, qui est-ce ?

— Ce soir-là, répondit-il d'une voix calme, il y avait une femme au Cerf.

— Je n'y comprends plus rien ! s'écria-t-elle. Quand nous pensions que l'homme était Robert Underhay, tout était simple. Mais pourquoi le major Porter a-t-il déclaré que c'était Underhay si ce n'était pas lui ? Pourquoi s'est-il suicidé ? Nous nous retrouvons au même point !

— Vous êtes la troisième personne à me dire ça.

— Ah ?

Elle semblait surprise. Après un silence, elle reprit :

— Au juste, monsieur Poirot, qu'est-ce que vous faites ici ?

— Moi ? Je parle aux gens. C'est tout !

— Vous leur posez des questions sur le crime ?

— Même pas ! J'écoute ce qu'on me raconte.

— Ça vous sert ?

— Quelquefois. Vous seriez bien surprise si vous saviez tout ce qu'on m'a appris sur la vie de Warmsley Vale en ces derniers temps. Je sais tout ! Les gens qu'on a vus par ici, ceux qui se sont rencontrés et même, quelquefois, ce qu'ils se sont dit. C'est ainsi, par exemple, que je sais que le soi-disant Arden a demandé son chemin à Mr Rowley Cloade et qu'il n'avait pour tout bagage que ce qu'il portait sur le dos. Je sais que Rosaleen Cloade a passé une heure à la ferme et qu'elle s'est montrée là, plus joyeuse qu'on ne l'a jamais vue ailleurs...

— C'est exact. Rowley me l'a dit. Il paraît qu'elle avait l'air d'être en vacances !

— On me parle de tout, même des difficultés financières des gens. Je suis au courant des vôtres...

— Tout le monde les connaît. Nous avons tous essayé de « taper » Rosaleen. C'est ça que vous voulez dire ?

— Je n'ai pas dit ça.

— Eh bien ! vous pouvez le dire. Je suppose qu'on vous a aussi parlé de mes relations avec Rowley et David ?

— Vous allez épouser Rowley ?

— Je voudrais bien le savoir !... C'est justement ce que j'étais en train de me demander le fameux soir où David m'est tombé dessus, près du bois Mardon. Je regardais le train qui passait, en bas, dans la vallée. La fumée formait un point d'interrogation. Comme un symbole. Est-ce que j'épouse Rowley ? Il m'est bien difficile de répondre. Non pas à cause de David. A cause de moi. C'est moi qui ne suis plus la même. Quatre ans d'absence, ça compte ! Je suis partie, je suis revenue, mais j'ai changé ! C'est un drame, ça, et je ne suis pas seule à le vivre ! On revient, mais on ne se réadapte pas. On ne peut pas partir, mener une vie différente de celle qu'on a connue et se retrouver tel qu'on était au départ.

— Vous vous trompez, dit Poirot. Le drame, justement, c'est qu'on ne change pas !

Elle le regardait, incrédule.

— Je suis sûr de ce que j'avance, reprit-il. Vous, par exemple, pourquoi êtes-vous partie ?

— Moi ? Pour entrer dans les Wrens.

— Je sais. Mais pourquoi avez-vous voulu entrer

dans les Wrens ? Vous étiez fiancée à Rowley Cloade. Vous auriez très bien pu, sans bouger de Warmsley Vale, rendre des services à la Défense nationale.

— C'est possible, mais je voulais...
— Vous vouliez partir, c'est ce que je dis ! Vous vouliez voir du pays... et peut-être, vous éloigner un peu de Rowley Cloade. Aujourd'hui, vous ne tenez pas en place et vous ne demandez encore qu'à partir. Ah ! non, on ne change pas !

Elle protestait.
— Quand j'étais en Orient, je n'avais qu'un désir : rentrer en Angleterre.
— Je n'en doute pas ! Quand vous êtes quelque part, vous voulez être ailleurs... et il est probable qu'il en ira toujours comme ça. Vous avez de l'imagination et vous voyez Lynn Marchmont rentrant chez elle... Tableau splendide. Seulement, la réalité vous déçoit, parce que la Lynn Marchmont que vous imaginiez n'est pas la vraie Lynn Marchmont, mais la Lynn Marchmont que vous voudriez être.
— Alors, selon vous, où que j'aille, je ne serai jamais satisfaite ?
— Je n'ai pas dit ça. Je dis seulement que, quand vous êtes partie, vous n'étiez pas contente de vos fiançailles et qu'aujourd'hui encore elles ne vous donnent pas satisfaction.

Lynn arracha un brin d'herbe. Elle dit :
— Vous êtes un peu sorcier, n'est-ce pas, monsieur Poirot ?

Il prit un petit air modeste.
— C'est mon métier qui l'exige, mademoiselle. Je crois qu'il y a une autre vérité dont vous ne vous êtes pas encore avisée.
— Vous voulez parler de David ? Vous croyez que je suis amoureuse de lui ?
— Cette question-là ne regarde que vous.
— Et je suis incapable d'y répondre ! Il y a en

David quelque chose qui me repousse... et aussi quelque chose qui m'attire ! Hier, j'ai bavardé avec son colonel qui, lorsqu'il a appris l'arrestation de David, est venu ici pour voir s'il pouvait faire quelque chose. Il m'a parlé de David. Il m'a dit qu'il avait rarement rencontré un homme aussi brave que David et, malgré cela, j'ai eu le sentiment qu'en dépit de tout le bien qu'il me disait de lui, cet homme n'était pas convaincu de l'innocence de David.

— Vous n'en êtes pas sûre non plus ?

Elle eut un petit sourire triste.

— Non. Je n'ai jamais eu confiance en lui. Peut-on aimer quelqu'un en qui l'on n'a pas confiance ?

— Malheureusement, oui !

— Je n'ai jamais été juste envers lui... parce que jamais je n'ai eu confiance en lui. J'ai cru tous les racontars colportés par les gens du village, qui allaient jusqu'à dire qu'il n'avait jamais été David Hunter et qu'il était simplement un ami d'enfance de Rosaleen. J'ai eu honte de moi quand le colonel, hier, m'a dit qu'il avait connu David enfant, en Irlande.

— Ce que les gens peuvent se tromper, s'écria Poirot, c'est vraiment épatant !

— Que voulez-vous dire ?

— Ce que je dis ! Rien d'autre. Dites-moi, Mrs Cloade, la femme du médecin, vous a bien téléphoné, le soir du crime ?

— Tante Kathie ? Oui.

— Que voulait-elle ?

— Elle s'était trompée dans ses comptes !

— Elle vous téléphonait de chez elle ?

— Non. Son appareil était en dérangement. Elle était allée à une cabine publique.

— Vers dix heures dix ?

— A peu près. Nos pendules sont plus ou moins justes, vous savez !

— Ce soir-là, vous n'avez pas reçu d'autre coup de téléphone ?

Poirot avait pris sa voix la plus douce pour poser la question, Lynn répondit sèchement :

— Si.

— David Hunter vous a appelée de Londres ?

— Oui.

Avec humeur, elle ajouta :

— Il faut aussi que je vous dise ce qu'il m'a dit ?

— Je ne voudrais pas...

— Oh ! ça ne me gêne pas ! Il m'a dit qu'il s'en allait, qu'il sortait de ma vie, qu'il était incapable de me rendre heureuse parce qu'il ne pourrait jamais mener une existence honnête, même pour l'amour de moi.

— Et, probablement parce que ce soir-là il vous a dit la vérité, vous lui en avez voulu ?

— J'espère qu'il s'en ira, une fois son innocence reconnue. J'espère qu'ils s'en iront tous les deux, en Amérique ou ailleurs ! Eux partis, il nous sera peut-être possible de penser à autre chose, possible d'être nous-mêmes, de ne compter que sur nous et de ne plus être assaillis par de mauvaises pensées.

— De mauvaises pensées ?

— Oui. J'ai senti ça, un soir, chez tante Kathie. Elle donnait une sorte de réception et, peut-être parce que j'étais revenue depuis très peu de temps, peut-être parce que j'étais très nerveuse, ces mauvaises pensées, je les ai senties tout autour de nous ! Tous ceux qui étaient là souhaitaient la mort de Rosaleen ! Tous les Cloade ! C'est une impression terrible ! Vous comprenez ? Souhaiter la mort de quelqu'un qui ne vous a rien fait...

— Il est évident, dit Poirot, que la mort de Rosaleen vous ferait du bien.

— Vous parlez au point de vue financier ? Mais, si vous allez par-là, le seul fait qu'elle soit venue ici nous a fait du mal. Envier les gens, les jalouser, leur en vouloir, vous croyez que c'est bon, ça ? Maintenant, elle est seule, à « Furrowbank », toute seule. Elle a l'air d'un fantôme. On dirait qu'elle va devenir folle. Elle ne veut pas qu'on s'occupe d'elle. Nous avons tous essayé de faire quelque chose pour elle. Maman lui a demandé de venir s'installer chez nous. Tante Frances lui a fait la même proposition. Tante Kathie lui a offert d'aller vivre avec elle à « Furrowbank ». Elle a refusé, toujours. Elle ne veut pas avoir affaire à nous et je ne peux lui donner tort. Elle n'a même pas voulu recevoir le colonel Conroy. Pour moi, elle est malade, malade de peur... Et nous ne faisons rien, parce qu'elle ne nous le permet pas !

— Personnellement, vous avez essayé ?

— Oui. Je suis allée la voir et je lui ai demandé si je pouvais faire quelque chose pour elle. Elle m'a regardée et...

La voix de Lynn se brisait. Elle reprit :

— Je crois qu'elle me hait. Elle m'a dit : « Vous moins que tout autre ! » David, je crois, lui a enjoint de rester à « Furrowbank ». Elle ne veut pas en bouger, parce qu'elle lui obéit toujours, en tout et pour tout. Rowley lui a porté des œufs et du beurre. De nous tous, il est le seul pour qui elle ait quelque affection. Elle l'a remercié et elle lui a dit qu'il avait toujours été très gentil pour elle.

— Il y a des gens, dit Poirot, qui vous inspirent beaucoup de sympathie, des gens qui portent un lourd fardeau. Rosaleen Cloade est du nombre et je la plains beaucoup. Si cela m'était possible, je lui viendrais volontiers en aide. Maintenant encore, si elle voulait m'écouter...

Il se leva brusquement, l'air décidé.

— Venez, mademoiselle ! Nous allons ensemble à « Furrowbank ».

— Vous voulez que j'aille avec vous ?

— Si vous êtes disposée à vous montrer généreuse et compréhensive...

Lynn était debout.

— Oh ! oui, s'écria-t-elle. De grand cœur !

XIII

Il ne leur fallut que cinq minutes pour gagner « Furrowbank ». Visiblement très surprise de les voir, la jeune bonne qui répondit à leur coup de sonnette leur déclara que Madame n'était pas encore levée et qu'elle ne pourrait sans doute pas les recevoir. Après quoi, elle les fit entrer au salon et disparut pour monter au premier étage.

Poirot regarda autour de lui. Le salon de Frances Cloade était marqué d'une forte personnalité. Celui-ci, malgré son luxe de bon goût, était d'une banalité désespérante. Gordon Cloade, aimait les beaux meubles, mais il était évident que Rosaleen avait vécu dans ce magnifique décor comme une étrangère dans son appartement du Ritz ou du Savoy.

Lynn demanda à Poirot pourquoi il faisait la grimace.

— On dit, mademoiselle, répondit-il, que c'est la mort qui nous punit de nos péchés. Il se pourrait bien que, quelquefois, ce fût le luxe. Etre brusquement coupé de tout ce qui a été votre vie, se trouver du jour au lendemain entouré...

Il s'interrompit. La petite bonne, ses airs supérieurs envolés, faisait irruption dans la pièce : elle tremblait et bégayait, incapable, semblait-il, d'articuler une syllabe. Elle finit par expliquer que Madame était toujours couchée, qu'il n'y avait pas moyen de la réveiller et que ses mains étaient toutes froides.

Poirot était déjà parti. Précédant les deux femmes, il escalada l'escalier à grandes enjambées, pénétrant directement dans une pièce dont la porte était restée ouverte, une somptueuse chambre à coucher, inondée de soleil. Rosaleen était couchée dans son lit. Elle avait l'air de dormir et tenait dans sa main droite un mouchoir chiffonné. Poirot lui prit le pouls : il ne battait plus.

— Il y a déjà quelques heures qu'elle n'est plus, dit-il, en se retournant vers Lynn. Elle est morte pendant son sommeil.

La bonne éclatait en sanglots.

— Qui était son médecin ? demanda Poirot.

— L'oncle Lionel, répondit Lynn.

Poirot donna à la soubrette l'ordre d'appeler le médecin par téléphone et, resté seul avec Lynn, se mit à inspecter la pièce. Il y avait sur la table de chevet une petite boîte en carton, avec une étiquette sur laquelle le médecin lui-même avait écrit : « Un cachet, le soir, au coucher. » Poirot, se protégeant les doigts avec son mouchoir, l'ouvrit avec précaution. Elle contenait encore trois cachets. Il alla à la cheminée, puis au secrétaire. Une feuille de papier, en partie couverte d'une grosse écriture enfantine, était posée sur le sous-main. Poirot lut le texte, qui n'avait que quelques lignes.

Je ne sais plus que faire... Je n'en puis plus... Ce que j'ai fait est si mal qu'il faut que je le dise à quelqu'un pour me soulager... Au début, je ne pensais pas que c'était si grave. Je ne me doutais pas de tout ce qui allait suivre. Il faut que j'écrive...

Le texte s'arrêtait là, brusquement. La plume

était à côté du sous-main. Des pas coururent dans l'escalier et, par la porte violemment ouverte, David Hunter entra dans la chambre.

Lynn, encore debout près du lit, se retourna.

— David ! Vous êtes en liberté ? Que je suis contente...

Il l'écarta brutalement, s'arrêta près du lit, murmura par deux fois le nom de Rosaleen, puis, après avoir touché la main de sa sœur, se retourna vers Lynn. La colère le défigurait.

— Ainsi, s'écria-t-il à pleine voix, vous avez fini par la tuer ! Vous vous êtes arrangés pour me faire mettre en prison sous une accusation qui ne tient pas debout, puis vous vous êtes débarrassés d'elle ! Étiez-vous tous d'accord pour ça ? Ça m'est égal et je ne veux pas le savoir ! Il vous fallait son argent. Maintenant, il est à vous... et elle est morte ! Vous ne tirerez plus le diable par la queue ! C'est fini ! Vous êtes riches ! Seulement, vous êtes des voleurs et des assassins ! Aussi longtemps que j'ai été là, vous n'avez pas osé toucher à elle, parce que je savais protéger ma sœur, qui, elle, n'a jamais su se défendre ! Mais, dès qu'elle a été seule, vous avez profité de l'occasion ! Des assassins, voilà ce que vous êtes !

Lynn, qui l'avait écouté avec effarement, protesta dans un cri.

— Non, David, ce n'est pas vrai ! Aucun de nous n'aurait voulu la tuer !

— Allons donc, Lynn Marchmont ! C'est un de vous qui l'a tuée et vous le savez aussi bien que moi !

— Je vous jure que non, David !

— Ce n'est peut-être pas vous, Lynn, mais...

Poirot, que David n'avait pas encore aperçu, signala sa présence par une petite toux. Hunter se retourna vers lui.

— Tiens ! Qu'est-ce que vous faites ici ?

Poirot ne répondit pas à la question.

— Je crois, dit-il, que vous avez tendance à dramatiser. Pourquoi ne pas envisager d'autre hypothèse qu'un assassinat ?

— Vous allez me dire qu'on ne l'a pas tuée ? Vous trouvez cette mort-là naturelle ? Rosaleen souffrait des nerfs, mais elle se portait bien. Elle avait le cœur solide...

— Hier soir, avant de se mettre au lit, elle s'est assise ici et elle a écrit...

Passant devant Poirot, David s'approchait du secrétaire et avançait la main vers la feuille de papier.

— Ne touchez pas ! lança Poirot.

David ne termina pas le geste commencé. Il lut les quelques lignes écrites Rosaleen, puis revint vers Poirot.

— Vous avez l'air d'insinuer qu'elle se serait suicidée. Pourquoi se serait-elle suicidée ?

La réponse vint, non pas de Poirot, mais du commissaire Spence, qui entrait dans la pièce.

— Supposons que Mrs Cloade, mardi dernier, n'était pas à Londres, mais à Warmsley Vale, qu'elle soit allée elle-même voir cet homme qui prétendait la faire chanter et que, dans une minute d'aberration, elle l'ait tué...

David faisait front.

— Mardi soir, ma sœur était à Londres. Je l'ai vue à onze heures, en arrivant à l'appartement.

Spenc répliqua avec calme :

— C'est ce que vous nous avez toujours dit, monsieur Hunter, et je me doute bien que vous n'allez pas changer votre histoire maintenant. Seulement, je ne suis pas obligé de la croire...

XIV

— Il ne veut pas l'admettre, mais je crois qu'il sait que c'est elle qui a tué.

Spence était assis à son bureau, au commissariat de police. Il avait Poirot en face de lui. Il poursuivit :

— Ce qu'il y a de curieux, c'est que c'est surtout son alibi à lui qui nous a retenus et que nous n'avons pratiquement pas pensé à celui de la femme. Pourtant, rien ne prouve qu'elle était à son appartement de Londres, ce soir-là. Hunter l'affirme, c'est tout. Depuis le début, nous savions que deux personnes, et deux seulement, avaient intérêt à faire disparaître Arden : David Hunter et Rosaleen Cloade. Je ne me suis occupé que de lui et, elle je l'ai laissée de côté. Elle n'avait pas l'air méchant, et c'est peut-être pour ça... Il est probable que, si David Hunter l'a expédiée à Londres, c'est parce qu'il s'était rendu compte qu'elle risquait de perdre la tête et parce qu'il savait que, dans un moment d'affolement, elle pouvait devenir dangereuse. Une autre observation assez étrange, c'est que je l'ai vue souvent porter de l'orange. C'était sa couleur favorite et je la revois très bien dans un ensemble orange. Pourtant, quand la vieille Mrs Leadbetter a parlé de cette écharpe orange, pas un instant je n'ai songé à Mrs Gordon ! A mon avis, elle n'était pas entièrement responsable et ce que vous m'avez dit de votre rencontre à l'église semble bien indiquer qu'elle avait des remords et se sentait coupable.

— Je crois, en effet, dit Poirot, qu'elle avait le sentiment de sa culpabilité.

— Elle a dû attaquer Arden dans un moment de fureur, reprit Spence, et je suppose qu'il n'a pas eu la moindre idée de ce qui lui arrivait. Elle paraissait si douce qu'il ne devait pas être sur ses gardes.

Après un silence, il ajouta :

— Une chose que je continue à me demander, c'est qui a acheté Porter ! Vous me dites que ce n'est pas Mrs Jeremy. Je parierais pourtant bien que c'est elle tout de même !

— Non, dit Poirot. Elle m'a certifié que non et je la crois. Sur ce point-là, j'ai été stupide. Car, le renseignement, le major me l'a donné lui-même.

— Il vous l'a donné ?

— Sans s'en rendre compte, bien entendu. Indirectement.

— Alors, qui est-ce ?

— Avant de vous répondre, me permettez-vous de vous poser deux questions ?

— Faites !

— Ces cachets, trouvés sur la table de chevet de Rosaleen, qu'est-ce que c'était exactement ?

— Oh ! des cachets tout à fait inoffensifs. Un calmant à base de bromure. Elle en prenait un tous les soirs. Nous les avons analysés, bien entendu. Rien de suspect.

— Qui les lui avait prescrits ?

— Le docteur Cloade.

— Quand ?

— Il y a quelque temps.

— Et quel est le poison qui l'a tuée ?

— Nous n'avons pas encore le rapport du laboratoire, mais je crois qu'il n'y a pas d'hésitation à avoir. La morphine... Et une jolie dose !

— Elle détenait de la morphine ?

Spence, que cet interrogatoire surprenait un peu, regarda longuement Poirot avant de répondre.

— Non, dit-il enfin. Mais où voulez-vous en venir, monsieur Poirot ?

Poirot fit semblant de ne pas avoir entendu.

— J'en arrive, reprit-il, à ma seconde question.

David Hunter a téléphoné de Londres à Lynn Marchmont, le mardi soir, à 11 h 5. Vous avez fait procéder à des vérifications. Cette communication est la seule qui ait été demandée ce soir-là de l'appartement de Shepherd's Court. A-t-on, d'autre part, demandé l'appartement ?

— Une fois. A dix heures un quart. La communication venait de Warmsley Vale. D'une cabine publique...

Poirot restait pensif.

— Enfin, monsieur Poirot, dit Spence, qu'est-ce que vous voulez démontrer ?

— Cette communication, demanda Poirot, a-t-elle été prise ? Le numéro de Londres a-t-il répondu à l'appel de l'opérateur ?

— Je comprends votre raisonnement, monsieur Poirot. Puisqu'on a répondu, c'est qu'il y avait quelqu'un à l'appartement. Comme ce ne pouvait être David Hunter, qui, à cette heure-là, était dans le train, c'était nécessairement Rosaleen Cloade, laquelle, par conséquent, ne pouvait se trouver au Cerf quelques minutes plus tôt. D'où il suit que la femme à l'écharpe orange n'est pas Rosaleen Cloade et que ce n'est donc pas Rosaleen qui a tué Arden. Mais, alors, pourquoi a-t-elle mis fin à ses jours ?

— La réponse est toute simple, dit Poirot. Elle ne s'est pas suicidée. Rosaleen Cloade a été assassinée.

— Hein ?

— Je répète : Rosaleen Cloade a été assassinée.

— Mais, alors, qui a tué Arden ? Nous avons éliminé David...

— Ce n'est pas David.

— Et maintenant vous voulez éliminer Rosaleen ! Mais fichtre de fichtre, ils étaient les seuls à avoir un mobile !

— Le mobile ! s'écria Poirot. C'est justement ce qui nous a lancés sur de fausses routes ! Si A a des raisons de tuer C et B des raisons de tuer D, on ne comprend pas pourquoi A tuerait D et B tuerait C. C'est bien votre avis ?

— Doucement, monsieur Poirot, doucement ! Si vous voulez que je comprenne, renoncez à l'algèbre !

— C'est que c'est très compliqué ! Parce que, voyez-vous, nous avons ici deux crimes d'un genre très différent et, par voie de conséquence, deux meurtriers d'un genre très différent. Entre le Premier Meurtrier et entre le Second Meurtrier !

— Evitez aussi de citer Shakespeare ! Il ne s'agit pas d'un drame élisabéthain.

— Nous sommes pourtant en plein Shakespeare ! Nos acteurs nous apportent des jalousies, des haines, des sentiments violents et passionnés, qui eussent ravi Shakespeare. Un bel exemple, aussi, de gens qui savent saisir l'occasion aux cheveux. *Il est, dans les affaires de ce monde, un flux qui pris à l'instant propice, nous conduit à la fortune...* » Quelqu'un s'est souvenu de ces vers, commissaire, quelqu'un qui a su tirer parti des événements... et cela, si j'ose dire, à votre nez et à votre barbe !

Spence s'énervait un peu.

— Je vous en prie, monsieur Poirot, parlons sérieusement. Autant que possible, dites exactement ce que vous voulez dire !

— Soit ! Je serai clair. Nous avons, dans cette affaire, trois morts. Nous sommes bien d'accord ? Trois morts ?

— C'est mon opinion. Vous n'allez pas me démontrer qu'il y en a un qui est toujours vivant ?

Poirot sourit.

— Non. Ils sont morts et ils le restent. Mais comment sont-ils morts ? Autrement dit, ces morts, dans quelles catégories les classeriez-vous ?

— Vous savez mon sentiment là-dessus, monsieur Poirot. Un assassinat et deux suicides. Mais d'après vous, le deuxième suicide serait un second meurtre.

— D'après moi, dit Poirot, il y a un assassinat, un accident et un suicide.

— Un accident ? Voulez-vous dire que Mrs Cloade se serait empoisonnée par accident ou que le major Porter se serait tué par accident ?

— Non. L'accident, c'est la mort de Charles Trenton ou, si vous préférez, d'Enoch Arden.

Le commissaire protesta avec énergie.

— Ça, un accident ? Voilà un meurtre commis avec une sauvagerie vraiment exceptionnelle et vous venez me dire que c'est un accident !

Poirot demeurait très calme.

— Comprenez-moi bien ! Quand je parle d'accident, je veux dire qu'il n'y avait pas intention de tuer.

— Alors qu'on lui a pratiquement défoncé le crâne ? Voudriez-vous dire qu'il a été tué par un fou ?

— C'est à peu près ça, à condition de s'entendre sur le sens qu'on donne au mot « fou ».

— Dans cette affaire, monsieur Poirot, il y a une demi-folle, je vous l'accorde. C'est Mrs Lionel Cloade et je suis le premier à dire qu'elle a une araignée dans le plafond. Mais elle n'est pas dangereuse ! Quant à Mrs Jeremy, si quelqu'un a la tête sur ses épaules, c'est bien elle ! Au fait, vous prétendez toujours que ce n'est pas elle qui a acheté le major Porter ?

— Toujours. Ce n'est pas elle et je sais qui c'est, puisque Porter me l'a dit lui-même. Une petite remarque qu'il a faite... et que je me reproche bien de n'avoir pas retenue sur le moment !

— Et c'est aussi un fou qui a tué Rosaleen ?

Spence, son ton le laissait deviner, était de plus en plus sceptique.

— Non, dit Poirot, imperturbable. A ce moment-là de l'histoire, le Premier Meurtrier sort de scène et c'est le Second Meurtrier qui arrive. Il ne ressemble pas du tout à l'autre. Chez lui, aucun emportement, aucune passion. Il tue de sang-froid, de propos délibéré, et celui-là, commissaire, j'espère bien le voir pendu !

Poirot, tout en parlant, s'était levé. Il se dirigeait vers la porte. Spence le rappela.

— Une minute ! Vous n'allez pas me quitter comme ça ! Il me faut des noms !

— Vous les aurez bientôt. Mais pas avant que je n'aie reçu quelque chose que j'attends... Exactement, une lettre qui vient au-delà des mers.

— Allons, Poirot, ne parlez pas comme une cartomancienne ! Vous ne pouvez pas...

Poirot était sorti.

Le détective se rendit directement chez le docteur Cloade. Ce fut Mrs Cloade elle-même qui vint lui ouvrir. Poirot ne perdit pas de temps.

— Madame, lui dit-il, il faut que je vous parle !

— Mais, certainement, monsieur Poirot ! Entrez donc ! Le ménage n'est pas fait, je m'en excuse, mais...

— Je n'ai qu'une question à vous poser, madame. Y a-t-il longtemps que votre mari est morphinomane ?

Tante Kathie fondait en larmes.

— Mon Dieu ! Mon Dieu ! Moi qui espérais tant que personne ne s'en apercevrait jamais ! C'est pendant la guerre que ça a commencé. Il était surmené, il avait des migraines épouvantables... Depuis, il a essayé de diminuer les doses... Il y parvient, mais c'est ce qui le rend quelquefois si irritable...

— S'il avait tant besoin d'argent, c'est un peu à cause de... cette habitude, n'est-ce pas ?

— Je le crois, monsieur Poirot. Il m'a promis d'aller faire une cure de désintoxication...

— Calmez-vous, madame, et répondez encore à une toute petite question ! Le soir où vous avez téléphoné à Lynn Marchmont, vous l'avez appelée de la cabine qui se trouve près de la poste ? Avez-vous rencontré quelqu'un en chemin ?

— Pas âme qui vive, monsieur Poirot !

— Mais je croyais que vous aviez dû faire un peu de monnaie parce que vous n'aviez pas de pièce pour mettre dans l'appareil ?

— C'est vrai ! Je l'oubliais. C'est une femme qui sortait de la cabine...

— A quoi ressemblait-elle, cette femme ?

— Ma foi, elle avait assez l'air d'une actrice, si vous voyez ce que je veux dire ! Elle avait une écharpe orange sur la tête et j'ai eu l'impression de l'avoir déjà rencontrée quelque part. Son visage ne m'était pas inconnu et, pourtant, aujourd'hui encore, je ne saurais dire où et quand j'ai pu la voir...

Poirot remercia Mrs Cloade et se retira.

XV

Lynn sortit de la maison et regarda le ciel. Le soleil était déjà très bas sur l'horizon et la lumière avait quelque chose d'irréel. Il n'y avait pas un souffle de vent. L'orage ne devait pas être loin.

Lynn ne pouvait plus différer. Il lui fallait aller à « Long Willows » pour faire part à Rowley de sa décision. Elle aurait pu lui envoyer un mot, mais elle préférait lui parler. Elle lui devait ça.

Quant à sa résolution, elle était prise et bien prise. Elle se le répétait sans joie. Ce monde qui avait été le sien, elle allait lui dire adieu pour toujours. Elle ne regrettait rien, mais elle ne se faisait pas d'illusions. Avec David, elle mènerait une vie aventureuse qui pouvait fort bien mal tourner. Il l'avait prévenue au téléphone, le soir du meurtre.

Et tout à l'heure encore...

— Mon intention était vraiment de sortir de votre existence, lui avait-il dit. Je me suis aperçu que c'était impossible, que je ne pouvais pas vous laisser derrière moi. Nous irons à Londres et nous nous marierons là-bas. Rowley apprendra la nouvelle quand vous serez déjà Mrs David Hunter.

Là, elle avait refusé. Elle dirait tout elle-même à Rowley de vive voix et c'était ce qu'elle allait faire aujourd'hui même.

Les premières gouttes de pluie tombaient comme elle arrivait à la ferme. Rowley l'accueillit d'un air surpris.

— Pourquoi ne m'as-tu pas téléphoné que tu venais ? J'aurais pu être sorti.

— J'ai à te parler, Rowley.

Il la fit entrer dans la grande cuisine.

— J'ai pensé, dit-il, à quelques aménagements qui te rendront la tâche plus facile. Pour commencer, cet évier...

Elle l'interrompit.

— Ne fais pas de projets, Rowley !

— Pourquoi ? Parce que la petite en question n'est pas encore enterrée ? Tu vas me trouver sans cœur, mais je ne la plains pas trop. Elle ne devait pas être heureuse. Peut-être parce qu'elle ne s'était jamais complètement remise de ce bombardement... Quoi qu'il en soit, elle est morte... et ça fait tout de même une grosse différence pour moi, ou plutôt pour nous.

Lynn prit une profonde inspiration et dit :

— Non, Rowley, ne dis pas « pour nous » !

Il la regarda, stupéfait. Avec effort, mais d'un ton ferme, elle ajouta :

— Je vais épouser David Hunter.

Elle n'aurait su dire quelle réaction elle attendait de Rowley, mais l'attitude du jeune homme l'étonna. Il ne protesta pas. Il resta silencieux une minute ou deux, puis, de son pas tranquille, traversa la pièce pour aller tisonner le feu.

— Voyons ! dit-il ensuite d'une voix posée. Entendons-nous bien ! Tu épouses David Hunter. Pourquoi ?

— Parce que je l'aime.

— C'est moi que tu aimes.

— Non. Quand je suis partie, je t'aimais, c'est sûr. Mais il y a quatre ans de ça et... j'ai changé. Nous avons changé tous les deux.

— Erreur, dit-il sans hausser le ton. Moi, je n'ai pas changé.

— Tu n'as peut-être pas changé beaucoup.

— Je n'ai pas changé du tout, n'en ayant pas eu l'occasion. Je suis resté ici à m'occuper de mes champs. Je n'ai pas sauté en parachute, je n'ai pas rampé de nuit jusqu'aux lignes ennemies pour saisir un homme à bras-le-corps et lui enfoncer un poignard dans la gorge...

— Rowley !

— Je n'ai pas fait la guerre, je ne me suis pas battu et, la guerre, je ne sais pas ce que c'est ! J'ai mené une petite vie tranquille à la ferme. Un veinard, quoi ! Mais, évidemment, un mari dont tu rougirais !

— Non, Rowley ! Ce n'est pas ça !

— Je te garantis bien que si !

Il était tout près d'elle maintenant. Son visage était congestionné et les veines de ses tempes étaient apparentes. Il poursuivit, avec une sorte de froide colère :

— Ne t'énerve pas, Lynn ! C'est moi qui parle, pour changer, et tu m'écouteras ! Ce à quoi j'avais droit, on ne me l'a pas donné. On m'a refusé la chance de me battre pour mon pays. J'ai vu mon meilleur ami partir et se faire tuer. J'ai vu ma fiancée — *ma fiancée* — revêtir l'uniforme et s'en aller au loin. Moi, j'étais l'homme-qu'elle-laissait-derrière-elle. Ma vie a été un enfer. Tu t'en rends compte ? Un enfer !... Là-dessus, tu reviens... et c'est un autre enfer, pis encore que le précédent ! Je l'ai compris tout de suite, ce soir où, chez Tante Kathie, je t'ai vue qui regardais David. Mais il ne t'aura pas, tu m'entends ? Tu n'es pas pour moi, soit ! Mais il ne t'aura pas, lui non plus ! Qu'est-ce que tu crois donc que je suis ?

— Rowley !

Elle s'était levée. Effrayée, elle songeait à fuir. Elle n'avait pas devant elle un homme, mais une brute sauvage. Il poursuivait :

— J'ai déjà deux morts sur la conscience, Lynn ! Crois-tu que je reculerai devant un troisième !

— Rowley !

Les mains de Rowley se fermaient sur la gorge de la jeune femme.

— Je n'en puis plus, Lynn !

Les mains serraient. Lynn suffoquait. Elle vit les murs tourner autour d'elle, puis tout devint noir...

Et, soudain, quelqu'un toussa. Une petite toux un peu trop sèche, qui ne correspondait nullement à un besoin.

Rowleyy relâcha son étreinte et resta debout, les bras ballants. Lynn s'écroula sur le sol carrelé. Hercule Poirot était sur le seuil.

— J'espère, dit-il, que je ne dérange pas ? J'ai frappé, mais on n'a pas répondu... Vous étiez occupé, probablement ?

Rowley regardait le petit homme. Un instant, il sembla qu'il allait se jeter sur lui. Finalement, il enfonça ses mains dans ses poches et dit, d'une voix qui sonnait étrangement :

— Vous êtes arrivé juste à temps !

XVI

Dans une atmosphère de drame, Hercule Poirot apportait un élément de détente.

— Cette eau, demanda-t-il, elle bout ?

Machinalement, Rowley se tourna vers le poêle.

— Oui, dit-il.

— Alors, reprit Poirot, vous pourriez peut-être nous faire un peu de café. Ou du thé, si vous préférez...

Rowley obéit, avec des gestes d'automate. Poirot, cependant, tirait de sa poche un vaste mouchoir, le trempait dans une cuvette d'eau, le tordait et venait l'apporter à Lynn, qui commençait à reprendre ses esprits.

— Mettez-vous ça autour de la gorge, mademoiselle ! La douleur disparaîtra tout de suite, vous verrez !

Lynn le remercia d'une voix rauque. Elle avait l'impression de vivre un cauchemar. Son cou lui faisait très mal. Poirot l'aida à se remettre debout et à s'installer sur une chaise.

— Alors, dit-il, ce café, il vient ?

— Il est prêt.

Rowley apportait la cafetière à Poirot, qui emplit lui-même une tasse pour l'offrir à Lynn.

— Mais, dit Rowley, qui le regardait faire avec une certaine stupeur, vous rendez-vous compte que j'ai essayé d'étrangler Lynn ?

Poirot fit doucement claquer sa langue, sa mimique laissant clairement comprendre qu'il déplorait le manque de tact de Rowley. Celui-ci, cependant, insistait :

— J'ai déjà deux morts à mon actif. J'en aurais eu trois si vous n'étiez arrivé.

— Buvons notre café, dit Poirot, et ne parlons

pas de morts. Je suis certain que c'est un sujet de conversation que mademoiselle Lynn ne goûte pas.

Rowley, abasourdi, jugea qu'il était préférable de se taire. Lynn, à petites gorgées, buvait son café.

— Ça va mieux ? demanda Poirot.

Elle répondit d'un signe de tête.

— Alors, dit Poirot, nous pouvons parler. Je veux dire : « parler sérieusement ».

— Qu'est-ce que vous savez exactement ? Savez-vous que c'est moi qui ai tué Charles Trenton ?

Poirot n'eut pas le temps de répondre à la question de Rowley. La porte s'ouvrait brusquement, livrant passage à David Hunter.

— Lynn, vous ne m'aviez pas dit...

David s'interrompit net. Ses yeux allaient de l'un à l'autre.

— Qu'est-ce que vous avez autour du cou ?

Poirot gardait tout son calme. Il se tourna vers Rowley.

— Vous avez une tasse pour Mr Hunter ?

Poirot dominait la situation. Pour David, il ajouta :

— Prenez un siège, buvez tranquillement votre café et ouvrez vos oreilles ! Hercule Poirot va vous faire à tous trois une petite conférence sur le crime.

Lynn était de plus en plus convaincue qu'elle faisait quelque rêve fantastique, que cette scène était un produit de son imagination et qu'elle découvrirait bientôt que tout cela n'était pas vrai, qu'elle ne se trouvait pas, dans la cuisine de Rowley, assise entre l'homme qui avait voulu la tuer et celui qu'elle aimait, écoutant docilement ce petit homme à grosse moustache qui semblait vouloir leur imposer à tous sa volonté.

Hercule Poirot, cependant, commençait son

exposé. On eût juré d'un professeur faisant son cours.

— Comment l'homme devient-il un criminel ? La question est d'importance. Est-il nécessaire qu'il y ait chez lui des prédispositions particulières ? Tout le monde est-il capable de commettre un crime... ou seulement un crime déterminé ? Et que se passe-t-il lorsque des gens, qui pendant des années n'ont eu aucun contact avec la vie réelle, se trouvent brutalement confrontés avec elle ? Telles sont les questions que je me pose depuis que je m'intéresse aux événements de Warmsley Vale.

Après un court silence, il poursuivit :

— C'est aux Cloade, évidemment, que je viens de faire allusion. Il n'y a ici qu'un seul membre de la famille et je puis donc parler très librement. Dès le début, le problème m'a passionné. Cette famille, les circonstances avaient voulu qu'elle n'eût jamais à compter sur ses propres forces. Elle était composée de gens qui vivaient de leur vie personnelle, exerçaient même un métier, mais demeuraient volontairement dans l'ombre protectrice d'un des leurs. En fait chacun d'eux avait peur d'être lui-même. Tous vivaient dans une sécurité artificielle, tous dépendaient de cette force qu'ils sentaient derrière eux : Gordon Cloade.

« Ce que vaut l'homme, on ne le découvre que lorsque l'épreuve arrive. Pour la plupart d'entre nous, elle vient tôt. Les nécessités de l'existence nous obligent à réagir, à affronter le danger et à apprendre à nous battre. On le fait comme on peut, loyalement ou non, mais on le fait.

« Les Cloade, eux, ne s'avisèrent de leur faiblesse que trop tard, alors qu'ils se trouvaient privés de cet appui solide sur lequel ils avaient toujours compté. Rien ne les avait préparés aux difficultés auxquelles il leur fallait faire face. Ils ne virent qu'une chose : que Rosaleen Cloade disparût et ils retrouveraient cette sécurité qu'ils avaient perdue. Pour moi, tous les Cloade, un jour ou l'autre, se sont dit : « Si seulement Rosaleen pouvait mourir ! »

Lynn eut un petit frisson. Poirot continuait :

— Que tous aient songé à la mort de Rosaleen, voilà qui, pour moi, ne fait aucun doute. L'idée du meurtre les a-t-elle effleurés et l'un d'eux a-t-il envisagé de passer à l'action...

Il ne finit pas sa phrase et, se tournant vers Rowley, dit, du ton le plus naturel :

— Avez-vous pensé à la tuer ?

— Oui, répondit Rowley. Le jour où elle est venue à la ferme. Nous étions seuls et la chose n'aurait pas présenté de difficultés. Elle était là, jolie et si confiante que j'en étais presque ému. Elle n'avait pas peur. Elle aurait tremblé si elle avait su à quoi je pensais à ce moment-là, et tout spécialement à l'instant où je lui ai retiré son briquet des mains pour lui offrir du feu moi-même...

— Ce briquet, dit Poirot, j'imagine qu'elle l'a oublié chez vous ce jour-là et que c'est comme cela qu'il est venu en votre possession ?

Rowley l'admit d'un mouvement de tête et reprit :

— Je ne sais pourquoi je ne l'ai pas tuée. J'y ai songé et il eût été facile de faire croire à un accident...

— La réponse, déclara Poirot, c'est que ce crime n'était pas de ceux que vous étiez capable de commettre. L'homme que vous avez tué, vous l'avez tué dans un moment de fureur... et vous n'aviez nullement envie de tuer. Je me trompe ?

— Grands dieux, non ! Je lui ai donné un coup de poing à la mâchoire, il est tombé en arrière et sa tête a heurté le marbre de la cheminée. Quand j'ai vu qu'il était mort, je ne pouvais pas le croire !... Mais comment savez-vous ça ?

— Je crois, répondit Poirot, que j'ai assez bien

reconstitué l'emploi de votre temps et vos allées et venues. Vous corrigerez mes erreurs, voulez-vous ? Vous vous êtes tout d'abord rendu au Cerf, où Béatrice Lippincott vous a mis au courant de la conversation qu'elle avait surprise. Là-dessus, comme vous l'avez dit, vous êtes allé chez votre oncle Jeremy Cloade, dans l'intention de lui demander ce qu'en sa qualité de juriste il pensait de la situation. Mais, là, il s'est passé quelque chose qui vous a dissuadé de lui demander conseil. Je ne suis pas loin de croire que vous avez remarqué une photographie...

Rowley approuva de la tête.

— Oui, dit-il, elle était sur le bureau. Brusquement la ressemblance m'a frappé et j'ai compris, du même coup, pourquoi j'avais eu l'impression d'avoir déjà rencontré ce type quelque part. J'en conclus que Jeremy et sa femme avaient fait venir quelque parent éloigné de France, pour monter quelque machination qui leur permettrait de soutirer de l'argent à Rosaleen. Furieux, je retournai au Cerf, montai directement au 5 et accusai carrément l'individu d'être un imposteur. Ma colère l'amusait. Il me dit que tout cela était parfaitement exact et que David Hunter devait, le soir même, lui apporter de l'argent. Ainsi, ma propre famille avait agi en dehors de moi et me faisait jouer un rôle de dupe ! Je ne me dominai plus. Je traitai le type de « salaud » et le frappai. Il tomba, comme je vous l'ai déjà dit.

Il y eut un silence.

— Ensuite ? demanda Poirot.

— Ensuite, reprit Rowley, le briquet est tombé de ma poche. Je l'avais sur moi, me proposant de le rendre à Rosaleen quand je la rencontrerais. A ce moment-là, je remarquai qu'il portait, non pas les initiales de Rosaleen, mais celles de David Hunter. Depuis le jour où j'avais fait la connaissance de

Hunter chez tante Kathie, je m'étais rendu compte... Enfin, laissons ça de côté ! Toujours est-il qu'il y avait des moments où j'avais cru devenir fou... Et, fou, il n'est pas sûr, après tout que je ne le sois pas. Il y a d'abord eu le départ de Johnny, puis la guerre, Lynn... et, pour finir, ce type du Cerf. Je l'ai amené au milieu de la chambre, je l'ai retourné sur le ventre et, avec la paire de pincettes, j'ai... Mais à quoi bon entrer dans les détails ? J'ai effacé les empreintes digitales, j'ai soigneusement nettoyé le marbre de la cheminée, puis j'ai cassé sa montre-bracelet, après avoir mis les aiguilles à neuf heures dix. Après quoi, je suis parti, emportant ses papiers d'identité et sa carte d'alimentation. Il était inutile qu'on sût qui il était. Je me sentais tranquille : quand Béatrice aurait raconté son histoire, c'était nécessairement sur David que porteraient les soupçons.

— Merci toujours ! lança David.

— Peu après, dit Poirot, vous êtes venu me trouver et vous m'avez donné une bien jolie petite comédie. Vous m'avez demandé de produire quelque personne qui pût témoigner qu'elle avait connu Underhay. Il ne m'a fallu qu'un instant pour comprendre que Jeremy Cloade avait parlé à toute la famille des propos tenus par le major Porter et que, depuis près de deux ans, tous les Cloade nourrissaient le secret espoir de voir un jour reparaître Underhay. Ce désir influençait très certainement Mrs Lionel Cloade, sans d'ailleurs qu'elle s'en doutât, lorsque, par les tables tournantes, les planchettes « *ouija* » ou autrement, elle entrait en communication avec les Esprits. Je jouai donc les magiciens et tirai une certaine satisfaction de votre étonnement lorsque je vous présentai le major. En fait, je me suis comporté ce jour-là comme un parfait imbécile. Plus spécialement, à l'instant précis où, chez lui, le major vous a dit qu'il savait que vous ne fumiez pas. Comment le savait-il, puisqu'il était censé n'avoir fait votre connaissance que quelques minutes plus tôt ? J'ai été stupide, je le répète. J'aurais dû, à ce moment-là, deviner la vérité et comprendre que, le major et vous, vous étiez d'accord depuis longtemps et que j'étais simplement le brave crétin qui amènerait à Warmsley Vale l'honnête soldat qui identifierait le corps ! Heureusement, je n'ai pas joué les imbéciles jusqu'au bout. Vous ne trouvez pas ?

Sans attendre la réponse, il poursuivit :

— Les choses ont commencé à se gâter pour vous quand Porter a voulu revenir sur vos conventions. Il n'avait aucune envie d'être entendu sous serment dans une affaire de meurtre... et il se trouvait justement que les charges contre David Hunter reposaient surtout sur l'identité du défunt. Donc, le major vous fait savoir qu'il ne faut plus compter sur lui ?

— C'est exactement ce qu'il m'a écrit, dit Rowley d'une voix sourde. Le pauvre idiot ne se rendait donc pas compte qu'il était allé trop loin pour reculer ? Je suis allé à Londres dans l'espoir de lui faire entendre raison, mais je suis arrivé trop tard. Il m'avait dit qu'il préférait se donner la mort plutôt que de faire un faux témoignage dans une affaire criminelle. Sa porte d'entrée était ouverte. Je montai et le trouvai chez lui : il était mort. Mes sentiments du moment, je ne saurais vous les expliquer ! J'avais l'impression d'avoir commis un second crime. Si seulement il avait attendu ! Si seulement il m'avait laissé le temps de lui parler !

— Vous avez pris le billet qu'il avait écrit avant de se tuer ?

— Oui. J'étais dans l'engrenage, je n'avais plus le choix. Dans ce mot, destiné au *coroner*, il disait qu'à l'enquête il avait menti et que le mort n'était pas Robert Underhay. Je pris le billet et le détruisis. Il me semblait vivre un cauchemar. J'avais commencé, j'étais obligé de continuer. Je voulais de l'argent pour avoir Lynn... et je voulais voir Hunter au bout d'une corde ! Par la suite, l'accusation, qui au début semblait solide, s'est comme effritée. Il était maintenant question d'une femme, qui serait venue voir Arden après mon départ. Je ne comprenais plus et, aujourd'hui encore, je ne comprends pas. Comment une femme serait-elle venue s'entretenir avec Arden, puisqu'il était déjà mort ?

— Il n'y a pas de femme dans l'affaire ! dit Poirot.

Lynn intervint :

— Mais, monsieur Poirot, cette femme, la vieille dame l'a vue, elle lui a parlé...

— Croyez-vous ? répliqua Poirot. Cette vieille dame, qu'a-t-elle vu et qu'a-t-elle entendu ? Elle a vu quelqu'un en pantalon, avec une veste de tweed et, sur la tête, une écharpe orange. Dans la pièce assez mal éclairée, elle a entrevu un visage très maquillé, avec des lèvres fort rouges. Et qu'a-t-elle entendu ? En regagnant sa chambre, elle a de nouveau aperçu cette... fille qu'elle venait de voir, elle l'a vue entrer au 5 et elle a entendu une voix d'homme qui disait : « Ah ! dehors, ma fille, ça va comme ça ! »... Je suis au regret de le dire, mais, cette femme qu'elle a vue, c'était un homme.

Se tournant vers Hunter, il ajouta :

— L'idée, monsieur Hunter, était fort ingénieuse.

Hunter sursauta.

— Que voulez-vous dire ?

— Je vais vous l'expliquer, répondit Poirot de son ton tranquille. Vous arrivez au Cerf vers neuf heures. Vous ne venez pas pour tuer, mais pour payer. Que trouvez-vous ? Un homme assassiné. Le maître chanteur auquel vous apportiez de l'argent a été tué et le meurtre semble avoir été commis avec une véritable sauvagerie. Vous avez l'esprit prompt, monsieur Hunter, et il ne vous faut pas longtemps pour comprendre que vous vous êtes mis dans une situation dangereuse. Par bonheur, personne ne vous a vu entrer au Cerf. Ce que vous avez de mieux à faire, vous le comprenez tout de suite, c'est donc de vous retirer le plus rapidement possible et de rentrer à Londres par le train de 9 h 20, ce qui vous permettra de jurer que vous n'êtes pas allé à Warmsley Vale. Pour être à la gare à temps, il vous faut couper à travers champs. En chemin, vous rencontrez Miss Marchmont et, à peu près au même instant, vous vous rendez compte que vous ne pouvez pas avoir votre train : en effet, vous apercevez sa fumée dans la vallée. Cette fumée, Miss Lynn l'a vue, elle aussi, encore que vous ne le sachiez pas, mais elle n'a pas réfléchi qu'elle indiquait que vous ne pourriez pas être à la gare à temps pour sauter dans le train de Londres et, quand vous lui avez dit qu'il était neuf heures un quart, elle vous a cru sans hésitation. Sur quoi, pour qu'elle soit bien sûre que vous êtes rentré à Londres, vous imaginez quelque chose de très ingénieux, qui fait partie du plan tout neuf que vous venez d'inventer pour écarter de vous les soupçons. Vous quittez Miss Marchmont, vous allez à « Furrowbank », dont vous avez la clé, vous prenez une écharpe appartenant à votre sœur et, devant sa table de toilette, vous vous maquillez en femme extrêmement voyante. Cela fait, vous retournez au Cerf, vous manœuvrez pour vous faire remarquer par une vieille dame, qui passe toutes ses soirées dans le salon réservé aux pensionnaires de l'hôtel et dont les manies sont de notoriété publique, puis vous allez vous cacher au 5. Quand la vieille dame monte se coucher, vous sortez dans le couloir et, quand vous l'apercevez, vous battez en retraite, rentrez au 5 et dites, à très grosse voix : « Ah ! dehors, ma fille ! Ça va comme ça ! »

Poirot se tut quelques secondes, puis ajouta :

— Du très beau travail, je dois le dire !

Tournée vers David, Lynn s'écria :

— Mais ce n'est pas vrai ! David, dites-lui que ce n'est pas vrai !

David Hunter souriait.

— Je ne suis pas mauvais du tout comme acteur de travesti. Il fallait voir la tête de la vieille sorcière quand j'ai fait mine de vouloir pénétrer dans son salon !

Lynn ne semblait pas convaincue encore.

— Mais, dit-elle, si vous aviez encore été ici à dix heures, vous n'auriez pas pu me téléphoner de Londres, une heure plus tard !

David désigna Poirot d'un geste de la main.

— Toutes les explications sont données par M. Poirot, l'homme qui sait tout. Comment ai-je opéré ?

— De la façon la plus simple, répondit le détective. D'une cabine publique, vous avez appelé votre sœur à son appartement de Londres et vous lui avez donné des instructions très précises. A onze heures quatre exactement, elle a de Londres, demandé le 34 à Warmsley Vale. Miss Marchmont est venue à l'appareil. Du central, on lui a dit : « On vous appelle de Londres », puis elle a, j'en suis sûr, entendu l'opérateur qui disait : « Allez-y, Londres, parlez ! » ou quelque chose d'approchant. Rosaleen, à ce moment-là, a posé le récepteur. Au même instant, de la cabine publique où vous vous trouviez, vous demandiez à votre tour le 34, vous l'obteniez, vous pressiez le bouton A et, déguisant légèrement votre voix, j'imagine, vous disiez : « Londres vous demande. » Une minute ou deux s'étaient peut-être écoulées entre les deux communications, mais le téléphone ne fonctionne pas toujours parfaitement par le temps qui court et Miss Marchmont devait simplement se dire que le circuit un instant interrompu, venait d'être rétabli.

— Ainsi, David, c'est pour cela que vous m'avez téléphoné ?

Lynn avait posé la question très calmement, mais d'une voix étrange. David se tourna vers Poirot.

— Aucun doute, dit-il, vous savez tout ! J'étais complètement désemparé. Après avoir téléphoné à Lynn, j'ai fait une dizaine de kilomètres à pied pour me rendre à Dasleby, où j'ai pris le premier train du matin, celui qui apporte le lait à Londres. Je suis arrivé à l'appartement juste à temps pour défaire mon lit et prendre le petit déjeuner avec Rosaleen. Pas un instant il ne m'est venu à l'idée qu'elle serait soupçonnée, elle, et il va de soi que j'aurais été bien incapable de dire qui avait tué le bonhomme. Pourquoi aurait-on voulu le supprimer ? Je ne voyais de mobiles a personne, sinon à Rosaleen et à moi !

— Effectivement, reprit Poirot, ce fut là, pour moi, la grosse difficulté. Votre sœur et vous, vous aviez une raison de tuer Arden. Les Cloade, eux, avaient une raison de tuer Rosaleen.

— Et elle a bien fini par être tuée ! s'écria David. Vous n'allez pas me dire qu'elle s'est suicidée ?

— Certainement pas ! Le crime a été prémédité et soigneusement calculé. On a substitué un cachet de morphine à un des cachets qu'elle prenait pour dormir.

David fronça le sourcil.

— Un cachet de morphine ?... Voudriez-vous dire que le docteur Lionel Cloade...

— Oh ! pas du tout !... Pratiquement, la substitution aurait pu être opérée par n'importe quel Cloade. Tante Kathie pouvait la faire avant même que la boîte de cachets n'eût quitté la maison du docteur. Rowley s'est rendu à « Furrowbank » pour offrir du beurre et des œufs à Rosaleen. Mrs Marchmont lui a rendu visite, de même que Mrs Jeremy Cloade et Lynn Marchmont. Et tous avaient un mobile !

— Tous, sauf Lynn ! s'écria David.

— Nous avions tous un mobile ! déclara Lynn d'une voix ferme. Vous teniez à me l'entendre dire ?

Poirot poursuivait :

— Ce qui rendait l'affaire délicate, c'était donc ceci : David Hunter et Rosaleen Cloade avaient une raison de tuer Arden, mais ce n'étaient pas eux qui l'avaient tué ; les Cloade avaient tous une raison de tuer Rosaleen... et, pourtant, ce n'était pas l'un d'eux qui l'avait tuée ! Dans cette affaire, comme je l'ai dit très tôt, rien ne se présentait de façon normale. De fait, Rosaleen Cloade a été assassinée par la personne qui avait le plus à perdre par sa mort...

Regardant David, il ajouta :

— Par vous, monsieur Hunter.

— Par moi ? Pourquoi diable aurais-je tué ma propre sœur ?

— Il faut dire, monsieur Hunter, que ce n'était pas votre sœur. Rosaleen Cloade est morte au cours d'un bombardement de Londres, il y a près de deux ans. La femme que vous avez tuée était une jeune bonne irlandaise, Eileen Corrigan, dont la photographie m'est arrivée d'Irlande ce matin.

Tout en parlant, Poirot avait tiré le document de sa poche. David, d'un geste vif, le lui arrachait des mains, puis courait vers la porte, qu'il refermait brusquement sur lui. Rowley, avec un cri de colère, se lançait à sa poursuite.

Poirot et Lynn restèrent seuls.

— Tout ça ne peut pas être vrai ! murmura la jeune femme.

— Tout cela est vrai, répliqua Poirot. Vous avez entrevu une partie de la vérité le jour où l'idée vous est venue que David Hunter n'était pas le frère de Rosaleen. Rosaleen, celle que vous avez connue était une catholique — la femme d'Underhay appartenait à la religion réformée — entièrement dévouée à David, mais que de perpétuels remords tourmentaient. Imaginez les sentiments de David après ce terrible bombardement dans lequel sa sœur vient de périr. Gordon Cloade est mourant. Lui, il survit, mais il va lui falloir renoncer à la vie facile que lui a assurée le mariage de Rosaleen. A ce moment-là, il aperçoit, épargnée elle aussi — et, avec lui, seule à s'en tirer — cette petite bonne qui est sensiblement de l'âge de Rosaleen, qui est vraisemblablement sa maîtresse et de qui il sait pouvoir obtenir ce qu'il veut. Sa décision est prise immédiatement. Il déclare aux sauveteurs qu'elle est sa sœur et, quand elle revient à elle, il se trouve à son chevet. Il lui expose le plan, elle finit par se laisser convaincre, elle accepte le rôle qu'il va désormais lui faire jouer.

« La première lettre du maître chanteur leur apparaît comme une catastrophe. Pour moi, dès le début, je me suis posé la question : « Hunter est-il de ces hommes qui cèdent si facilement à la menace d'un coquin ? » Il semblait bien, d'autre part, qu'il ne savait trop s'il avait ou non affaire à Underhay, ce qui était assez surprenant, puisque Rosaleen Cloade aurait pu tout de suite lui dire si cet homme était ou non son mari. Puisqu'elle peut lui donner le renseignement, pourquoi expédie-t-il Rosaleen à Londres, avant même qu'elle n'ait pu entrevoir le personnage ? Une seule explication possible : parce qu'il ne peut pas risquer de laisser voir Rosaleen à cet homme qui, s'il est Underhay, découvrira immédiatement l'imposture. Hunter estime que ce qu'il y a de mieux à faire, c'est de payer pour acheter le silence du maître chanteur, puis de rentrer aux Etats-Unis.

« Là-dessus, Arden est assassiné et le maor Porter identifie le cadavre comme étant celui de Robert Underhay. David Hunter, de sa vie entière, ne s'est trouvé en posture si critique ! Pour comble de malheur, la fille commence à devenir peu sûre. Sa conscience ne lui laisse pas de repos, elle a des crises d'abattement, un jour ou l'autre elle dira tout... et les tribunaux auront à s'occuper de Hunter. Sur le plan sentimental aussi, elle l'ennuie : il a découvert qu'il était amoureux de vous. Il décide donc de prendre ses précautions : Eileen mourra. Il glisse un cachet de morphine dans les somnifères que le docteur Cloade a prescrits à la jeune femme, il insiste pour qu'elle n'oublie pas, chaque soir, de prendre son cachet et fait en sorte qu'elle s'imagine avoir tout à redouter des Cloade. On ne le soupçonnera pas, puisque la mort de sa sœur le privera d'une fortune qui va revenir aux Cloade. C'était son plus bel atout : l'absence de mobile. Je vous l'ai dit, d'un bout à l'autre, cette affaire n'avait pas le sens commun...

Poirot s'interrompit. Le commissaire Spence entrait.

— Alors ? dit Poirot.
— Tout va bien. Nous l'avons...
Très bas, Lynn demanda :
— Il a... parlé ?
— Il s'est contenté de dire qu'il en avait eu pour son argent. Puis, comme je lui donnais connaissance, comme le veut la loi, des motifs de son arrestation, il m'a coupé la parole pour me dire : « N'insistez pas, mon vieux, j'ai compris ! Quand je joue, je sais quand j'ai perdu ! »

Des vers chantaient dans la mémoire de Poirot :

Il est, dans les affaires de ce monde, un flux
Qui, pris à l'instant propice, nous conduit à la
fortune...

— Oui, murmura-t-il pour lui-même. Seulement, il faut aussi compter avec le reflux...

XVII

Un dimanche matin, Rowley, répondant à quelques coups frappés à sa porte, trouva Lynn sur son seuil. Il recula d'un pas.

— Lynn !
— Puis-je entrer, Rowley ?

Il s'effaça et, derrière elle, gagna la cuisine. Elle venait de la messe et portait un chapeau. Elle le retira, le posa sur le bord de la fenêtre, et dit :

— Tu vois, Rowley, je suis revenue à la maison.
— Que veux-tu dire ?
— Ce que je dis. Je suis chez moi... ici, avec toi. Je suis une idiote de ne pas m'en être aperçue plus tôt, de ne pas l'avoir compris dès mon retour. Je te le répète, Rowley, je suis revenue à la maison. Chez nous !
— Tu ne te rends pas compte de ce que tu dis. Lynn ! J'ai... essayé de te tuer !

Lynn fit la grimace et se passa la main sur la gorge.

— Je le sais, Rowley. A dire vrai, c'est exactement alors que je me figurais que tu m'avais tuée que j'ai commencé à pressentir que je m'étais conduite comme la dernière des imbéciles !
— Je ne comprends pas.
— Ne sois pas idiot à ton tour, Rowley ! J'ai toujours eu envie de devenir ta femme. Tu le sais ? Bon. Je reviens, je te revois et je te trouve si calme, si paisible que je me dis que la vie avec toi manquera d'imprévu et de gaieté. Arrive David, dont je

m'éprends, parce qu'il a l'air d'un risque-tout et, s'il faut être tout à fait sincère, parce qu'il connaissait bien les femmes. Tout ça avait l'air solide. Mais, quand tu m'as prise à la gorge, en disant que, si je n'étais pas pour toi, je ne serais pour personne d'autre, je me suis brusquement rendu compte que j'étais vraiment la femme qui devait être la tienne, découverte qui serait arrivée un peu tard si, par chance, Hercule Poirot n'était intervenu à temps pour sauver la situation. Veux-tu m'épouser, Rowley ?

Il secoua la tête.

— C'est impossible, Lynn ! J'ai tué deux hommes.

Elle haussa les épaules.

— Des histoires ! Ne fais pas ta tête de cochon, veux-tu, et ne mélodramatisons pas ! Tu te bats avec un type, tu le frappes, il tombe et se fend le crâne sur un coin de cheminée. Tu l'as tué, mais tu n'es pas un assassin pour autant. Pas même aux yeux de la loi...

— C'est tout de même « avoir donné la mort sans intention de la donner ». C'est puni de prison.

— Je ne dis pas le contraire. Alors, je serai là quand tu sortiras...

— Et puis il y a Porter. Moralement, je suis responsable de sa mort.

— Pas le moins du monde ! Il était assez grand pour savoir ce qu'il faisait et, quand tu es venu lui faire la proposition que tu sais, il pouvait parfaitement te mettre dehors. Tu lui offrais d'être malhonnête, il a accepté. Par la suite, il a regretté et a pris la plus rapide des portes de sortie. C'était un faible, voilà tout !

Rowley s'entêtait.

— Tu ne me convaincras pas, Lynn ! Tu ne peux pas épouser un type qui va entrer en prison...

— Je n'ai pas l'impression qu'il soit question de

te mettre en prison. Si ça devait être, ce serait déjà fait !

— Mais, sapristi, j'ai assommé un homme qui en est mort, j'ai machiné avec Porter une combinaison...

— Je sais, Rowley. Mais pourquoi supposes-tu que la police sait tout cela ou qu'elle le saura jamais ?

— Ce Poirot est au courant de tout !

— Poirot et la police, ça fait deux ! Tu veux savoir ce qu'elle croit, la police ? Je vais te le dire. Maintenant qu'elle sait que David était à Warmsley Vale ce soir-là, elle croit que David Hunter a tué Arden, comme il a tué Rosaleen. On ne le poursuivra pas de ce chef parce que ce n'est pas nécessaire... et aussi, je pense, parce qu'on ne peut être arrêté deux fois sous la même inculpation. Le principal, c'est que la police pense qu'elle connaît le coupable et que, par conséquent, elle n'en cherche pas un autre !

— Mais ce Poirot...

— Il a dit au commissaire qu'Arden avait été tué par accident. Spence a éclaté de rire. Poirot n'a pas insisté et je suis persuadée que c'est un sujet sur lequel il ne reviendra plus. Au fond, c'est un très chic type...

— Non, Lynn, je ne veux pas te laisser risquer ça ! Sans parler du reste, est-ce que je puis être sûr de moi ? Autrement dit, avec moi serais-tu en sécurité ?

— Peut-être que non... Mais, vois-tu, Rowley, je t'aime... et tu sais bien que je n'ai jamais tellement tenu à me sentir en sécurité !

FIN

Les Reines du Crime

Nouvelles venues ou spécialistes incontestées, les grandes dames du roman policier dans leurs meilleures œuvres.

BLACKMON Anita
1912 On assassine au Richelieu
1956 On assassine au Mont-Lebeau
   (avril 89)
BRAND Christianna
1877 Narcose
1920 Vous perdez la tête
CANNAN Joanna
1820 Elle nous empoisonne
CHRISTIE Agatha
(86 titres parus, voir catalogue général)
DISNEY Dorothy C.
1937 Carnaval
DISNEY D.C. & PERRY G.
1961 Des orchidées pour Jenny *(juin 89)*
EBERHARDT Mignon
1825 Ouragan
KALLEN Lucille
1816 Greenfield connaît la musique
1836 Quand la souris n'est pas là...
LEE Gypsy Rose
1893 Mort aux femmes nues
1918 Madame mère et le macchabée
LE FAUCONNIER Janine
1639 Le grain de sable
1915 Faculté de meurtres
   (Prix du Festival de Cognac 1988)
LONG Manning
1831 On a tué mon amant
1844 L'ai-je bien descendue ?
McCLOY Helen
1841 En scène pour la mort
1855 La vérité qui tue
McGERR Pat
1903 Ta tante a tué .
McMULLEN Mary
1921 Un corps étranger
MILLAR Margaret
 723 Son dernier rôle
1845 La femme de sa mort
1896 Un air qui tue
1909 Mortellement vôtre
1928 Le territoire des monstres
MOYES Patricia
1824 La dernière marche
1856 Qui a peur de Simon Warwick ?
1865 La mort en six lettres
1914 Thé, cyanure et sympathie
NATSUKI Shizuko
1861 Meurtre au mont Fuji
NIELSEN Helen
1873 Pas de fleurs d'oranger
RENDELL Ruth
1451 Qui a tué Charlie Hatton ?
1501 Fantasmes
1521 Le pasteur détective
1532 L'analphabète
1582 Ces choses-là ne se font pas
1616 Reviens-moi
1629 La banque ferme à midi
1649 Le lac des ténèbres
1688 Le maître de la lande
1806 Son âme au diable
1815 Morts croisées
1834 Une fille dans un caveau
1851 Et tout ça en famille...
1866 Les corbeaux entre eux
1951 Une amie qui vous veut du bien
   (mars 89)
1965 La danse de Salomé *(juil. 89)*
RICE Craig
1835 Maman déteste la police
1862 Justus, Malone & Co
1870 Malone et le cadavre en fuite
1881 Malone est à la noce
1899 Malone cherche le 114
1924 Malone quitte Chicago
1962 Malone met me le nain au violon
   (juin 89)
RUTLEDGE Nancy
1830 La femme de César
SEELEY Mabel
1871 D'autres chats à fouetter
1885 Il siffle dans l'ombre
SIMPSON Dorothy
1852 Feu le mari de madame
THOMSON June
1857 Finch se jette à l'eau
1886 Plus rude sera la chute
1900 Sous les ponts de Wynford
1948 Dans la plus stricte intimité
   (fév. 89)
YORKE Margaret
1958 Morte et pas fâchée de l'être
   (mai 89)

Les Maîtres du Roman Policier

Première des collections policières en France, Le Masque se devait de rééditer les écrivains qu'il a lancés et qui ont fait sa gloire.

ANDREOTA Paul
1935 La pieuvre *(avril 89)*
ARMSTRONG Anthony
1859 Dix minutes d'alibi
ARMSTRONG Charlotte
1740 L'étrange cas des trois sœurs infirmes
1767 L'insoupçonnable Grandison
BEEDING Francis
 238 Le numéro gagnant
BERKELEY Anthony
1793 Le club des détectives
1880 Une erreur judiciaire
1911 Le gibet imprévu
BIGGERS Earl Derr
1730 Le perroquet chinois
BOILEAU Pierre
 252 Le repos de Bacchus
   (Prix du Roman d'Aventures 1938)
1774 Six crimes sans assassin
1938 La pierre qui tremble
BOILEAU-NARCEJAC
1748 L'ombre et la proie
1829 Le second visage d'Arsène Lupin
1849 Le secret d'Eunerville
1868 La poudrière
1889 La justice d'Arsène Lupin
BONETT J. & E.
1916 Mort d'un lion
BRUCE Leo
 261 Trois détectives
1788 Sang-froid
CARR John Dickson
 719 Passe-passe *(juillet 89)*
1274 Impossible n'est pas anglais
1735 Suicide à l'écossaise
1785 Le sphinx endormi
1794 Le juge Ireton est accusé
1799 On n'en croit pas ses yeux
1802 Le marié perd la tête
1843 Les yeux en bandoulière
1850 Satan vaut bien une messe
1863 La maison du bourreau
1876 La mort en pantalon rouge
1883 Je préfère mourir
1891 Le naufragé du Titanic
1898 Un fantôme peut en cacher un autre
1906 Meurtre après la pluie
1910 La maison de la terreur
1917 L'homme en or
1919 Service des affaires inclassables
1923 Trois cercueils se refermeront...
1926 Patrick Butler à la barre
1934 La flèche peinte
1940 Le lecteur est prévenu
1944 Le gouffre aux sorcières *(janv. 89)*
1946 La police est invitée *(fév. 89)*
1950 Mort dans l'ascenseur *(mars 89)*
1954 Les meurtres de Bowstring *(avril 89)*
1957 Le retour de Bencolin *(mai 89)*
1960 Le meurtre des mille et une nuits
   (juin 89)
CRISPIN Edmund
1839 Un corbillard chasse l'autre
1935 Prélude et mort d'Isolde
DARTOIS Yves
 232 L'horoscope du mort
DIDELOT Francis
1784 Le coq en pâte
DISNEY Doris Miles
1811 Imposture
DOYLE Sir Arthur Conan
 124 Une étude en rouge
1738 Le chien des Baskerville
ENDRÈBE Maurice Bernard
1758 La pire des choses
FAIR A.A.
1745 Bousculez pas le magot
1751 Quitte ou double
1770 Des yeux de chouette
1905 Le doigt dans l'œil
1913 Les souris dansent
1941 L'heure hache
FAST Julius
1901 Crime en blanc
GARDNER Erle Stanley
1797 La femme au masque
GASPAR José da Natividade
 457 Les corps sans âme
 597 Congrès gastronomique *(mai 89)*
GERRARD Paul
1945 La chasse au dahu *(fév. 89)*
1964 La javanaise *(juil. 89)*
GOODIS David
1823 La police est accusée
GRAFTON C.W.
1927 Feu mon beau-frère

HALL G. Holliday
1892 L'homme de nulle part

HEYER Georgette
297 Pourquoi tuer un maître d'hôtel ?
484 Noël tragique à Lexham Manor

HUXLEY Elspeth
1764 Safari sans retour

IRISH William
1875 Divorce à l'américaine
1897 New York blues

JEFFERS H. Paul
1807 Irrégulier, mon cher Morgan

KASSAK Fred
1932 On n'enterre pas le dimanche
1943 Nocturne pour assassin *(janv. 89)*

KASTNER Erich
277 La miniature volée

KING Rufus
375 La femme qui a tué

LEBLANC Maurice
1808 Arsène Lupin, gentleman cambrioleur
1819 L'aiguille creuse

LEBRUN Michel
1759 Plus mort que vif

LEVIN Ira
1895 La couronne de cuivre

LOVESEY Peter
1201 Le vingt-sixième round
1798 La course ou la vie
1803 Le bourreau prend la pose
1869 Bouchers, vandales et compagnie
1887 Le médium a perdu ses esprits
(Prix du Roman d'Aventures 1987)
1888 Ô, mes aïeux !
1933 Cidre brut

MAGNAN Pierre
1804 Le tombeau d'Helios

MILLER Wade
1766 La foire aux crimes

MILNE A.A.
1527 Le mystère de la maison rouge

NARCEJAC Thomas
355 La mort est du voyage
(Prix du Roman d'Aventures 1948)
1775 Le goût des larmes
1939 Le mauvais cheval

PALMER Stuart
117 Un meurtre dans l'aquarium
1783 Hollywood-sur-meurtre

PRONZINI Bill
1737 L'arnaque est mon métier

QUENTIN Patrick
166 Meurtre à l'université
251 L'assassin est à bord
1860 Lettre exprès pour miss Grace
1947 La mort fait l'appel *(fév. 89)*

ROGERS J. T.
1908 Jeu de massacre

ROSS Jonathan
1756 Une petite morte bien rangée

RUTLEDGE Nancy
1753 Emily le saura

SAYERS Dorothy L.
174 Lord Peter et l'autre
191 Lord Peter et le Bellona Club
1754 Arrêt du cœur

SÉCHAN O. et MASLOWSKI I.
395 Vous qui n'avez jamais été tués
(Prix du Roman d'Aventures 1951)

SHERRY Edna
1779 Ils ne m'auront pas

SINIAC Pierre
1949 Des amis dans la police *(mars 89)*

STAGGE Jonathan
1736 Chansonnette funèbre
1771 Morphine à discrétion
1789 Du sang sur les étoiles
1809 La mort et les chères petites
1818 Le taxi jaune
1833 Pas de pitié pour la divine Daphné

STEEMAN Stanislas-André
84 Six hommes morts
(Prix du Roman d'Aventures 1931)
95 La nuit du 12 au 13
101 Le mannequin assassiné
113 Un dans trois
284 L'assassin habite au 21
305 L'ennemi sans visage
388 Crimes à vendre
1772 Quai des Orfèvres
1812 La morte survit au 13
1854 Le trajet de la foudre
1864 Le condamné meurt à 5 heures
1902 Le démon de Sainte-Croix
1936 Que personne ne sorte
1942 Poker d'enfer
1955 Madame la mort *(avril 89)*

TEY Josephine
1743 Elle n'en pense pas un mot

THOMAS Louis C.
1780 Poison d'avril

VERY Pierre
60 Le testament de Basil Crookes
(Prix du Roman d'Aventures 1930)

WALSH Thomas
1872 Midi, gare centrale

WAUGH Hillary
1814 Cherchez l'homme
1840 On recherche...
1884 Carcasse

LE MASQUE

BACHELLERIE
1791 L'île aux muettes
  (*Prix du roman d'Aventures 1985*)
1795 Pas de quoi noyer un chat
  (*Prix du Festival de Cognac 1985*)
1796 Il court, il court, le cadavre
1800 La rue des Bons-Apôtres

BRETT Simon
1787 Le théâtre du crime
1813 Les coulisses de la mort
1858 Chambres avec vue sur la mort
1894 Qui portera le chapeau ?
1929 Touche pas à mon système

BURLEY W.J.
1762 On vous mène en bateau

CHRISTIE Agatha
(*86 titres parus, voir catalogue général*)

EXBRAYAT
(*96 titres parus, voir catalogue général*)

GRISOLIA Michel
1838 Les sœurs du Nord
  (*Prix du Roman d'Aventures 1986*)
1846 L'homme aux yeux tristes
1847 La madone noire
1874 La promenade des anglaises
1890 650 calories pour mourir
1907 Nocturne en mineurs
1930 Question de bruit ou de mort

HALTER Paul
1878 La quatrième porte
  (*Prix du Festival de Cognac 1987*)
1922 Le brouillard rouge
  (*Prix du roman d'Aventures 1988*)
1931 La mort vous invite

HAUSER Thomas
1853 Agathe et ses hommes

JONES Cleo
1879 Les saints ne sont pas des anges

LECAYE Alexis
1963 Un week-end à tuer (*juil. 89*)

POURUNJOUR Caroline
1746 Des voisins très inquiétants
  (*Prix du Festival de Cognac 1984*)

RENDELL Ruth
1589 Étrange créature
1601 Le petit été de la Saint Luke

1640 Un amour importun
1718 La fille qui venait de loin
1747 La fièvre dans le sang
1773 Qui ne tuerait le mandarin?
  (*voir également la série Reines du Crime*)

SALVA Pierre
1828 Le diable au paradis perdu

SMITH J.C.
1715 La clinique du Dr Ward

TAYLOR Elizabeth A.
1810 Funiculaire pour la morgue

TERREL Alexandre
1733 Rendez-vous sur ma tombe
1749 Le témoin est à la noce
  (*Prix du Roman d'Aventures 1984*)
1757 La morte à la fenêtre
1777 L'homme qui ne voulait pas tuer
1792 Le croque-mort de ma vie
1801 Le croque-mort s'en va-t-en bière
1822 Le croque-mort et les morts vivants
1867 Le croque-mort et sa veuve
1904 Enterrez le croque-mort !
1925 Le croque-mort a croqué la pomme

THOMSON June
1594 Le crime de Hollowfield
1605 Pas l'un de nous
1720 Claire... et ses ombres
  (*Prix du Roman d'Aventures 1983*)
1721 Finch bat la campagne
1742 Péché mortel
1769 L'inconnue sans visage
1781 L'ombre du traître
  (*voir également la série Reines du Crime*)

TRIPP Miles
1790 Tromper n'est pas jouer

UNDERWOOD Michaël
1817 Trop mort pour être honnête
1842 A ne pas tuer avec des pincettes

VARGAS Fred
1827 Les jeux de l'amour et de la mort
  (*Prix du Festival de Cognac 1986*)

WYLLIE John
1752 Pour tout l'or du Mali

Le Club des Masques

BARNARD Robert
535 Du sang bleu sur les mains
557 Fils à maman
CASSELLS John
465 Solo pour une chanteuse
CHRISTIE Agatha
(86 titres parus, voir catalogue général)
CURTISS Ursula
525 Que désires-tu Célia ?
DIDELOT Francis
524 La loi du talion
488 Le double hallali
ENDRÈBE Maurice Bernard
512 La vieille dame sans merci
543 Gondoles pour le cimetière
EXBRAYAT
(96 titres parus, voir catalogue général)
FERM Betty
540 Le coupe-papier de Tolède
FERRIÈRE Jean-Pierre
515 Cadavres en vacances
536 Cadavres en goguette
FOLEY Rae
527 Requiem pour un amour perdu
HINXMAN Margaret
542 Le cadavre de 19 h 32 entre en gare
KRUGER Paul
463 Au bar des causes perdues
513 Brelan de femmes
LEBRUN Michel
534 La tête du client
LONG Manning
519 Noël à l'arsenic
529 Pas d'émotions pour Madame
LOVELL Marc
497 Le fantôme vous dit bonjour
MONAGHAN Hélène de
502 Noirs parfums

MORTON Anthony
545 Le baron les croque
546 Le baron et le receleur
547 Le baron est bon prince
548 Noces pour le baron
549 Le baron se dévoue
550 Le baron et le poignard
552 Le baron et le clochard
553 Une corde pour le baron
554 Le baron cambriole
556 Le baron bouquine
558 L'ombre du baron
560 Le baron riposte
563 Le baron voyage
565 Le baron est prévenu
559 Le baron passe la Manche
566 Le baron et les œufs d'or
567 Un solitaire pour le baron
569 Le baron aux abois
570 Le baron et le sabre mongol
571 Le baron et le fantôme
573 Larmes pour le baron
574 Une sultane pour le baron
579 Piège pour le baron
580 Le baron risque tout
581 Le baron et le masque d'or
PICARD Gilbert
450 Demain n'est qu'une chimère
RATHBONE Julian
511 A couteaux tirés
RENDELL Ruth
523 La police conduit le deuil
539 La maison de la mort
551 Le petit été de la St. Luke
576 L'enveloppe mauve
RODEN H.W.
526 On ne tue jamais assez
SALVA Pierre
475 Le diable dans la sacristie
484 Tous les chiens de l'enfer
503 Le trou du diable

SIMPSON Dorothy
533 Le chat de la voisine

STEEMAN Stanislas-André
586 L'assassin habite au 21 *(fév. 89)*
588 Le condamné meurt à 5 heures *(juin 89)*

STUBBS Jean
507 Chère Laura

THOMSON June
521 La Mariette est de sortie

532 Champignons vénéneux
577 Pas l'un de nous

UNDERWOOD Michaël
462 L'avocat sans perruque
531 La main de ma femme
538 La déesse de la mort

WAINWRIGHT John
522 Idées noires

WILLIAMS David
541 Trésor en péril

IMPRIMÉ EN FRANCE PAR BRODARD ET TAUPIN
Usine de La Flèche (Sarthe).
ISBN : 2 - 7024 - 0125 - 2
ISSN : 0768 - 0384